E*crire ne se fait jamais seul ...*

Merci Simone, Christelle, Magali, Christiane, Nadia, Claudine, et loic. Ma famille présente et protectrice, mes amis et tous ceux qui ont bien voulu me lire et m'apporter énergie et remarque.

Merci Louis Stoll pour l'aide technique de ma couverture

Alors Jésus fut emmené par l'Esprit dans le désert, pour être tenté par le diable. 2 Après avoir jeûné quarante jours et quarante nuits, il eut faim. 3 Le tentateur, s'étant approché, lui dit : Si tu es Fils de Dieu, ordonne que ces pierres deviennent des pains. 4 Jésus répondit : Il est écrit : L'homme ne vivra pas de pain seulement, mais de toute parole qui sort de la bouche de Dieu.

5 Le diable le transporta dans la ville sainte, le plaça sur le haut du temple, 6 et lui dit : Si tu es Fils de Dieu, jette-toi en bas ; car il est écrit : Il donnera des ordres à ses anges à ton sujet ; Et ils te porteront sur les mains, De peur que ton pied ne heurte contre une pierre. 7 Jésus lui dit : Il est aussi écrit : Tu ne tenteras point le Seigneur, ton Dieu.

8 Le diable le transporta encore sur une montagne très élevée, lui montra tous les royaumes du monde et leur gloire, 9 et lui dit : Je te donnerai toutes ces choses, si tu te prosternes et m'adores. 10 Jésus lui dit : Retire-toi, Satan ! Car il est écrit : Tu adoreras le Seigneur, ton Dieu, et tu le serviras lui seul. 11 Alors le diable le laissa. Et voici, des anges vinrent auprès de Jésus, et le servaient. .

13— Après avoir achevé de le tenter, le diable s'éloigna de lui jusqu'à une autre occasion....

Vénère-moi, et ne nuis pas à autrui. Voilà mes deux seuls commandements.

Alors ta liberté ne saura être jugée.

Je te donne ici et maintenant, l'occasion unique de faire un choix, et de décider comment vivre ton éternité.

L

Chapitre 1
(Capitolo uno)

Le réveil sonna chez les Allen.

James s'empressa de l'éteindre, 0 chance d'y échapper. Il embrassa Susan sur l'épaule et enfila son pyjama.
On a beau être un avocat d'un peu plus de 32 ans en vue à New York city, vivre à Fort Lee dans le New Jersey, on n'en évite pas le réveil pour autant.
La cuisine sentait bon le café chaud, et le pain sorti du four. Il surprit Rosetta la cuisinière, en train de chasser une nuée de mouches.
— D'où viennent toutes ces mouches ? demanda- t -'il.
— Je ne sais pas monsieur. J'ai ouvert la fenêtre, et elles sont sorties de nulle part.

Cette phrase à peine terminée, les mouches avaient disparu. Elle ferma la fenêtre, et servit le café.
— Madame prend le petit déjeuner avec vous ?
— Je préfère la laisser dormir encore un peu. Nous sommes proches de son émission et du mariage. Elle va bientôt manquer de sommeil.

Il commença à feuilleter la gazette. Mercredi 19 septembre 2018

La station locale rediffusait de vieux tubes des années 50.

L'horloge de la cuisine indiquait 8h30. James reposa le journal, et avala son café d'un trait. Il jeta un coup d'œil à la rue calme.
Le soleil commençait à peine à réchauffer les vitres.
— Rentrerez-vous pour le dîner monsieur ?
— Non. Je ne pense pas avant 20h.
— Je vous prépare le repas, vous n'aurez plus qu'à le réchauffer, dit-elle bienveillante.
— Muchas gracias Rosetta.

Elle termina les assiettes, les disposa dans l'énorme frigidaire et salua James de la main. Il la regarda partir sur son vélo.
James se félicitait d'avoir embauché il y a 5 ans cette femme de 52 ans. Elle gérait tout à la maison, faisant partie de la famille désormais.

Il remonta les escaliers, glissa un œil dans la chambre. Pas de mouvement.
— Bouh ! Susan sortit du couloir et l'attrapa par le bras.

— Chérie ! Tu veux être veuve avant d'être mariée ? lança James en se tenant la poitrine
Elle l'entraina dans la chambre.
— On va voir si ce cœur vigoureux peut tenir encore un peu…

La douche fut prise en commun. Susan, sans avoir encore mis le nez dehors ressentit cette douce chaleur. Elle était heureuse.

L'émission qu'elle animait pour la quatrième fois et qui se trouvait être, un évènement télévisuel mondial, se déroulait dans quelques semaines à peine.
Quelle chance elle avait eue. A à peine dix-huit ans, propulsée présentatrice vedette, de ce qui allait devenir l'émission la plus populaire de la planète.

Il faut dire que Kilauea ne ressemble à aucune autre diffusion.
Un direct tous les trois ans seulement, et jamais à la même date.
Elle permet à celui qui découvre l'identité de l'invité secret, d'empocher plus de 900 millions de dollars. Un quart de

l'hémisphère spécule, parie, vibre durant les interviews.

Tout le monde peut s'inscrire et jouer, moyennant une modique somme. L'ordinateur choisit des gens au hasard qui peuvent, en direct poser leur question à l'invité. Ensuite, proposer un nom. La magie du show fait que si l'hôte n'est pas découvert, les cent vingt participants qui ont posés une question en direct, gagnent deux millions de dollars.
Trois cent personnes, traducteurs, maquilleuses, cameramen, techniciens, œuvrent pendant les dix heures de direct.
Les droits télé, les spots publicitaires, les inscriptions génèrent plus de 3,6 milliards de dollars de recettes à la chaîne.
A deux reprises l'invité a été reconnu. Ce qui a rendu riche une américaine, et trois ans plus tard un brésilien.

Susan est devenue la femme la plus populaire du petit écran. Elle est la seule avec Tao Clark son coproducteur et ami, à connaître l'identité de l'invité. Directrice, productrice, animatrice, elle possède tous les droits et autorités sur l'émission. Même des présidents de quelques pays l'ont appelée en lui promettant le secret absolu, pour connaître le nom de l'invité, tant la tension est grande pendant la diffusion.

Cette année ne risque pas de déroger à la règle. Pour cette aventure exceptionnelle Susan a trouvé un invité de grand standing. Le direct semble loin encore, mais la préparation qui dure déjà depuis onze mois, rend les jours plus rapides encore.

Susciter autant d'enthousiasme n'est pas pour lui déplaire, même si la célébrité n'est pas son moteur, cela lui permet de faire plaisir aux gens en reversant cinq % des gains à des associations.

Comme tout abattage médiatique, la renommée à un prix, et elle a dû se plier à une tradition.
Quelques jours avant l'émission, elle doit quitter sa maison pour aller rejoindre l'invité dans un endroit tenu secret évidemment. Elle avait regretté cette phase la première fois, car elle ne s'y était pas préparée. Comment pouvait- elle savoir que l'engouement de l'émission allait être immédiat, hystérique ?

Ce jour-là n'était pas une sortie, mais une fuite. Sauvée par Tao de la frénésie d'une poignée d'afficionados particulièrement organisés. Elle avait pu réaliser la difficulté de cet exercice.

Aujourd'hui, l'amateurisme ne pourrait plus être de mise. C'est plus de deux cents personnes qui s'agglutinent, grouillent et s'attachent aux trottoirs de la rue.
Photographes amateurs, chaînes de télé et autres chasseurs de scoop élisent domicile dans le quartier. Espérant la pister, et trouver ce fameux invité si rémunérateur.
La dernière fois, un hélicoptère avait eu raison des tentatives de pistage, et avait pris tout le monde de court.
Cette année encore, elle tentera de déjouer la vigilance des malins. Son plan, bien maitrisé désormais, l'amusait encore plus que la présentation elle-même.

James arriva au bureau sur le coup de dix heures. Son boss lui tomba dessus à peine la porte ouverte. Il posa sa veste sur le porte-manteau
— James, te voilà !

Il lui tendit un dossier sans lui laisser le temps de s'asseoir.
Les audiences préliminaires pour les jurés de l'affaire Valberg ont commencé plus tôt

ce matin. J'ai envoyé Stuart là-bas. Il a le nez fin pour dénicher la perle.
— Je voudrais aussi que tu travailles sur les jurés cette semaine. J'ai peur d'avoir une surprise de dernière minute.
— Ça va faire beaucoup. Combien sont-ils encore ? demanda James

— Six. Mais ne t'inquiète pas. J'ai quelqu'un qui vient d'arriver du bureau de Sacramento.

Il ouvrit une porte annexe discrètement. Une superbe blonde attendait patiemment sur sa chaise.
James referma la porte sans bruit, regarda les hommes présents dans la pièce, puis éclata de rire.
— Merci les gars, vous êtes vraiment sympa. Je savais que vous alliez me préparer quelque chose pour mon mariage, mais là…. Waouh c'est du lourd.
Ses collègues se regardèrent sans parler.

— Vous comprendrez que je ne puis accepter. Mais j'apprécie le geste vraiment. Elle a dû vous coûter quoi ? Trois mille dollars celle-là.

— **C**inq mille **n**euf cent **s**oixante-**d**ix. Tu nous fais quoi là ? répondit Peter.

James s'arrêta net.
— Vous voulez dire que.... Je croyais... du bureau de Sacramento vous dites ?
Mais que vient-elle faire ici ? Et suis-je le seul hétéro dans cette pièce ?
Barry reprit la parole.

— Elle vient du bureau de Sacramento ! Elle a déménagé hier ou avant-hier, je ne sais plus. C'est une experte en droit des sociétés. Elle sera avec toi pour les intérêts des **n**euf entreprises de Mr Valberg. **Q**uatre conseils d'administration ont déjà fait valoir qu'ils voteront un changement de présidence.

James observa encore une fois les yeux de ses collègues, dans l'attente d'un signe d'une énorme blague.
— Bien. Bien.... bien. Comment se prénomme-t-elle ?

— Abigail. Présente- lui les locaux de la boîte, trouve- lui un bureau et emmène là manger. On se retrouve ici vers 14 heures.
James reprit une grande respiration, et entra dans la pièce.

— Abigail ! Bonjour. Je vous prie de me croire je suis vraiment désolé pour mon retard. Veuillez m'excuser.
Elle décroisa ses jambes, se leva, descendit sa jupe de grand couturier et plia ses genoux pour empoigner son sac. La femme sculpturale s'avança vers James en recoiffant ses cheveux. Un sourire éclatant aux lèvres, laissant derrière elle un parfum qui embauma chacun de ses pas.

— Abigail Anderson. Bonjour Maître, ne vous excusez pas, je suis ici depuis quinze minutes. Je suis heureuse de vous rencontrer.

— Merci pour tout, dit-il avec une pointe de drague. Je viens d'être prévenu de votre présence. Marchons voulez-vous, je vais vous trouver un endroit où travailler.
Il lui ouvrit la porte.
— Désirez-vous un café, du thé ? L'espace détente est sur votre droite.
— Merci non, ça va, répondit-elle.

James l'emmena dans un long couloir.

— Voici le secrétariat. S'il vous faut des notes à taper, des rendez-vous à prendre,

une demande particulière, adressez-vous à mon assistante Jenny.
Ici, la bibliothèque, Salle de conférence. Nous ferons un topo avec Mr VALBERG demain. J'imagine qu'il sait que vous êtes là ? Sur votre gauche, les bureaux de mes collègues (il ouvrit une porte) et je pense que vous serez à votre aise dans le mien.

La décoration du bureau de James était sobre. Ici et là sur les étagères des coupes issues de ses victoires sportives universitaires.
Au mur des photos de sa famille, ses amis, son chien, ainsi qu'une photo avec le président Obama.
— Décoration de choix, déclara Abigail. On a tout de suite envie de vous faire confiance.
— Monsieur Valberg a mis treize minutes je crois. Mais ce n'est pas complètement officiel, dit-il en esquissant un sourire de satisfaction. Je vous propose de vous installer et je vous retrouve ici, le temps de prévenir le service informatique de formater un ordinateur.
— Merci beaucoup, dit-elle en ôtant sa veste.

James observa de haut en bas sa nouvelle collègue de bureau, puis se ressaisit. Mais je fais quoi, moi ? pensa-t-il.
Il sortit de la pièce, et laissa Abigail s'installer.

Susan arriva à son tour à son boulot.
Elle n'avait jamais l'impression de travailler. Plutôt de rejoindre des amis afin de partager un bon moment.

Il faut dire que l'endroit avait de quoi faire rêver.
Niché dans de vieux studios de cinéma réhabilités. Un open space immense de 300m², plus de vingt personnes à l'année.
De vraies pierres d'époque, un parquet vieilli par des rires et des larmes d'origine.
Susan en traversant le hall avait la douce impression de faire partie d'une scène de film.
Non vraiment, ce n'était pas un travail.

Ses écouteurs sur les oreilles passant QUEEN « Under Pressure », elle arriva à son bureau donnant sur la salle principale.

Morgane, son assistante arriva au pas de course. Elles marchèrent côte à côte.

— Bonjour Susan. Vous avez rendez-vous ce midi avec le comité d'éthique de l'audiovisuel. J'ai répondu à dix-neuf messages de personnalités …. Heu. Quoi d'autre ? Ah oui, un colis est arrivé avec un nom bizarre. Margaretha Gertruida Zelle, mais c'était bien le code de ton bureau. Il est en salle bleue. J'ai passé le détecteur, pas de bombe !

— Ça y est ? Il est là ? Super ! Morgane, il y en aura encore huit ou dix autres comme ça.
Sur ce le dernier aura le mot de fin.
J'aimerais que tu les stocks en attendant qu'ils soient tous là. Tu prendras une camionnette et tu les déposeras chez moi dans le garage.

Elle se dépêcha de déposer ses affaires et alla récupérer son carton. La salle bleue ne fermant pas à clé, Susan posa le carton sur une chaise et l'ouvrit avec précaution. Elle en sortit une jupe rouge à carreau du style que portent les écolières.
— Parfait, pensa-t-elle.
Elle prit de soin de refermer le carton, et par précaution décida de le ranger dans le coffre de sa voiture. Elle croisa Tao en trottinette électrique.

Leur rencontre avait débuté il y a un peu plus de dix ans par le sauvetage de Tao par Susan, lors d'une altercation.

Ce sino-américain de deux ans son aîné, n'avait pas apprécié cet appui à l'université. Pris à parti dans une boutade faite sur des films de Kung-fu par un footballeur américain, il avait traduit l'intervention de Susan comme une atteinte à sa virilité.

Son ego calmé, il reconnut plus tard qu'il valait mieux une claque dans son ego, qu'une trempe inévitable et douloureuse.
Ses origines assumées ont fait grandir sa tolérance envers les autres. Métis sportif et ravageur, il lia rapidement une amitié sincère et profonde avec sa sœurette de fac.

Il aida par la suite Susan, alors en fac d'audiovisuel, à finaliser FIND ME devenant Kilauea. Un nom plus accrocheur en hommage au volcan hawaïen Kilauea qui signifie « jaillissant» ou «s'étendant». La présentation du projet à un producteur enthousiaste de la Fox, les avait propulsés plus vite qu'ils n'auraient jamais pu l'imaginer au premier plan du plus formidable jeu télévisuel jamais imaginé.

Ensemble, ils cherchent, testent et trouvent cet invité qui fera vibrer le monde.
Tao tourna autour d'elle avec sa trottinette.

— Ça y est ? Tu as reçu ton colis ?
— Oui, pile poil ce que je voulais. Rien que d'y penser, j'ai le trac…

— Arrêêêête. Tu aimes ça ! Je ne dis pas que tu n'as pas d'appréhension, mais ce genre de truc c'est trop excitant pour toi. Bluffer le monde, tu aimes ça.

Susan lâcha un regard au plafond en signe d'approbation.
— Nos protecteurs vont bien ?
— Regarde les voitures au fond du parking, suggéra Tao

Les berlines sombres à vitres teintées annoncèrent la filature faite par le FBI. L'importance du show faisait de Susan et Tao des cibles pour tous les amateurs de célébrités. Même si Tao n'officiait pas en direct, il restait le ''dénicheur'' de l'hôte du show.

Ils avaient établi que jamais ils ne parleraient de l'invité en dehors d'une zone sécurisée, garanties sans micro. Pour enlever tout risque de fuite.
Ils avaient mis en place un caractère aléatoire des personnes qui peuvent poser leurs questions, couplé aux recherches faites sur les possibles liens, les évasions d'informations. Tout était contrôlé minutieusement. Le fait que Susan et Tao soient les seuls à connaître l'identité, protégeait encore plus les échappées malencontreuses.

Susan ne dédaignait pas cette protection policière. La pression qu'exerçait le direct était palpable à chaque instant.

— Tu n'oublies la réunion de midi ? rappela Susan d'un ton moralisateur.
— Je n'ai pas mis une cravate pour rien ironisa Tao

Ils rentrèrent dans le bâtiment.
Le comité d'éthique n'était pas une partie de rigolade. La moindre image diffusée, devait répondre aux critères stricts de cette commission.

Hormis les contrats publicitaires et le nom de l'invité, rien n'échappait aux contrôles de ces gardiens du temple de la diffusion.
Les différents créneaux horaires couverts par l'émission, le choix des intervenants, les discours et leurs caractères. Tout pouvait être censuré. Le stade légal était souvent dépassé.
Il se devait de porter un jugement sur tout, jusqu'à la teinte de la robe portée par Susan pendant le show.
Quinze pays ont les droits de diffusion. L'image nationale ne pouvait souffrir d'une robe rouge aux propagandes marxistes ou multicolores à la cause gay. Le travail en amont de l'équipe de Susan et Tao permettait toutefois de répondre aux exigences du monde audiovisuel et à l'intérêt de la nation.
Les sommes déboursées pour la promotion et l'égalité des autres émissions malheureusement diffusées ce même jour contribuait aussi à faciliter les rapports.

James arriva à la porte de son bureau. Il frappa.
— Euh…. Abigail vous êtes prête ?

Elle posa ses lunettes.

— Oui, entrez Mr Allen, je vous en prie. Merci encore de me prêter votre bureau. Nous allons cohabiter plusieurs jours. Je souhaite que nous réagissions comme de vieux collègues qu'en dis-tu ?
Ça me va ! Tu as faim ?
Elle prit sa veste
— Je meurs de faim.
James emmena sa collègue du jour dans le restaurant où il avait l'habitude de manger avec ses collègues.
Le repas commandé, il se hasarda à la questionner.
— Tu étais déjà venue à New York ?
— Une fois. Il y a quelques années. J'aime bien la ville, l'ambiance. Je devrais m'y plaire.
— Tu quittes Sacramento ?
— Natomas, j'habite Natomas, mais les gens savent mieux situer Sacramento. Oui, je quitte la Californie.
Elle porta une bouchée de fromage à ses lèvres.

— Le dossier Valberg est un test. J'ai acheté une petite maison. Si cette semaine est concluante, Je finalise la vente. J'ai également un projet ici en cours, qui représente tout pour moi. Une opportunité unique.

Elle se tut.
— Et vous cher maître ? Vous allez vous marier bientôt avec la célèbre Susan Scott ?
— C'est exact. Cette année, enfin ça n'a échappé à personne nous devons d'abord terminer les affaires en cours, il y a surtout l'émission. Nous avons décidé de le faire après.
— Et ? Insista-t-elle
— Et ...quoi ?
— L'invité ? Tu sais, qui il est ? Un large sourire apparut sur le visage d'Abigail.
— Désolé non. Nous ne parlons pas de ça.
— Je... je suis confuse... Je ne voulais pas te mettre mal à l'aise.

James attrapa un amuse-bouche. Parler de sa femme dans cette période sensible, ne l'enchantait guère. Il avait vécu les affres des émissions, et avait vu ce que les gens étaient prêts à faire pour un renseignement.

— Ne t'inquiète pas, ce n'est pas grave. Je sais que tu ne l'as pas fait exprès. Elle a voulu m'associer une fois, et je t'avoue que c'est un véritable calvaire de garder une petite information pour soi. Je ne sais pas comment elle fait en étant une femme ! dit-il en plaisantant.

Le repas se poursuivit entre anecdote et stratégie sur le dossier. Ils rejoignirent leurs collègues à l'heure prévue.

L'après-midi s'annonça studieuse. La salle de réunion était prête pour de longues heures.
Barry prit la parole.
— Ce que je voudrais cet après-midi, c'est que chacun des intervenants fassent la meilleure synthèse possible, afin que nous puissions établir une stratégie gagnante.
Abigail, voulez-vous commencer ?

Abi alluma le rétroprojecteur, et débuta.

«Valberg Marcus. Veuf de soixante et un ans. Trois enfants.
Issue d'une famille française. Fait fortune dans neuf sociétés.
Import /export. Création de bateaux de luxe, d'hélicoptère, immobiliers, restaurations. Possède des terrains immenses partout sur la planète.
Travaille avec le gouvernement et depuis peu avec l'état-major.
Un délit d'initié a été prononcé le 7 janvier par la cour sur une action en bourse concernant la 9ème société de Marcus. Cette société, s'appelle Rotors- Corp.

Rotors- Corp. fabrique des pièces pour hélicoptère, et a commencé l'industrialisation de drone de surveillance.

On soupçonne Marcus d'avoir bénéficié d'une information d'achat, de la part de l'armée.
Il a acquis la société pour 35 millions de dollars, et décroché l'année suivante, un contrat pour la fabrication de S.T.O.R.M.
Space. Tactical. Object. Research. Military.
Un drone militaire nouvelle génération, et le contrat a été passé pour cinq ans.
La valeur de Rotors-cop pèse plus de 700 millions de dollars.
Des preuves ont été amenées au dossier sur les déplacements au Pentagone quelque mois avant le rachat.
Mr Valberg est un grand voyageur. On voit d'un très mauvais œil du côté de la Maison Blanche, ses déplacements en Inde, en Chine, et surtout en Russie.

Marcus est le PDG de Rotors-cop. Pour son rachat, le montage financier effectué utilise des fonds d'investissement de ses autres sociétés.
La complexité du dossier provient du fait qu'une société TECH-ALU est basée à l'étranger.

Celle qui produit la matière première, l'aluminium et le carbone.

Vendre cette société est désormais impossible. Le changement de fournisseur prendrait des mois d'investigations et de validation.
De plus, une O .P.A hostile vient d'être lancé sur sa société VOG-AIR qui fabrique les hélicoptères de luxe.
Cette O.P.A, annoncée après l'annonce du délit d'initié, est déclenchée par un groupe financier Russe. Inutile de vous dire, les enjeux stratégiques, financiers et politiques.
Les sommes, empruntées aux banques, ne permettent pas à Marcus de contrer l'offre.
Les 3 conseils d'administration plus celui de Rotors-Corp attendent le verdict pour prononcer l'ad-nutum. Marcus peut être viré de sa propre boîte, et perdre tout contrôle sur les autres.

— Option 1. Marcus plaide coupable des charges retenues contre lui. Il évite la prison mais dit
Adieux à ses sociétés et à la quasi-totalité de sa fortune.
— Option 2. Marcus plaide non coupable.

S'il est condamné. Il va en prison, et n'a plus le droit de siéger dans les affaires de sociétés.

— Option 3. Marcus plaide non coupable. Est acquitté. Il reste alors la possibilité de vendre une partie de son patrimoine pour augmenter les capitaux de VOG-AIR dans le but de contrer l'offre des Russes
Créer une nouvelle assemblée générale et mettre son fils à la tête de l'entreprise. Celui –ci n'a que dix-huit ans, mais un juge peut très bien lui permettre de diriger le conseil d'administration. Il peut alors fusionner VOG-AIR et ROTORS-CORP.
Non seulement Mr Valberg éviterait la faillite, mais il deviendrait un géant aéronautique.
L'enjeu financier ne pourra se faire que si Marcus est déclaré non coupable des accusations ».

Barry parla.
— Merci Abigail. Nous avons une vue précise du risque financier. Gardons à l'esprit que nous avons encore les cartes en main. Passons aux risques pénaux. James ?
James se leva.

— « Il y a deux aspects à prendre en compte :
Comment Mr Valberg aurait-t-il eu vent de cette commande de drone militaire et dans quelles conditions s'est passé le rachat de ROTORS-CORP ?
L'avantage que nous avons dans tous les cas, est que nous pourrons nous appuyer sur le secret militaire. Nous ferons à chaque fois que c'est possible, appel à des documents ou des informations qui seront certainement classés secret défense.

Qui était chargé du dossier S.T.O.R.M ? Qui décide de l'appel d'offre ?du volume de drone ? Du contrat ? Gageons que l'armée se positionnera sur secret défense si on fouille de ce côté.
Nous ferons en sorte de sortir ce joker comme une atteinte à l'acquittement de Marcus.
Nous devrons prouver aussi que le rachat de ROTORS-CORP était prévu bien avant que l'armée décide d'investir dans des drones.
Que la logique du PDG était de compléter l'offre de ventes d'hélicoptères neufs avec celle du marché de la réparation.
Il y a aussi le développement initial des drones qui n'ont pas été financés par Marcus.

Enfin nous prouverons que l'achat de cette société a été établi selon les règles déontologiques de notre nation. L'idée sera de perturber les jurés, afin qu'ils prennent le combat dans le but de savoir, si on a le droit de réussir à bâtir un empire honnêtement dans ce pays. De donner du travail aux Américains, de garder un savoir-faire, pour protéger les victimes, la victime qu'est Marcus, et surtout d'éviter de se focaliser sur le délit d'initié.

Suivant la tournure de ce pré-procès, je propose de dire à notre client d'accepter l'offre qu'on nous fera. Nous signerons pour quatre ans de prison assortis d'une libération à six mois avec sortie autorisée. Faisons lui faire un dépôt chez nous de 15 millions de dollars pour honoraire. Il aura la garantie de ne pas devenir pauvre ».

Barry hissa son corps du fauteuil.
— Je pense que cela ne va pas lui plaire. Nous avons suffisamment d'éléments pour garantir à notre client que cela n'arrivera pas.
Merci mesdames, messieurs. Demain, James et Abigail iront auditionner les derniers témoins. Stuart aura certainement du nouveau sur les jurés. Bob travaillera sur

les recours et jurisprudences. Nous finirons la préparation cette semaine. C'est notre plus grosse affaire. Tachons de la réussir. J'irai voir Mr Valberg jeudi.

La salle se vida peu à peu. James rejoignit Barry et Abigail.
— Quelqu'un est partant pour un restaurant ? demanda Abigail.
— C'est gentil à toi. Pour ma part je préfère rentrer, dit James.

— Venez à la maison, insista Barry auprès d'Abigail.
— Ma femme adore les hôtes d'autre région. Et puis à mon âge, sortir avec une femme aussi séduisante que vous, ce serait de l'arrogance. On se retrouve pour 9h demain James.
Bonne soirée, et mes amitiés à Susan.

Barry empoigna Abigail, et l'entraîna à sa suite. Susan commença à rentrer dans son rôle de présentatrice devant la commission.

Nabil HADRIL en était le Président. Sa rigueur d'expression, son sens du politiquement correct et son intégrité dans la commission, en faisait un homme qui touchait Susan.

Elle a passé depuis longtemps, ses dix-huit ans, et n'en était pas à sa première émission. Il n'empêche que cet homme l'impressionnait.

Certes le but de cette commission, n'était pas d'interdire l'émission de se produire, mais d'en contrôler les étapes et son contenu. Il fallait prouver qu'une éthique était respectée. Pas de repris de justice, pas d'invité au discours révolutionnaire.
Un show de cette ampleur, faisant naître une certaine cause commune à quinze pays.

L'invité pouvait être de n'importe quelle nationalité. Autant dire que l'incident diplomatique devenait la priorité à empêcher.

Tao était particulièrement sollicité. Il faisait attention à ne pas divulguer la moindre information susceptible de corrompre l'identité de l'invité, ne serait-ce que le sexe.
Les débats allaient bon train, avec des compromis de chaque partie. Nabil faisant preuve de fermeté, tout en étant souple parfois.

Deux heures d'audience pour dix heures de show. Voilà un ratio qui en aurait rebuté plus d'un. Ce jalon franchi représentait le départ officiel de l'émission. Plus rien ne s'opposait à la diffusion, du moins légalement.
La commission partie, Wil North en bon patron sabla le champagne.

Il ne restait plus qu'à l'équipe à déterminer la date de la diffusion et, à Susan et Tao de présenter au monde la personne qui valait 900 millions de dollars.
Les contrats furent envoyés dans la foulée. Les groupes terrains prévenus. Le plateau du direct sécurisé. La production de bière, de tee-shirt, des produits dérivés à l'effigie du divertissement lancés.
Même la bourse oscillait entre trépignement et hausse.

L'énorme machine Kilauea se réveille lentement de sa léthargie.
Le géant s'étire, baille, et se lève pour se nourrir après trois ans d'hibernation.
Avec lui, l'espoir pour des millions de personnes de remporter de la notoriété, de l'argent. Pour chaque entreprise partenaire, d'avoir une renommée mondiale instantanée. Personne n'échappait aux

pouvoirs de Kilauea. Un regard de sa part dans sa direction pouvait donner la vie ou le trépas.
Tao et Susan s'échappèrent de la fête. Ils allèrent à la remise. Tao ouvrit la porte d'un casier, sortit deux sacs en toile.
— Voilà le tien Susan. Les téléphones sont chargés. La puce est intraçable.

— Hey ! Tao, ce n'est pas la première fois.
— Oui, excuse-moi. Je suis un peu tendu. C'est Fran. Elle me fait la gueule depuis quelque jour. Elle refuse mon silence à ses questions, et ne supporte pas de ne pas être dans la confidence. J'ai beau lui expliquer.

— Ce n'est pas évident à comprendre, rassura Susan.
— Je ne sais pas comment je réagirais. Elle t'a rencontré après le dernier Kilauea. La femme trouve toujours une bataille pour tester et se rassurer. Dis-lui que des milliers d'emplois seraient menacés, ne serait-ce que par la découverte du sexe de l'invité ou sa couleur de peau.
Qu'il y a de fortes chances que vous soyez sur écoute.

— Dire ça à Fran ? Mais je pourrais lui annoncer que je suis obligé de sauter dans un volcan après une seule information, qu'elle prendrait ça pour une preuve d'amour…

Les préparatifs continuèrent. L'éventail des personnalités qui voulaient être présentes sur le plateau ne cessait de croître.

Le cube en verre trempé arriva. C'était la pièce maitresse de la soirée. Pour assurer la sécurité de l'invité, et la garantie de la présence d'une personne physique en direct sur le plateau. Pourvu d'une haute technologie de brouillage de voix intégré et une opacité telle qu'uniquement une légère ombre soit visible. Ni la taille ni les formes ne peuvent vraiment donner une indication précise. Sa structure d'acier et ses 2,30 mètres de haut pour autant de large garantissent à cette forteresse l'inviolabilité de l'intimité de l'occupant.
Un canapé deux places tout confort agrémente le dispositif.
Il est aussi le seul cube au monde qui ne s'ouvre que de l'intérieur. Autant dire que le maniement des deux tonnes requiert une attention particulière.

Elément principal de la scène. L'invité y prend place pendant toute la durée du show.

Les systèmes de sécurité sont à la hauteur de l'événement. Actionnable uniquement par lui. Ils permettent au locataire de sortir, d'aller se rafraichir et de se sustenter sans qu'il puisse y avoir triche. Susan et Tao observèrent la mise en place.

— J'avais oublié combien ce machin était imposant, dit Tao.
Faut vraiment que l'on soit givré, pour avoir fabriqué un engin de ce genre.
En plus ça fout un peu les foies. J'ai même eu un rêve, où mon prof de chimie sortait du cube et venait m'humilier sur un devoir où j'avais triché.
— Tu as triché ?
— Non, répondit-il détaché.

Ils se quittèrent sur les coups de 20h30.
Susan reprit sa voiture, suivie de loin par celle du FBI.

.

Elle avait hâte de rentrer. De partager sa journée avec James. Hâte d'être avec l'invité qu'elle n'avait pas vu ni entendu depuis douze jours maintenant. Hâte d'être au direct et à son marathon si excitant.
Il fallait passer cette semaine, passer du personnage de Susan à celui de Susan Scott puis encore à celui de Susan Allen.

Passer mille vies, mille sentiments. L'énergie était telle que désormais le moindre souffle, la moindre bouffée d'air hors de cette peau qui muait, devenait une libération tout autant qu'une contrainte.

Cela lui rappela comment elle était tombée amoureuse de James.
Il avait réussi, en un instant à lui prouver qu'il ne lui arriverait rien de mal et ce au-delà de son métier d'avocat. Une simple phrase : ne vous inquiétez pas, je suis là. Qui avait changé sa vision du monde.

James Allen arriva quelques instants après elle.
Sa future femme l'attendait dans la cuisine. Le plat sortant à peine du four.
— Ça va chérie ? demanda- t-il en jetant son attaché case sur le canapé. Il prit la télécommande de la chaine Hifi et envoya « belief » sur le CD de John Mayer.

— Ouais, lâcha-t-elle
James la connaissait bien maintenant. Sa femme avait besoin d'être fragile, vulnérable pour être aussi forte devant la tension. Son air détaché lui indiqua que la contrainte commençait à se faire ressentir.

Il alla la rejoindre tout en enlevant sa cravate déposa un baiser dans son cou, et lui saisit les épaules de ses mains. Elle déposa les couverts et pencha sa tête.
James remarqua son énorme raideur.

— Tu vas y arriver, lui susurra-t-il. Je t'aime…

Elle se retourna et fondit en larmes.

— Non je n'y arriverai pas. Tout le monde compte sur moi.
— Pas moi ? dit-il sur un ton entre ironie et virilité.
Elle lâcha un petit cri qui ressemblait à un rire, prit sa serviette et s'essuya les yeux. Elle l'enlaça et le serra fort. Elle le regarda dans les yeux avec tout son amour.
— Il reste quelques jours avant que je parte. Nous allons faire l'annonce du lancement de Kilauea.
— Enfin ! conclut-il.

— Et toi mon chéri ? Ta journée ?
— Ma journée ? Humm…Je représente Mr Valberg, et ça ne va pas être de la rigolade. Nous avons quelques auditions pour préparer un futur procès. Ce qui est très

gênant car je n'aurai pas beaucoup de temps pour toi.

— Cela ne fait rien, c'est moi qui suis triste. Nous savons que ce sont des moments professionnels très particuliers. L'annonce sera faite après demain probablement.
Nous avons la soirée de charité samedi, je sais que tu n'aimes pas tout cet environnement de notables et que tu vas devoir faire un effort...
— Non, j'aime ! S'exclama-t-il, convaincu.

— Pense que la plupart deviendront tes clients un jour. Je ne peux y échapper, tous les sponsors officiels sont présents, ils œuvrent chaque année dans l'ombre, dans l'attente de ce moment. Et puis, j'ai envie que le monde nous voit ensemble.

— Invite-les à la maison, reprit-il.
— Ah je ne t'ai pas encore montré. Elle alla dans le couloir. Jeta un coup d'œil sur les brouilleurs à l'entrée. Cadeau du Pentagone.
Aucune caméra, aucun écouteur ne pouvait résister aux ondes destructrices de ces bijoux militaires. Chacun d'entre eux pouvait décoder et intercepter six signaux d'écoute par seconde sur toutes les

fréquences hertziennes à plus de cinquante mètres… aucune onde, non reconnue, ne pouvait traverser la défense de ce brouilleur utilisé dans toutes les ambassades.

— J'ai encore un truc à te montrer. Elle prit son carton, retourna à la cuisine et l'ouvrit fièrement.
James pencha sa tête à l'intérieur.

— C'est un peu osé, mais il faut que cela soit assez visuel. Qu'en penses-tu ?

— Mais tu es malade ? Que vont dire les voisins…? On va devoir déménager, peut-être acheter un chien, je vais devoir tondre les samedis ?

Il leva les yeux en l'air
— Serons- nous un jour des gens normaux ?
Elle rit.

Les batteries rechargées, le cœur léger, du vin dans les veines. Les deux tourtereaux s'endormirent enlacés.
Le réveil fut plus dur pour James. Susan, déjà debout venait de mettre la télé.
Les rumeurs allaient bon train. Évidemment l'officialisation de la soirée caritative

présageait l'annonce du show. James arriva dans la cuisine et regarda par la fenêtre.

— C'est dingue, il y a déjà des gens dans la rue.
— Quoi ? répondit-elle intriguée. Tu es sûr ?

Ne voyant personne, elle le frappa à l'épaule.

— Bonjour chérie. Bien dormi ?
— Comme un bébé. Il est déjà 8 heures 20. Tao va me tuer si je…
— Tao, Tao ! Tao devrait te remercier d'être en retard.

James ne détestait pas Tao, il lui reprochait simplement de passer trop de temps avec Susan. Mais surtout, par-dessus tout, Tao était le seul à savoir où se trouvait Susan la semaine avant la soirée Kilauea, et il était le seul à pouvoir la contacter.
Il supposait que Tao connaissait son aversion pour ce détail, et qu'il en profitait.
Néanmoins, c'est grâce à lui que James fut désigné par Susan au moment de son procès.
Contradiction de sentiment. Un type bien ce Tao, dans son costume de sale gars.

James ne le détestait pas. Il se sentait comme un chien qui aimait le facteur.
En plus Susan l'avait pris comme témoin pour leur mariage. C'est une certitude, il doit s'entendre avec lui.

Ce n'était pas son principal problème. L'affaire Valberg s'annonçait délicate.
Barry l'avait choisi certes pour ses qualités d'avocat, mais aussi et James n'était pas dupe, à cause de sa relation avec Susan.
Qui de mieux pour défendre un client que celui qui allait se marier avec la femme la plus généreuse de la planète, celle qui possède un cœur qui bat pour les autres.
Susan Scott ne pouvait pas se tromper, le jury ne pouvait se tromper. Condamner quelqu'un défendu par l'homme qui allait épouser une icône serait renier qui elle est, et ce en quoi elle croit.
La manœuvre est habile, mais dangereuse aussi. Il fallait éviter d'en faire le procès de l'argent.
Marcus Valberg a de l'argent. Beaucoup d'argent. Le procès pourrait vite tomber dans
Le lynchage d'un nanti. Ceux qui ont des billets verts ont du pouvoir, ils ont des relations et pensent être au-dessus des lois.

Plus que jamais le choix des jurés allait être déterminant. James avait sa petite idée.

— Aujourd'hui j'ai la revue des jurés Susan je serai difficilement joignable et je ne pense pas rentrer pour manger ce soir. Et toi ?
Elle lui tendit sa tartine.

— Avec Tao on va faire la revue de la soirée. Les enchaînements, les pubs. Bref, une répétition générale.
— Je... je ne veux pas t'embêter avec ça encore une fois, mais tu ne crois pas que je devrais savoir où tu vas ?
— James....
— Non ! Pas James ! Je ne savais pas ce que cela représentait avant.
— Mais moi, je peux te joindre s'il le faut. Je t'en prie, ne me culpabilise pas...
Elle soupira, pleine de compassion.

Il passa sa main dans ses cheveux comme s'il se rendait compte. Il l'attrapa virilement et l'embrassa.

— Tu as raison, excuse-moi. Mais si quelque chose tournait mal, ne t'avise pas à résister.
— Chef, oui chef.

Tu me retrouveras au lit à ton retour. N'hésite pas à me réveiller. Elle lui reprit sa tartine.

James monta les marches deux par deux en chantant.
— Si tu aimes Susan tape dans tes mains (clap, clap, clap…)
Quand il eut fini de se préparer, Susan n'était plus là. Il en profita pour écrire un message sur la glace de la salle de bain avec la buée.

Il se demandait encore comment il pouvait tomber dans ces niaiseries d'adolescent, mais bon, il savait que Susan y était sensible et son côté fleur bleue, la faisait craquer.
Il regarda l'heure, et se dépêcha de monter en voiture.

Susan arriva au parking. Elle se dirigea vers la voiture des agents du FBI.
— Messieurs, des croissants ? Elle tendit le sachet.
— Merci mademoiselle Scott, répondit l'agent en ôtant ses lunettes. Soyez prudente, s'il vous plait. Je vous donne ma carte. Ceci est une initiative personnelle si

vous avez des questions, un problème, surtout n'hésitez pas.

Susan lut la carte.
— Merci agent Francisco. Je suis touchée.

— Que vous compreniez bien. Je suis ici pour votre sécurité. Pour tout ce qui vous paraîtra suspect, étrange ou potentiellement dangereux, ne prenez aucun risque, je suis votre ange gardien. Appelez-moi.
— Très bien. Merci.
Susan s'éloigna et fit un signe de la main. L'agent Francisco lui transmit une sensation inédite. Ses mots reçurent un écho inattendu pour elle. Elle se sentit en réelle sécurité, chose à laquelle elle n'avait pas réfléchi sérieusement auparavant.

Tao l'attendait.
— Nous avons un petit problème.

— Enfin ! S'exclama-t-elle. J'avais peur que tout se passe bien.
— C'est l'opérateur téléphonique mexicain. Son PDG trouve que depuis qu'il est notre partenaire, il n'a jamais bénéficié d'avantage particulier. Il veut dénoncer son contrat.

— Effectivement c'est un problème. Que disent les avocats ?

— Que le contrat est béton, que nous avons toujours respecté les termes. Mais ils disent aussi que s'il veut se désister, il sera difficile de le poursuivre, surtout pour des problèmes d'images, et encore plus pour les pertes que cela occasionnerait.

— Que veulent-ils ?

Ils se dirigèrent vers le bureau de Will North. Celui-ci, au téléphone, leur demanda avec son index une minute de silence

— …bien. …d'accord. Je vous rappelle tout de suite. Il raccrocha.
— C'était Pablo Garcia lui-même. Je ne sais pas quelle mouche l'a piqué. Il trouve que les spots publicitaires qu'il a achetés, ne mettent pas en valeur sa compagnie et que les horaires de diffusion ne lui conviennent pas. Nous n'avons pourtant rien changé ?

— J'ai entendu dire qu'il voulait s'implanter aux États-Unis, sûrement une tentative de com. ? reprit Tao.

— Que pouvons-nous lui proposer ? La grille est pleine. Nous ne pouvons plus lui donner ne serait-ce que cinq secondes de plus. Le comité d'éthique, les autres annonceurs, tout le monde va nous tomber dessus comme une pluie de météorites !

— Calmez-vous, dit Susan. Ce qu'il veut, c'est être pris au sérieux. Je ne crois pas qu'il soit de son intérêt de sortir du programme.

— J'ai une idée ! s'exclama Tao. J'ai une idée de génie. Proposons-lui de filmer quelqu'un dans la salle avec un tee-shirt avec la pub ou le logo de TEL-MEX. On peut encore le mettre comme invité dans la salle. Il suffit juste de donner des consignes aux caméramans….Ou mieux, tu peux toujours l'interviewer à l'extérieur du bâtiment. Il ne tombera pas sous la charte du comité pour publicité camouflée !

Will North se leva.
— Tao, c'est une idée géniale.

Un immense tableau blanc rempli de post-it, de fil de laine, d'horaires, de noms, tout ce qui allait se passer lors de la diffusion de Kilauea se trouvait devant eux. Ils

inspectèrent le tableau. Quelques secondes suffirent à l'assistant de Will pour trouver l'endroit.
— Là ! Il déplaça un aimant, décala un post-it. Will se leva.

— On peut faire dix secondes, une ou deux questions avec un zoom avant et arrière. Un fondu général, le tee-shirt aux couleurs de la société, un logo. Il faut que le gars soit grave buriné mexicain.
Il se rassit comme épuisé et surtout soulagé.
— C'est ok pour tout le monde ?

Personne ne broncha. Il prit le téléphone.
Susan et Tao sortirent du bureau, laissant Will et les responsables programme, finaliser le direct.
Morgane arriva au pas de course.

— Susan. J'ai ta robe pour samedi soir, le smoking de James, il faut être prêt pour 19h. Une voiture viendra vous chercher. Tao voici tes trois invitations….
— Trois invitations ? reprit Susan.
— C'est Fran. Elle a insisté pour que sa mère, que j'ai à peine vue, soit avec nous à cette soirée. Du coup, elle est moins sur moi et ça c'est bon pour mon karma.

Susan rit.
— Et tu crois ça ? Elle ne lâchera rien, elle t'endort.

Cette soirée caritative permettait à tous les annonceurs, les intervenants de l'émission de se rencontrer. Les fonds récoltés, issus de la vente de bibelot du cinéma, ou d'enchères farfelues comme une soirée avec une star faisaient vivre les différentes associations partenaires.

Cette soirée avait lieu tous les ans, pour éviter de perdre le contact avec ceux qui faisaient vivre Kilauea. Susan aimait bien ces soirées. Les gens étaient détendus, heureux.
On ne faisait pas vraiment attention à elle, et cela lui permettait de parler avec toutes ces personnes librement.

Quelque temps plus tard James récupéra Abigail au bureau. La jeune femme, élégamment habillée, l'attaché case à la main descendit les marches telle une starlette.
— Bonjour maître.
— Bonjour Abigail. Vous êtes ravissante. Euh…je veux dire votre tenue …enfin vous aussi….

— Ça va, ça va. Tu as le droit de faire un compliment à une collègue je te rassure. J'ai choisi cette tenue car nous allons voir beaucoup d'hommes. C'est un cliché, mais que veux- tu, ce n'est pas moi qui ai inventé la nature.

James hocha la tête et leva son sourcil gauche en signe d'approbation puis démarra en direction du tribunal.
L'audition des six jurés restait une opération délicate. Il fallait pouvoir trouver une personne morale sans à priori sur la gestion d'entreprise, ou ses patrons.

Quelqu'un qui ne s'intéresserait qu'aux faits.
Il ne fallait pas qu'il soit trop patriotique, trop cultivé, trop pauvre, trop vieux, trop typé et surtout, qu'il ne soit pas personnellement concerné par l'affaire de quelque manière que ce soit.

James opérait en tant qu'avocat principal. Abigail en tant que juriste assistante déléguée aux droits des sociétés. Sa présence était purement stratégique.

Le premier juré attendait déjà dans la salle.
James réajusta sa cravate avant d'entrer
D'allure sportive, grand, une mâchoire carrée. Son large sourire ses cheveux en bataille lui donnait un air décontracté, James imposait à la fois le respect et l'admiration. Il tâchait de rester humble pour ne pas s'attirer de la jalousie ou de l'antipathie.

Il ouvrit la porte et laissa entrer Abigaïl.
— Bonjour madame....le jeune avocat regarda le nom sur le dossier. Madame Shuttle ?
Comment allez-vous ? Nous sommes désolés de ce retard. Voulez-vous un café ? Un thé ?
— Bonjour. Non merci. Bonjour madame. Dites, ça durera longtemps ?
James sourit.

— Nous tacherons de faire au plus vite. Acceptez mes félicitations. Tout le monde ne peut pas devenir juré, c'est une mission dont vous pouvez être fière.
Nous sommes ici pour ''apprécier'' votre impartialité. Si vous êtes retenue, vous serez amenée à statuer sur une affaire mettant en cause une personne et une loi.

Notre rôle d'avocat sera de prouver que cette loi n'a pas été ignorée et qu'elle n'a pas été enfreinte. L'avocat principal du ministère public aura à charge de démontrer que cette loi n'a pas été respectée, et que cet homme est coupable.
Nous ferons tour à tour état de preuve, afin que, vous, les jurés puissiez décider d'un procès impliquant l'administration.

Si jamais un point vous paraît mal expliqué, surtout n'hésitez pas.

— Non, très bien. Mais de quoi est-il accusé cet homme ?
— La loi m'interdit de vous communiquer plus d'information. Si vous êtes retenue comme juré, vous aurez accès à tous les renseignements. Je vais vous poser quelques questions pour mieux vous connaître.

Les auditions s'enchaînèrent, tantôt drôles dès que les cas paraissaient être des clichés, tantôt poussées dès que le profil correspondait.
Les annotations, remarques inscrites sur chaque dossier, puis la tendance ou l'appréciation des candidats devaient permettre de trouver les meilleurs

postulants. Ils restaient encore huit personnes à passer quand James décida de faire une pause.
Dix-huit personnes, dix-huit dossiers déjà à traiter. Un semblant de réussite pour cinq d'entre eux

Il reste huit personnes pour un candidat potentiel. Le duo assis devant un sandwich fit un bilan positif de cette matinée.
— Cher maître, vous m'avez impressionné, lança Abigail. Vous avez mis ces gens à l'aise vous les avez respectés et surtout vous avez montré que le système avait besoin d'eux. Quelle facilité à attirer la confiance des gens.

James mordit dans son sandwich, et mâcha tout en regardant fixement Abigail. Il avala une gorgée de son cola, avant de répondre.

— Et tu penses que, parce que je suis avocat, ils ne devraient pas ?
Abigail se sentit gêné.
— Je plaisante Abi, nous n'avons pas les mêmes motivations. C'est mon métier. Je suis là pour défendre les intérêts de Mr Valberg. De l'innocenter en rapport à des faits. Nous sommes dans une société, où tout le monde veut la justice et la paix.

Il faut que la personne que nous allons choisir fasse son travail en ce sens.
A moi de l'encourager pour que nos intérêts concordent.

— Tu crois Marcus coupable ? demanda Abigail.
— Je crois ….je crois…. ce que je pense n'est pas important. Ce n'est pas un univers de peluches et de barbe à papa... Et …et ces sandwichs sont supers bons !
Il avala une autre bouchée.
— Marcus ce n'est pas moi qui le juge. Cet homme a certainement fait des choses condamnables ou immorales pour créer son petit empire. Et de bonnes aussi. Création d'emploi ou encore investissements. Il aurait pu tout vendre.
Pour moi il est innocent, Faisons en sorte qu'il le reste. Il se leva.
— Café ? Thé ?

Abigail fit non de la tête. La pause terminée, ils reprirent le travail.
Les dossiers des personnes restantes furent beaucoup plus faciles à traiter Abigail et James se félicitèrent de leurs choix.
James regarda sa montre. 17h 45.

— Tu veux que je te dépose au bureau ? Je vais passer voir Mr Valberg pour lui faire une première analyse.
— Et bien je t'avoue que je suis un peu vannée. Je vais prendre un taxi. J'ai encore quelques courses à faire.
— Très bien. On se voit au bureau demain.
James prit ses affaires et se dirigea vers sa voiture. Abigail le rattrapa en hâte.
— Je … tu peux me déposer ? J'ai oublié un rendez-vous important. Je suis une vraie tête en l'air.
Ils montèrent en voiture.
La circulation dense les emmena lentement sur la 6-ème Avenue. James gara sa voiture près du RITZ-CARLTON.
— Tu as rendez-vous au RITZ ? Waouh. Il n'y a que des gens importants là-dedans.
— Oui, répondit-elle avec un grand sourire, tu n'as pas idée…. Merci on se voit demain au bureau.
James la salua et repartit en direction de chez Marcus Valberg. Celui-ci l'accueillit personnellement.
— Maître, comment allez-vous ?

Sa poignée de main virile, son costume haute- couture, ainsi que son assurance naturelle faisait de Marcus Valberg un homme que l'on respecte instantanément.

— Mr Valberg, c'est un plaisir de vous revoir. J'ai des nouvelles positives.

Marcus l'invita à entrer. Les deux hommes prirent un verre. Des petits fours furent ramenés par des employés consciencieux, et leurs servirent un dîner presque improvisé.
James eut tout le loisir de développer sa stratégie de défense et ils passèrent les deux heures trente à échanger certains points de vue.
James n'aborda pas le sujet des 15 millions de dollars de caution. Il savait son client indifférent aux doutes. Il sera encore temps de le ramener à la raison.
Il s'activa à lui faire signer les papiers par lesquels il devenait officiellement son avocat.

— Voyez, James, comme la vie est injuste et je ne dis pas qu'elle n'a pas été généreuse mais j'ai dû me battre comme tous ceux qui veulent obtenir certaines choses et maintenant que je suis à l'heure de la récolte, on voudrait me saisir mes biens ? Il est hors de question de céder ne serait-ce qu'une société. Je ne veux pas qu'on me parle de justice ou de loi. Je n'ai rien transgressé, rien ignoré. Que l'on parle plutôt de mascarade ou d'artifice.

— Je comprends votre position. Vous m'avez signé un papier stipulant que vous m'avez choisi pour vous défendre. Cette confiance Mr Valberg, il va falloir la garder en toutes circonstances. A partir de ce jour, plus aucune déclaration ni allusion à propos de votre affaire, ne communiquez ni par téléphone, ni par mail, fax ou lettre. En face des médias ne souriez ou ne vous effondrez pas, ne divulguez aucune information. A toute question posée, une seule réponse : voyez avec mon avocat. Désormais l'attention c'est moi, le stress, c'est moi, la colère, c'est moi. On va vouloir vous faire sortir de vos gonds, vous faire réagir, restez impassible.
Lundi, j'instruis le recours et j'aurai accès au dossier. Nous verrons qui se cache réellement derrière tout ça. Abigail Anderson vérifie les liens entre vos sociétés, les dirigeants et vos différents conseils d'administration. Toutes les options sont envisagées. Gardez à l'esprit que cette accusation est grave et qu'il n'y a pas de chemin commode.

Désormais, les pensées de Marcus Valberg passaient par la voix de son avocat, qui allait tout faire pour les maîtriser. Il prit congé de son client sur les coups de 22h 30. Le retour à son domicile se fit machinalement tant James était perdu dans ses pensées.

La rue était calme. Seule la voiture du FBI garée en face de leur maison trahissant l'annonce des prochains jours. La voiture de Susan dans le garage le rassura. Une fois dans la maison, il brancha l'alarme et se dirigea vers la cuisine. Aucun bruit dans la maison.
Il monta les escaliers pour se rendre compte que sa femme n'avait pu résister à la fatigue de sa journée.

Il se servit un verre de jus d'orange, et se dirigea vers le bureau. Il lui restait encore beaucoup de travail. Les comptes rendus des auditions de la journée allaient lui prendre une bonne partie de la nuit.
Ce n'est que vers deux heures du matin qu'il décida de s'arrêter et de profiter du lit, de Susan avant son départ prochain. Voilà une pensée raisonnable. Sa douche prise, il s'allongea à côté du corps chaud de Susan et lui prit sa main pour s'enlacer. Il susurra un « bonne nuit » dans ses cheveux et s'endormit.

Ses yeux s'ouvrirent au matin. Il prit la télécommande, actionna les volets. La lumière envahit la chambre. Il étira ses membres de tous leurs longs et ferma les yeux dans l'espoir de repartir un peu dans les bras de Morphée. Son départ fut de courte durée.
— Chéri, tu es réveillé ?
— Laisse-moi dix minutes.

Quinze minutes plus tard Susan apparut avec un plateau rempli de pancakes, de jus d'orange, de café et de fruits.
L'odeur du café envahit la chambre.
— Tu as fait des pancakes ? souria- t-il
— Tsss… tu te moques ? Eh oui j'avais envie de pancakes.
— Là ! Susan tu m'as convaincu, épouse-moi.
— Jamais de la vie. Mon mec ne va pas tarder, il vaut mieux que tu rentres.
— Oui, je vais faire ça. Je ne suis pas l'homme d'une seule femme, d'ailleurs j'ai une de tes voisines en vue. Elle fait des omelettes au fromage le matin….humm .
— Salaud ! cria-t-elle en lui envoyant un pancake.

Elle se jeta sur le lit, et ils s'embrassèrent.

— Aujourd'hui, tu peux manger et te recoucher. Je veux que tu sois en forme ce soir.

Il se laissa tomber en arrière. Le travail l'avait accaparé, et lui avait pris toutes ses pensées
— Samedi. On est Samedi ?
— Alleez.... Tu vas être beau ce soir !...comme tous les jours, l'encouragea-t-elle.
Il se leva.
Bon je vais pisser. Ne touche pas mes pancakes !
— Ça c'est mon mec ! Viril et immature.

La soirée pré-Kilauea, James l'aimait bien en réalité. Il savait Susan dans son élément. Douce, prévenante, elle maniait à la perfection ce mélange de reine et de servante. C'était toujours une bonne occasion de voir des stars, de discuter avec des gens importants.
Son petit déjeuner avalé, il s'habilla décontracté et fit une escale rapide au bureau.

Le jugement préliminaire était fixé à lundi. Son dossier était impeccable. Les jurés choisis, les prescriptions respectées mais

James ne supportait pas l'idée d'une erreur de débutant.
Ce dossier devait être le moins médiatique possible.
Protéger son client, défendre ses intérêts, voilà ce qui nourrissait la passion de James pour le droit. Convaincre les jurés de l'inutilité d'un vrai procès. Accorder le doute et au pire un avertissement sur les règles commerciales, serait une condamnation acceptable.

Le bâtiment quasi désert permit à James de ne pas perdre de temps en salamalecs.
De la musique dans les écouteurs. « Crystal Fighters, voilà ce que j'aime ….»
Il inspecta les papiers sur son bureau.
Vérifia les enveloppes, les pochettes, reprit ses notes et relut la plaidoirie. Tout devait glisser comme les notes d'une partition. Il sentit une présence derrière lui.

— Abigail, qu'est-ce que tu fais là ? Enfin, je veux dire, tu m'as surpris.

— Oui j'ai vu. Désolée je ne voulais pas t'effrayer. Je voulais profiter de l'ordinateur car je n'ai pas de connexion internet. C'est ce soir la soirée caritative, tu ne devrais pas te reposer ?

— Oui, ce soir. Je voulais faire un dernier petit tour, demain, je n'aurai pas la force de venir.

— En tout cas j'espère être en forme, il parait que c'est une chouette soirée. Et comme c'est la première fois que j'y assiste, ce sera l'occasion de rencontrer beaucoup de monde.

Tu es invitée ? Super. Tu m'impressionnes, tu as pu trouver des invitations alors que tout est complet depuis au moins cinq mois.
— Disons que j'ai des amis persuasifs ... à ce soir.
— A ce soir alors.
Il remit ses écouteurs.

James et Susan étaient encore en plein habillage de leur tenue de soirée quand la police laissa entrer la limousine noire dans la rue. Difficile de faire un demi-tour avec 8.50 mètres de long.
James sortit le premier, en smoking impeccable. Susan dans une robe bleu turquoise illumina la rue. Les deux jeunes gens s'engouffrèrent à l'intérieur. Vingt-cinq minutes plus tard c'était au tour de Tao et de ses invitées de les rejoindre. La

voiture remonta la sixième Avenue puis la cinquante-neuvième en direction du Mandarin Oriental où se déroulait la soirée. Les flashs crépitèrent dès l'ouverture des portières.

La foule pressée sur les cordeaux de sécurité, attendait impatiente de voir les célébrités arpenter le tapis rouge. Fran, la compagne de Tao sortit la première suivie de sa mère. Les cris précédèrent la descente de Susan et de James. Ils se dépêchèrent d'entrer, non sans saluer les gens sur leur chemin, afin de ne pas gêner le flux des limousines.

Participer à cette soirée caritative coûtait déjà la somme de 1500 dollars par tête, et chaque invité était mis à contribution pour offrir quelque chose à mettre aux enchères.
Susan et Tao avaient rapporté leur cadeau spécial Kilauea.

Les convives s'installaient peu à peu dans la grande salle décorée pour le plus grand gala de l'année.
La vue sur Manhattan et ses gratte-ciel illuminés rendait à elle seule la soirée époustouflante de magie.

Il y avait là, les personnages les plus influents. Stars de la télé, du cinéma, de la musique, du sport, magnats de la presse, politiciens, milliardaires venus de tous les pays concernés par la diffusion de Kilauea...
Jamais ces mondes hétéroclites ne se trouvaient en même temps dans le même espace. Jimmy Stallon, présentateur du soir, promettait une grande cérémonie.

Will North le patron de Susan les accueillit.

— Vous êtes là. Parfait ! Notre table est …la 17. Je vous rejoins tout à l'heure, je viens d'apercevoir Pablo Garcia le patron de TEL-MEX. Je vais en profiter pour le saluer.

L'effervescence des convives, le champagne, tout illuminait le visage de Fran, la compagne de Tao.
Elle ne manquait pas de s'extasier devant chaque personne passant devant leurs yeux.
Un homme s'approcha de la table.
— Mesdames, messieurs bonsoir.
Il se pencha vers Susan.
— Mademoiselle Scott, je m'appelle Turner Coat, excusez-moi de vous importuner, il y a ce soir une personne qui souhaiterait vous

rencontrer personnellement. Si vous pouviez trouver un instant sans que cela gêne votre soirée, vous lui feriez un grand honneur. Vous n'aurez qu'à me faire un signe dès que vous êtes disponible, et je vous présenterai.

Susan se retourna. Elle vit la silhouette d'un homme seul assis sur un sofa. Discrètement, deux gardes du corps gardaient l'endroit, interdit de toute approche.
Etrange dans une soirée caritative.

— Avec plaisir, oui tout à l'heure, sourit Susan.

L'homme la remercia d'un hochement de tête et prit congé. Jimmy emballa la soirée, faisant s'envoler les prix.
La cape du dernier Superman à 1700 dollars, le soutien-gorge d'une star du X à 600 dollars, les gants du champion du monde de boxe poids lourds à 3200 dollars, la batte de baseball du dernier home-run de ce champion à 1500 dollars.
Les personnalités présentes débordèrent de générosité pour faire de cette collecte de fonds une réussite.
Une année de voyage pour deux personnes sur les vols internes récolta 5000 dollars. Ce

fut au tour de Susan de mettre son cadeau en jeu. Le sixième appel pour poser sa question à l'invité.
Les prix commencèrent timidement, pour finalement être adjugé à la nouvelle connaissance de Susan. Ce Turner Coat s'offrit le privilège de pouvoir poser la question au futur invité, pour la somme de 100 000 dollars. Du jamais vu. Sachant qu'il est impossible de pouvoir trouver l'identité aussi tôt dans l'émission.

L'ambiance festive permettait des relations aisées entre des convives qui ne se croisaient généralement, que le temps d'un contrat, d'une affaire.

James et Susan croisèrent Abigail. Celle-ci revenait justement d'une discussion avec cet homme si discret.
— Très élégante, lança James à Abigail. Susan, je te présente Abigail Anderson. Elle travaille sur l'affaire Valberg avec moi.
— Enchanté, je suis Susan Scott. Je vous prie de m'excuser, mais je ne crois pas vous connaitre ? Mon futur mari oublie parfois de me parler de son travail…

Elle lança un petit regard assassin à James.

— Bonsoir Susan, c'est un plaisir de faire votre connaissance. Je suis détachée du bureau de Sacramento, je viens de m'installer il y a peu. Je suis consultante pour les affaires de Mr Valberg, et j'aide James pour les questions financières.
— Il y a peu de temps, avant l'audience, j'imagine qu'il doit avoir des questions plus urgentes à résoudre que parler de ses collègues.
— Je ne devais pas être présente ce soir, j'ai eu de la chance de trouver une place.
— C'est un plaisir de vous rencontrer. Je vous souhaite un bon départ pour l'émission.
— Votre mari n'est pas là ? Susan fit mine de chercher du regard dans la salle.
— Non. Je suis venue seule. Oh ! Excusez-moi, il faut que je parle à quelqu'un. Passez une bonne soirée. A lundi, James.

Abigail s'éclipsa. Susan regarda fixement James. Celui-ci la regarda à son tour, en s'interrogeant sur l'insistance de sa femme.
— Quoi ? Finit-il par demander.
— Quoi ? Tu ne vois pas ? Tu avais «oublié » de me parler de Miss Univers avec qui tu bosses.

— Tu la trouves jolie ? Lâcha t'il moqueur.

— James Allen, je ne suis pas encore votre femme dit-elle, en lui prenant le bras et en serrant très fort. Désormais tu ne me quittes plus de la soirée. J'espère que tu es allé aux toilettes car tu ne risques plus de bouger seul.
— Ma femme est jalouse, pensa-t-il, un sourire aux lèvres.

Susan avait effectivement ressenti une pointe de jalousie, rapidement effacée par la confiance qu'elle portait à son compagnon. La soirée continua dans la bonne humeur que chaque convive dégageait, patientant jusqu'aux douze coups de minuit. Heure de l'annonce du départ de Kilauea.

Susan recroisa Turner Coat.
— Mr Coat, c'est ça ? Si vous le désirez, je suis disposée à voir cette personne qui veut me rencontrer.
— Merci Mlle Scott. Laissez-moi un instant, je le préviens de votre arrivée.

Turner se dépêcha de retourner dans la zone mal éclairée et gardée par les vigiles.
Il fit signe de loin pour l'inciter à les rejoindre. Susan vérifia que James ne la cherchait pas, et se dirigea vers le sofa. La musique jouée par l'orchestre laissa libre

cours à l'excellent pianiste de la soirée Zack Tamasson. Les notes qui s'envolaient, semblaient porter les pas de Susan. Elle passa devant les gardiens impassibles.
Turner vint à sa rencontre et lui tendit une carte.

— Si jamais vous aviez besoin de me contacter en regardant en direction de la table, je vous laisse. Il brûle d'impatience de vous saluer.

La silhouette de l'homme se dessina peu à peu. Seul, assis dans cette pénombre, tenant une canne surmontée d'un dragon dont la tête était tenue des deux mains, le personnage lui apparut pleinement. Même si le cérémonial de l'entrevue lui parut exagéré, elle décida de ne pas lui en tenir rigueur. Susan se laissa porter par cette solennité, si bien que chaque pas qu'elle faisait en direction de cet homme lui parut interminable, comme si la musique jouait au ralenti.
Un léger bourdonnement dans ses oreilles, lui fit secouer la tête.

Un soupçon de gêne l'envahit. Elle, si sûre d'elle d'habitude, et ayant côtoyée les

grands de ce monde ne comprit pas pourquoi désormais, elle transpirait.
Même son premier Kilauea ne lui avait procuré autant de stress en aussi peu de temps. Sûrement l'effet de cette rencontre théâtrale. Cela l'intrigua.
Il était trop tard pour reculer, sous un quelconque prétexte et ses pas l'emmenaient inexorablement vers cet homme.

Elle imagina tenter un regard en arrière comme pour vérifier un pli de sa robe et en profiter pour capter le regard de quelqu'un dans le flot des personnes plus loin, mais elle ne put saisir l'attention de personne.
Elle se sentit inexistante et transparente. Une profonde respiration lui donna l'oxygène nécessaire pour se ressaisir. Elle fit un mouvement de sa main pour remettre sa robe impeccablement, et continua sa marche.

Cette petite pause lui permit de se sentir à nouveau sûre d'elle et laissa place à la curiosité qui la captiva peu à peu.
Qui était cette personne ? Pourquoi vouloir la rencontrer ici et maintenant ? N'avait-il pas eu d'autre occasion de se présenter à elle, au studio ?

Ses inquiétudes se transformèrent en conviction profonde.
Après tout elle était Susan Scott, femme toute puissante dans le cycle triennal de son émission.
Elle reprit sa marche en avant.
Son bourdonnement avait cessé, et ses jambes semblaient mieux la porter. La distance à parcourir ne lui semblait plus un obstacle.
Elle arriva sur les derniers pas, déterminée à rencontrer cet homme si mystérieux, et qui venait de la faire douter sans l'avoir jamais rencontrée.

L'idée d'un canular lui traversa aussi l'esprit. Devait-elle jouer la femme piégée ?
Ses yeux cherchèrent les indices de caméras, ou de micros dissimulés. Susan le vit enfin.

CHAPITRE 2
(CAPITOLO DUE)

— Rien n'arrive par hasard ! dit l'homme d'une voix forte et virile en se levant.
Trois yorkshires jaillirent de dessous la table et aboyèrent bruyamment, ce qui effraya Susan.

— Orthos, Géryon, Erebe, suffit ! lança-t-il, sans élever la voix.
Les chiens se turent instantanément.

— Veuillez pardonner leur impétuosité Mlle Scott. Ils ne font que me défendre. Ce sont d'incorrigibles monstres.

— Bonsoir monsieur. J'ai été surprise, mais ils n'ont pas l'air si terrifiants que cela, et en matière de sécurité, je vois que vous êtes déjà bien protégé.

— Ne vous fiez pas aux apparences Mlle Scott. Parfois les douces réalités, peuvent cacher des férocités insoupçonnées. Mais je manque à tous mes devoirs. Merci de me consacrer un peu de votre temps. Je vous prie de croire que le geste me touche. Sachez que je suis votre plus grand admirateur.

Il lui saisit la main et fit un geste élégant de baise main.

— Enfin nous nous rencontrons, lâcha-t-il dans un sourire éclatant. J'imagine que tout ceci peut vous paraitre grotesque. Je ne cherche pas à vous impressionner. Il se trouve que j'ai eu des intimidations dernièrement d'un concurrent. Cela ressemble plus à une farce, mais comme je vous l'ai dit, ce qui parait inoffensif, peut vite évoluer dangereusement. La prudence est de rigueur, comme l'intimidation. Je n'ai pu m'empêcher de vous observer pendant que vous avanciez vers moi. Il semblerait que malgré la discrétion dont je veux faire preuve, l'effet a semblé vous déstabiliser. J'en suis profondément désolé.

Un homme séduisant, bien trentenaire, d'un visage légèrement halé à la carrure sportive, vêtu d'un smoking impeccable, se dressait devant elle et l'observait de son mètre quatre-vingt-cinq. Ses yeux noisette la transpercèrent. Ses cheveux légèrement en bataille, sa posture droite, tout affichait une assurance parfaite. Susan fut séduite sans qu'elle ne se l'explique. Elle ne ressentait pas une attirance physique, plutôt un sentiment de confiance. Comme s'ils se connaissaient déjà depuis longtemps.

— Je me présente. Brett Whites. Mon intendant Turner m'avait prévenu que votre toilette était splendide, il minimisait. Vous sublimez cette robe, Mlle Scott.

— Merci monsieur Whites. Merci pour ces compliments. Je suis confuse, je dois avouer que je n'arrive pas à me rappeler en quelle occasion nous nous sommes ...

— Ne le soyez pas. C'est la première fois que je me présente à vous, et vous pouvez m'appeler Brett, souria-t-il.

Il lui prit la main, et l'invita à s'asseoir. Susan le contourna, et s'assit en tenant sa robe entre ses mains.

— Merci. Je dois vous prévenir que je ne n'ai que très peu de temps.

— Je connais vos devoirs, et le mien, n'ayez crainte. Vous m'en accordez plus qu'il ne m'en faut. Je connais la raison de cette soirée, et vos responsabilités seront assumées avec brio, comme à chaque fois.

Turner Coat arriva avec un papier à la main.

— Ha ! Voilà le précieux Sésame. Il saisit le billet qui l'autorisait officiellement, à être la 6 ème personne de l'émission à pouvoir dialoguer avec l'invité. Il regarda le billet sur lequel des notes notifiaient les conditions du coup de fil.
Les mots interdits ou à caractère raciste, insultant, haineux, politique…

— C'est très généreux de votre part d'avoir fait monter les enchères aussi loin. C'est un appel plutôt symbolique.

— Il ne faut pas se fier à ce qui semble être des détails sans importance. Et puis moi, j'aime le symbolique !
Il se pencha vers elle.

Son parfum discret l'enveloppa comme un voile de soie. Son regard la transperça à nouveau. Elle ressentait chez cet homme une sorte de magnétisme. Il pouvait imposer sa puissance et à la fois sa bienveillance.

— C'est un pari risqué cet appel Mlle Scott, peut-être va-t 'il changer la face du monde. Ce coup de fil est inespéré pour moi.

Vous permettez grâce à cette émission qu'une partie de la planète se rapproche. Essayons de réunir le monde…

— Vous êtes loquace Mr Whites. Très convaincant. Merci en tout cas de la passion dont vous faites preuve.

Susan essaya de le dévisager discrètement.

— Vous avez une voix agréable ...Votre accent ? dit-elle. C'est surprenant, on dirait un mélange…

— Je voyage beaucoup. Il m'arrive de combiner. Les effets s'estompent au bout de quelques jours acclimatation.
— Pardonnez mon indiscrétion. Vous êtes dans quelle branche ? Continua-t-elle.

— Ne vous excusez de rien. Je travaille le plus souvent dans la gestion des ressources humaines. Je fais, une gestion de personnel un peu différente. Certain se battent pour venir chez nous, d'autres y sont obligés. Que voulez-vous, la réputation sans doute… peut-être qu'un jour je vous ferai découvrir ma société…
Je voulais que nous soyons présentés afin de ne plus être des inconnus. Je suis un

admirateur assidu, et n'y voyez aucune obsession. Vous êtes quelqu'un de fascinant.
Il prit une posture plus détendue.

— Alors ? Votre mariage avance ?
Susan fit une mine interrogative.

— Excusez mon indiscrétion…c'est un sujet connue, non ? N'y voyez rien d'obsessionnel.

Susan vit que Tao la cherchait du regard dans la salle.

— Je dois écourter malheureusement. C'est le moment de l'annonce. Merci encore pour les enchères et pour ce moment.

— Ah, oui ! Le départ de Kilauea.

Il lui tendit la main pour l'aider à se relever. Les trois chiens se relevèrent à leur tour. Un regard de Brett les fit se coucher à nouveau.

— C'est incroyable comme ils sont synchronisés, remarqua-t-elle.
— Oui en effet. Incorrigibles.
— J'ai été ravi de notre rencontre Mr Brett Whites. Au plaisir de vous revoir.

— Merci mademoiselle Scott. Bonne chance pour le lancement de l'émission. Je ne doute pas que votre invité mystère reste toujours aussi surprenant.

Susan prit congé, avec une sensation gênante cette fois-ci. Tao la précéda.

— Ça va ? C'était qui ? Je te cherche partout. Il reste cinq minutes, tu veux répéter quelque chose avant qu'on entre en scène ?

— Je… je ne sais pas vraiment qui est cette personne. Est-ce que tu pourrais faire une recherche pour en savoir plus ? Il s'appelle Brett Whites.
— Est-ce que ça va ? reprit-il.

— Oui. Oui. Elle reprit ses esprits.
— Non, c'est bon pour le lancement, on peut commencer. Par contre, je ne sais pas, mais je pense que c'est important. Tu pourras faire cette recherche rapidement Tao ?

— Bien sûr. Brett Whyte c'est ça ? Allez ! C'est l'heure du job, dit-il en souriant.

Elle laissa Tao monter sur scène et rejoignit James. Celui-ci remarqua son air absent. Il attribua cela à l'annonce. Tao, toujours sur un solo entrainant du pianiste Zack Tamasson frenchie montant de la scène jazz et salsa New Yorkaise, dans une salve d'applaudissements, arriva tout sourire sur la petite estrade décorée à cet effet.
Un petit clin d'œil à Fran, le producteur adjoint, Tao Clark prit quelques instants, vérifia le micro en tapotant dessus et imposa le silence d'un geste de la main. Il posa sa fameuse casquette de capitaine de navire, sous les cris du public.

— Merci. Mesdames, Messieurs comme chaque année, nous nous réunissons et pour ma part, j'attends ce moment avec impatience.
Je retrouve des amis pour une soirée extraordinaire. Cette année déroge à la règle, car elle va nous permettre de partager ce fameux lancement, ce pour quoi nous travaillons si dur.
Vous êtes là, vous êtes beaux, vous êtes heureux. Vous êtes Kilauea ! La vie nous accorde ce genre de moment suspendu dans le temps. Aussi, je voulais vous remercier de garder cette fraîcheur malgré toutes ces années passées ensemble.

Une femme monta sur l'estrade et lui tendit une enveloppe. Il la déchira cérémonieusement. Son sourire béat figea l'assemblée.
— Votre générosité vient de rapporter à l'association plus de 1 226 500 dollars.
Un nouveau record vient d'être établi.

Les applaudissements fusèrent de toutes les tables.

— Nous pouvons être fiers, vous pouvez être fiers. Vous n'êtes plus sans savoir que la production de Kilauea double cette somme.

Les applaudissements repartirent de plus belle. Tao reposa l'enveloppe et redemanda le silence.
— J'ai, pour cette année, trouvé… encore…
Des rires de congratulation jaillirent dans la salle

— Trouvé, disais-je, un invité taillé pour cette aventure. Son nom ? Il fit mine de chercher dans ses poches un papier introuvable et par un haussement d'épaules, relança la salle.
— … pour cela, il faudra voir avec Susan.

La salle se leva pour accueillir Susan sur l'estrade. James l'aida à se lever et l'embrassa sur la joue. Susan remercia les personnes d'un hochement de tête. Elle grimpa les marches à la façon d'une star recevant un prix. Elle crut entendre des aboiements, jeta un rapide coup d'œil, puis se ressaisit. Elle prit le micro que lui tendait Tao.

— Enorme merci, sans vous l'émission n'existerait pas. Sans vous, les Etat Unis d'Amérique, au travers d'un amusement, n'auraient pu se lier avec autant de peuples. Nous avons une lourde tâche. Celle d'unir des mondes différents autour d'un divertissement.
Si nous échouons, nous pourrions penser que ce n'est pas grave, qu'il y aura d'autre occasion. Si nous réussissons, nous pourrons dire à l'humanité, qu'il y a d'autres options, qu'il y a un espoir. Quel que soit l'endroit où nous nous trouvons, quel que soit, notre métier, notre couleur de peau, et ce, malgré la velléité de l'argent, nous nous réunissons, nous partageons.
Je vous remercie d'être avec nous ce soir, d'être fidèles, pour porter cet élan.

Des caméras se braquèrent sur la scène, afin de permettre la retransmission sur toutes les chaînes partenaires. Elle empoigna la main de Tao alors que le staff technique apportait sur l'estrade un énorme bouton rouge.

— Voici maintenant le temps de lancer notre appel. Voici le moment de crier au monde, unissons-nous.

Tao et Susan appuyèrent de concert sur le champignon géant. Un feu d'artifice extraordinaire illumina le ciel de Manhattan, et partout dans les grandes villes, sur des écrans géants. Les mêmes lettres d'or s'enflammaient.
Kilauea était de retour. Son imposant pouvoir se mettait en marche, et nul ne pouvait l'ignorer.
Les feux d'artifices sur ce côté de la planète, crépitèrent de milliards d'étincelles.
Les personnalités présentes dans la salle émerveillées par ces éclats dans le ciel, ne pouvaient cacher leur satisfaction d'appartenir à ce moment.
Susan redescendit de l'estrade congratulée par tous. Même James qui arrivait à sa rencontre ne pouvait dissimuler sa jubilation.

— C'était… un très beau discours.

La soirée continua dans une ambiance décontractée. Susan chercha en vain dans la direction de l'homme qu'elle venait de rencontrer. Brett White lui avait laissé un sentiment de curiosité. Son intendant, avait disparu lui aussi.
Elle inspecta son sac, afin de vérifier qu'elle n'avait pas égaré sa carte.
Elle traversa le hall principal, et croisa l'agent Francisco.

— Bonsoir Mr Francisco. Vous travaillez tard ?
— Bonsoir mademoiselle Scott. Je ne suis pas en service ce soir. Je m'attendais à une soirée plus agitée, je suis un policier de la vieille école, sans doute trop sensible à ses instincts, et je voulais être présent pour aider les collègues en cas de débordement d'enthousiasme. J'allais rentrer. Demain va être une grosse journée… pour vous. Je vous souhaite bonne chance.

Elle regarda l'heure.
— Déjà 2 heures 30. Je ferais bien de faire comme vous. Je ne voudrais pas rater mon départ.

On se verra demain sans doute, bonne rentrée.

Il la salua et quitta l'hôtel.
Susan remonta à l'étage. Ses chaussures commençaient à la faire souffrir. Elle vit James danser avec Fran. Sans doute pour agacer Tao, qui lui, ne savait pas.
Elle lui fit un sourire de loin. Et s'installa à table.
Will lui saisit la main affectueusement.
— C'est une belle soirée, une belle réussite.
Il prit un moment.
Je t'ai observé tout à l'heure, avant ton discours tu es sortie voir quelqu'un. Qui était-ce ?

Susan le regarda un long moment.
— Un admirateur sans doute. Quoiqu'il en soit une personne étrange. Il avait une façon plutôt atypique de me parler. J'ai l'impression qu'il savait des choses, et qu'il voulait que je le sache.

— Rien de préjudiciable à Kilauea ?
Elle lui prit la main à son tour.
— Rassure-toi. C'est impossible.

La musique s'arrêta sous les applaudissements. Les convives revinrent à table.
James remarqua la fatigue de Susan. Il regarda sa montre, et jeta un coup d'œil à sa femme. Les regards tombèrent d'accord.
— Mesdames, Messieurs. Je vous prie de nous excuser, mais Susan et moi allons vous quitter. Susan reçut encore sa salve d'applaudissements et Tao se leva à son tour.

— On se voit demain Susan, dit-il avec un clin d'œil.

James ne broncha pas.
Il prit la chaise pour l'aider à se lever, et lui tendit le bras. Le retour au vestiaire se fit sous des félicitations appuyées.
Ils arrivèrent dans le hall d'entrée, où les voitures privés attendaient. James posa sa veste sur les épaules de Susan, et ils entrèrent dans la voiture. La rue était étonnamment calme.

— Quelle belle soirée, dit James. Je ne pensais pas apprécier, ou j'avais peur de me sentir gêné, de n'être que le mari de Susan Scott. Mais je me suis amusé. Et qui plus est, la soirée n'est pas terminée.

Susan regarda son homme avec tout son amour. Elle décida de le faire marronner.

— Chéri. Il est tard et je suis fatiguée…
— Quoi ? répondit-il. Tu ne veux pas que je profite de ma femme pour ce dernier soir avec elle. Et je vais devoir attendre presque deux semaines ?

Elle sourit pour montrer sa farce et lui prit le visage pour l'embrasser. Elle en profita pour lui glisser dans l'oreille que ce soir il déciderait de tout.

— Comme à chaque fois ? répondit-il d'un air niais. Chauffeur accélérez s'il vous plait…
L'arrivée dans leur rue fut plus mouvementée. Le service d'ordre, et les forces de police bloquaient déjà la rue aux badauds et paparazzis en tout genre.
Susan regarda cette foule. Il est vrai que la célébrité a des revers désagréables. Elle regarda James. Celui-ci la rassura.
— Je m'occupe de ça….

Susan sortit la première de la limousine. Elle allait se dépenser pour l'émission pendant trois semaines et elle avait envie que cela ne prenne forme que demain.

Les flashs crépitèrent, les cris scandant son prénom. Tous étaient avides de la photo la plus glamour, la photo la plus gênante, celle qui ferait vendre, celle qui donnerait un sens à la vie de son détenteur. Susan se dirigea vers la maison sans se retourner.
James s'approcha des objectifs.

— Merci à tous. Merci de vous être déplacés. Buffalo, je vois que tu es toujours là. Merci à toi…
Il regarda d'un côté comme pour remercier quelqu'un qu'il connaissait bien. Les appareils photos se calmèrent peu à peu. Il plaça ses mains dans ses poches et sortit sa main droite comme s'il faisait un cours.
— Susan vous prie de l'excuser.

Les crépitements des flashs s'arrêtèrent complètement. James marcha le long de la bordure.

— Je sais que c'est difficile pour vous d'être ici ce soir. J'imagine que certains ne sont pas du coin. Vous êtes là dans une rue, loin de chez vous et sûrement pas que par plaisir.
Ceux qui connaissent Susan connaissent aussi son bon cœur, et combien il est important pour elle de ne pas vous décevoir.

Ce soir, vous le savez, elle a lancé Kilauea. J'étais là !

Des rires sortirent des rangs. James continua avec une aisance et une classe incomparable.

— Oui, sacré moment. J'imagine que les crépitements dans le ciel ne vous ont pas échappé.
Demain, elle ira rejoindre l'invité. Vous, je ne sais pas, mais moi, demain, je serai seul.

Une femme s'exclama.
— Tu veux que je vienne te tenir compagnie ?

Il rit.

— Je suis touché, vous êtes très gentille, mais je dois décliner, je suis fidèle et je suis amoureux.
Mais ce que j'aimerais…enfin…si vous pouviez, ce soir, respecter mes derniers moments avec ma femme, je vous en serais reconnaissant….
Merci Buffalo, merci à tous. Je vous dis à demain matin.
Il salua de la main et s'en retourna.

Les paparazzis se regardèrent pour savoir qui était ce Buffalo si intime avec la famille.
James regagna son domicile. Il laissa une rue dans le calme. Susan qui avait assisté à la scène, le regarda avec des yeux plein d'émotion. Elle ne regretta pas le choix de son cœur. Elle voulait un homme qui impose et elle l'avait à ses côtés. Il ferma la porte.

— Ce soir, c'est moi qui commande ! lui rappela-t-il.

Elle acquiesça d'un simple hochement de tête.
Il la prit par la taille, elle entendit à peine le taxi faire demi-tour. La porte fermée, James appuya sur la fermeture automatique des volets. Demain, la matinée allait être des plus animées.
— À quelle heure commences-tu ? demanda-t-il.
— Ça commencera à 13 h.

— Si on allait se coucher ? proposa-t-il. Je vais prendre ma douche.
Susan enleva ses chaussures. Partir demain ? Elle n'en n'avait plus envie. Demain…

— James ?
Celui-ci revint la brosse à dent à la bouche. Humm ?
— Quand Kilauea sera finie, on fera un bébé ?

James arrêta de brosser ses dents, lui demanda une seconde d'un signe de la main.
— J'avais pensé réparer la clôture d'abord ? Voilà ce que je vais faire. Je vais te laisser te changer. On va aller se coucher. Je te ferai l'amour. On dormira tard. Tu feras ton spectacle, ton émission, tu reviendras, je ferai de toi une femme respectable, on fera un bébé, peut-être deux et je réparerai la clôture. Ça te va … ?
Susan accepta très vite.

Le couple s'endormit selon le schéma prévu par James. Dimanche de ce premier jour d'automne, le couple vécut au ralenti dans un cocooning sécurisant, chacun passant ses coups de fils, ou répondant aux mails.
Seul le manège s'orchestrant dans la rue présageait ce lendemain mouvementé.
Ils passèrent ainsi tout le dimanche, sans que le bruit de l'extérieur bouillonnant, ne

les atteigne. Ils dînèrent tôt, et une séquence canapé ponctua en douceur cette journée.

Les yeux se dégagèrent de la douce chaleur du lit. James connaissait sa femme. Elle allait se réveiller en furie, une tempête.
— Ho non, non, non… je suis en retard ! cria-t-elle.
— Bonjour chérie. Bien dormi ?
— James ! Je suis à la bourre grave.
— Mais non arrête. Tu exagères.

Elle le prit par les épaules.

— Dans cinq minutes les filles vont débarquer. Je n'ai pas pris mon petit déjeuner, il faut que je m'habille. Je n'ai pas appelé Tao pour confirmer. Je suis dans la merde, j'ai merdé ! Il faut que j'annule. Faut que je me reprenne. Et hier soir, tu étais fantastique. Je t'aime…

Elle sauta du lit et courut à la salle de bain avec son téléphone.

— Mais non tu n'es pas en retard. Personne n'a encore sonné … comment ça hier soir j'étais fantastique ? Mais je suis fantastique tout le temps. Non ?
Il se leva

— Chérie ?... je suis fantastique tout le temps non ? reprit-t-il.
La sonnette retentit. James se dirigea vers l'escalier. Il vit une silhouette devant la porte.

— C'est bon chérie, c'est Rosetta.
Elle sortit de la salle de bain en survêt.

— Tao est prêt, ouf. Bonjour Rosetta mais quelle heure est-il ? Elle regarda sur la montre de la cuisine. 9h00 ! Mais ça va, je ne suis pas en retard, souffla-t-elle.

James jeta un œil par la fenêtre. La rue était évidemment bondée. La police avait dressé un cordon de sécurité afin de garder à distance cette foule croissante et de permettre aux voitures de circuler librement. Le nombre d'appareils photos, de caméras ne se comptait plus. Le simple fait de bouger les rideaux de la cuisine, fit vibrer l'assemblée, et étinceler les appareils. Susan descendit les marches.

— Jamais tu ne sortiras de cette maison ! s'exclama James.
— Merci de ta confiance. On verra … ironisa-t-elle.

Une heure plus tard, six voitures noires à vitres opaques arrivèrent, et se garèrent en file indienne.

— Ah les voilà, s'enthousiasma Susan.

Les cris des badauds annoncèrent ce que tout le monde attendait. Cette fuite tant attendue. Comme des chiens de chasse, comme des taureaux attendant l'ouverture d'une porte, la masse grouillante de prédateurs se positionna, aux abois. Des jours d'impatience, des heures interminables sans que rien ne se passe. Voici enfin l'action, voici enfin la récompense.
Telle une surprise le jour de noël, les portes des véhicules s'ouvrirent de concert pour laisser échapper la magie.

Ces sacrifices pour une primeur digne d'un élu. Voir de ses propres yeux, ressentir la tension, et s'imaginer être celui qui verra les détails qui lui permettront de suivre et de localiser l'invité. En ce moment, personne n'échangerait sa place, pour rien au monde.
Les télévisions étrangères furent les premières à s'activer pour faire vivre un moment exceptionnel à leurs auditeurs

courageux. La rue donnait l'impression qu'une équipe locale venait de remporter le championnat. On se congratulait, on s'extasiait devant les six berlines.
Tout le monde savait que le show venait à peine de commencer et qu'il faudrait encore attendre une semaine avant l'émission.
Ce point de départ était la mise en bouche, le premier acte de la mise en scène.

Susan se dépêcha de s'habiller. Elle savait quoi faire.
Un policier courut vers la maison, contourna le bâtiment pour attraper un photographe qui voulait être trop près de l'action. Il le saisit et lui intima l'ordre de regagner l'autre côté du cordon.

Les coffres des véhicules furent ouvert à leur tour pour montrer qu'il n'y avait personne de caché puis de chaque voiture sortirent quatre femmes.
Vingt-quatre femmes, toutes avec des lunettes de soleil, toutes avec les mêmes chevelures et les mêmes habits, se dépêchèrent de rentrer dans la maison, sous les applaudissements et les cris.
James les accueillit sous une nuée de crépitement.

Les femmes s'installèrent dans la maison.

— Merci les filles. Le timing est parfait. Je vais me changer. Qui est celle qui doit rester.

Une jeune femme leva la main.
— Très bien, n'oublie pas dès que la septième voiture arrive, tu pourras y aller. Vous connaissez toutes vos destinations ?

Susan déposa un carton. Voici vos chapeaux. Les tailles sont identiques. Vous avez encore le temps, ne les mettez qu'à l'extérieur. Profitez-en mesdames pour vous détendre, si vous voulez une boisson, aller aux toilettes, bref, n'hésitez pas. Nous avons une petite heure.

James regarda cette agitation avec beaucoup d'amusement. Quelle idée géniale, pensa-t-il, des sosies.
— Susan, tu as le chic !
— N'est-ce pas ? Ces filles me ressemblent parfaitement. Sept voitures, sept destinations différentes.
Quand les voitures rouleront, au bout de dix minutes, trois d'entre elles sortiront et prendront une autre voiture à chaque coin de la ville. Vingt-cinq destinations à suivre.

Je pense que cela devrait pas mal les occuper, et surtout les troubler. Laquelle suivre ? Quelle est la véritable Susan ? Voilà un petit jeu qui devra à coup sûr faire plaisir.

En plus elles doivent se rejoindre à la fin de la journée au studio. Les annonceurs ont insisté pour que quelque chose se passe au même endroit. Il y aura un concert de prévu, de la restauration, de la pub…. Tout le monde s'y retrouvera.

— Je vois que tu as pensé à tout. Il reste néanmoins un risque. Et si quelqu'un suit la bonne Susan ? Si tu es découverte ? Comment feras-tu pour rejoindre ton invité ?

Elle enlaça James.

— J'ai tout prévu, il y a toujours un risque, c'est sûr. Mais sans risque dans la vie on ne fait rien…

— Je joue un rôle, moi ? demanda-t-il.

— Dans ce scénario-là ? Non.

— Très bien alors. Je vais te laisser t'amuser. Je vais faire mon travail.

Elle le regarda dans les yeux, pleine de tendresse, et l'embrassa.

— Je t'aime, James.
— Susan, je t'aime encore plus. Je veux que tu fasses attention, que tu fasses une bonne émission. Et surtout que tu n'hésites pas à m'appeler si tu as besoin de moi.

Elle le couvrit de baisers.

James prit ses affaires, salua Rosetta et les filles, embrassa à nouveau Susan et descendit au sous-sol récupérer sa voiture. La porte du garage s'ouvrit dans un silence de cathédrale. La voiture sortit, James fut immédiatement arrêté par une horde de journalistes aux abords de la rue. Il coupa le moteur, sortit du véhicule, et ouvrit son coffre.

— Mesdames, messieurs, j'ai un aveu à vous faire. Je ne suis pas Susan.

— Pouvez-vous nous en dire plus sur ce qui ce passe à l'intérieur de votre domicile, et si l'affaire Valberg risque d'aller au procès ? Se hasarda à demander l'un d'eux.

— Évidemment …je ne peux pas, répondit James. Pour deux raisons principales. La première, c'est parce que ma femme me tuerait. La deuxième, c'est parce que je ne sais rien. Susan ne me confie absolument rien. D'ailleurs, si l'un d'entre vous a des infos, je lui en serais reconnaissant…

Tout le monde rit de bon cœur, car au-delà de la tension, l'émission faisait quand même bien ressortir la notion de jeu.
— En ce qui concerne votre deuxième question. C'est aux jurés d'en décider. Ce qui est sûr, c'est que pour ces deux événements, je serai présent.

James remonta en voiture, salua de la main et se dirigea vers son lieu de travail.
Il savait que sa femme allait gérer sa fuite. Quand bien même, il n'était pas dans la confidence, il participait aussi à la bonne marche de cette émission. Après tout, ne pas faire d'ingérence, était aussi une preuve de collaboration.
Ses pensées se tournèrent vers d'autres problèmes.
Il avait rendez-vous avec le juge à 15h au palais, pour statuer si oui ou non l'affaire Valberg allait jusqu'au procès.

Il ne se faisait guère d'illusions. L'homme d'affaires était une cible rêvée.
Qui aurait intérêt à aller au procès ? Les enjeux financiers, la sécurité nationale, les concurrents. Beaucoup de pistes pour très peu d'éléments.
La stratégie de plaider non coupable restera la priorité, encore faut-il qu'aucun document ne lie Marcus et le délit d'initié.

Le seul véritable lien est le Général Clifford. Ce Major Général aujourd'hui à la retraite de réserve, n'a jamais caché son amitié avec Valberg. Amis de longue date, ils ne se sont jamais perdus de vue.
Comment Clifford aurait-il eu accès à ces renseignements ?
Il sera temps de poser ces questions à Marcus, pensa-t-il, au moment où le procès aura été notifié.
Il arriva à son bureau avec sa bonne humeur habituelle. Ne pas penser à Susan et son plan d'évasion, était plus facile à dire qu'à faire. Ne pas tomber dans les explications non plus. Ses collègues savaient tout cela. Au bureau, il devrait pouvoir passer entre les gouttes. Des nouvelles, il en aura. Tao, même s'il était un tantinet joueur, n'était pas cruel et il y aura une annonce spécifiant que Susan se trouve bien avec l'invité.

Il posa ses affaires.
Abigail était déjà à pied d'œuvre. Son soutien professionnel restait un atout déterminant.

— James, bonjour. J'ai trouvé quelque chose d'intéressant.
Elle se leva pour venir lui montrer les documents.

La jeune femme contourna les chaises. Son décolleté laissa transparaître son soutien-gorge. James jeta un imperceptible coup d'œil, mais se promit de ne plus s'y hasarder.

— Regarde, Habott, un des directeurs de Rotors-cop a investi plus de 400 000 dollars dans le rachat des parts de la société.
— C'est un fait étrange pour toi ?

— Eh bien, en fait non, répondit Abigail. Les grands directeurs de société font souvent ce choix pour plusieurs raisons. La pratique se fait rapidement. Celle-ci permet de payer moins d'impôts, et de récupérer leur mise en cas de départ. Ils montrent aussi la confiance qu'ils ont dans la société et leur travail.

Mais ce qui m'étonne, c'est que celui-ci l'a fait deux semaines avant l'annonce du délit d'initié.

— Et ? Poursuivit James.
— Celui-ci vient de quintupler son capital. C'est un excellent choix financier. Ce directeur est dans les murs de la boîte depuis dix années maintenant. Je vais rechercher combien il avait investi à son entrée dans la boîte.

James n'avait pas envisagé cette option. Voilà une piste crédible, qui ne nécessitait pas de gros moyens pour la vérification. Lui qui s'imaginait déjà un complot international sur fond politique, agrémenté d'une pointe d'espionnage.
Il prit le téléphone et appela le détective maison afin de lui confier une enquête sur ce Monsieur Habott.

Pendant ce temps, Suzanne qui n'avait pas épargné son énergie après le départ de James, allait mettre son plan à exécution. Les filles, rassemblées dans le salon attendaient ses instructions. Elle s'habilla comme elles. Une petite jupe à carreaux rouge, des bas blancs, un chemisier bleu agrémenté d'un foulard. Une paire de gants blancs, des lunettes de soleil à la Sophia Loren et un énorme chapeau noir compléta la panoplie.

Difficile dans cet accoutrement, de passer inaperçu. Mais les visages identiques des filles, ne pouvaient se reconnaître aisément. Bien malin celui qui pourrait dire dans cette ambiance d' après -guerre, où se trouvait la véritable Susan. Le but était atteint. Comment savoir quelle voiture poursuivre ? Comment identifier correctement quelle fille il fallait privilégier. D'autant plus qu'à moins de deux kilomètres de là, les autres véhicules étaient déjà prêts pour accueillir les futures occupantes.

— Voilà comment nous allons procéder, dicta Susan. Vous allez toutes dans le garage.
Elle prit un minuteur.
Dès que la sonnerie retentira, Rosetta ouvrira la porte du garage. Nous nous dirigerons alors vers les véhicules. Je vous demande de garder la tête le plus souvent baissée. Il faut être sûr que personne ne puisse vous dévisager correctement. Soyez naturelles, n'hésitez pas à saluer les gens qui vous suivront. Ne prenez aucun risque, si vous êtes démasquée. Certaines

personnes ne pourront qu'être déçues que cela ne soit pas moi. Après une demi-heure, votre mission sera terminée. Vous verrez bien qui est encore à vos trousses. Les chauffeurs ont pour consigne de vous conduire dans un terminus près de la production. Je vous remercie toutes pour votre contribution, merci de garder le secret le plus longtemps possible.

Si tout se passe bien, je vous retrouverai dans une semaine pour l'émission. Elle regarda le minuteur. J'espère qu'aucune d'entre vous n'est claustrophobe car la lumière ne sera pas allumée. Vous mettrez vos lunettes avant de sortir. N'oubliez pas, ne courez pas. Vos chapeaux sont fins, vous verrez très bien au travers.

Elle saisit le minuteur et tourna la molette sur cinq minutes, et le tendit à la gouvernante.

— Rosetta, une fois que le garage sera ouvert, restez pour vous assurer que personne ne reste en carafe, ensuite revenez à la cuisine et attendez que tout le monde parte dehors. Vous pourrez rentrer chez vous, merci pour tout. Mesdames, que le spectacle commence !

Les filles applaudirent et se dirigèrent vers le garage. Rosetta les précéda pour être sûre de pouvoir ouvrir la porte du garage correctement. Susan attendit que la dernière fille soit dans le garage pour refermer la porte derrière elles.
Elle courut dans sa chambre, et se dépêcha de se déshabiller. Sa montre ne lui laissait déjà plus que trois minutes pour enfiler son second costume.
Elle sortit de sous son lit un autre carton. Une sorte de béret brun, un costume noir avec cravate et une fausse paire de moustache. Susan avait imaginé son stratagème de sortie avec Tao. Celui-ci consistait à faire croire aux personnes présentes qu'un photographe avait essayé de s'introduire par l'arrière de la maison. La police présente qui veille à ce que personne ne s'approche de la maison, avait, aux yeux de tous, reconduit derrière le cordeau de sécurité le malheureux Tao déguisé en costume noir et béret brun.
Il fallait à Susan sortir au plus vite avant que le garage ne s'ouvre et ainsi profiter du moment d'inattention créé par l'apparition des filles. Elle prit son appareil photo et sortit par la porte du jardin, se mit en

position comme si elle venait d'arriver et fit mine de flasher l'arrière de la maison.
L'agent de police reconnut le personnage joué par Tao.

— Hé ! Encore vous ! cria-t-il.

Il s'avança vers Susan d'un pas décidé, captant l'attention de la foule. Le minuteur sonna dans la cuisine. La porte du garage s'ouvrit en grand, déversant une multitude de femmes identiques dans une hystérie collective. Les journalistes avides de primeur, commentèrent, dans un flot de paroles ininterrompues, la scène qui se déroulait sous leurs yeux.
Le policier courut se remettre en position non sans un ultimatum au resquilleur.
— C'est la dernière fois, sortez de là !

Susan ne se fit pas prier. Elle flasha comme les autres en rafale et se positionna dans la foule. Les premières voitures ayant embarqué les filles, allumèrent leur moteur.

Ceux qui comprirent qu'il fallait se décider à suivre une voiture, coururent en direction de leur véhicule.

Susan en profita pour les suivre et entra dans une camionnette conduite par Tao. Ils prirent en filature une voiture et restèrent dans le flot des poursuivants. Après quelques kilomètres, ils empruntèrent un autre chemin afin de s'extraire de cette horde en chasse.
Ils continuèrent encore un peu, rejoignirent un parking souterrain, et changèrent de véhicule.
Susan se changea dans la camionnette. Elle enfila un jean, des baskets, un simple tee - shirt blanc, une veste de survêtement, et une casquette des Yanks dans laquelle elle cacha ses cheveux. Tao changea simplement de veste, se posa des lunettes noires sur le nez.

—Ta moustache lui dit Susan.
—Oui je sais, répondit Tao mais j'aime bien.
—
Le regard de Susan à la fois moralisateur et bienveillant lui fit enlever sa moustache à contre cœur.

Le changement de voiture ne prit que quelques minutes. Sitôt dans celle –ci, ils reprirent la route. Dans la voiture, Tao tendit des documents à Susan.

— Tiens, les renseignements que tu voulais sur ce Brett Whites.
— Qui ça ?
— Brett Whites ! L'homme que tu as vu à la soirée caritative. Tu m'avais demandé de me renseigner sur lui. C'est fait. Je ne vois vraiment pas trop qui c'est ce type.

Susan inspecta minutieusement les documents. Elle regarda Tao. Les photos qu'elle avait devant les yeux la plongèrent encore plus dans le doute.

— Tu es sûr de toi ? Cela me paraît quand même bizarre. Ça n'a pas de sens…

— C'est vraiment les infos que j'ai pu récolter, soutint Tao.

— Un fleuriste du Colorado ? Mais…mais que faisait-il à la soirée ? Pourquoi voulait-il me parler ? Et que fait un fleuriste avec un majordome ?
— Susan, c'est sûr que c'est une couverture pour une autre activité.

— Quoi ? Un mafieux ? Tu crois que j'ai la mafia aux fesses, dit-elle en paniquant.

Elle se lança dans un monologue.
— Ils veulent quoi ? Et puis quelle mafia d'abord ? Chinoise ? Non ce gars-là n'était pas chinois. Russe ? Humm, ça pourrait être les russes. A tous les coups, c'est les russes. Ou une nouvelle mafia ? Ce gars je me souviens il avait plein d'accents. Les italiens ? Humm les ritals c'est fini. Ou peut-être une nouvelle mafia Internationale ?

— Hey, hey ! cria Tao. Tu t'entends ? Mais qu'est-ce qui t'arrive bon sang, Susan ? Arrête de stresser. Je ne te reconnais pas. La Susan que je connais, ne s'inquiète pas.

— Tu as raison.
Elle se calma.
– C'est sûrement la panique d'avoir réussi mon évasion.
Il l'observa.
— Oui. Tu as réussi.

Ils furent pris d'un fou rire nerveux. Et se congratulèrent mutuellement. C'est un super HOSPTIUM que l'on se prépare là, je le sens.
Susan cria de joie.
Tu n'oublieras pas de prévenir James ? Et de lui dire que tout s'est bien passé ?

— Mais oui t'inquiète, tu sais bien que je le taquine. Attends, ton futur mari est beau, intelligent, fort, drôle...bref c'est une côte de bœuf pour huit personnes. Il a tout pour lui, et il est jaloux de moi ? Un mélange de soupe thaï, et de nems trop cuits. Si je ne peux pas en profiter un peu....

Susan acquiesça d'un sourire. Tao avait raison, le voir un peu jaloux, le rendait plus séduisant encore.
— Tu n'oublieras pas de le prévenir ?
Tao remit sa moustache.
— Si madame !

— Ils arrivèrent près de Gramercy Park où un cousin de Tao pratiquait la location d'appartement pour de courtes périodes. Aucuns risques d'éveiller les soupçons du voisinage. Les nouvelles têtes étant très courantes dans l'immeuble.
Susan récupéra son sac dans la camionnette, et quitta Tao.

L'appartement se trouvant au rez-de-chaussée, Susan ne croisa personne.
Celui-ci était déjà occupé par l'invité. Maintenant c'était l'étape la plus critique.

Cela faisait déjà presque deux semaines qu'ils ne s'étaient pas parlé.

Comment allait être l'hôte ? Comment devait-elle se comporter en le voyant ?
A peine eut-elle frappé en utilisant le code convenu, qu'il lui ouvrit, observa les alentours et la fit entrer.

— Bonjour Susan, je suis heureux de vous revoir. Tenez, donnez-moi ça.

Il prit son sac et le déposa sur le canapé. L'appartement de 100 m^2 était cossu, et bien agencé. On voyait que l'invité avait pris ses aises et qu'il maintenait la propreté des lieux.
Des magazines sur la table dénotaient le passe-temps de l'occupant.

— Vous allez bien ? Sourit Susan. Moi aussi je suis heureuse de vous revoir. Je peux vous dire que je suis soulagée que cela soit terminé.

— Ha ! Mais ce n'est pas terminé, lâcha-t-il.
Il l'entraina devant la télé.

— Regardez, ils ont presque rattrapé toutes les voitures. Quelle idée de génie vous avez eue. Je n'ai pas raté une seule minute de votre départ. Moi, j'aurais parié vous retrouver dans la première. Ces journalistes savent vous faire vivre des moments palpitants avec ces courses poursuites, il faut l'avouer, des moyens colossaux ont été déployés.
Il l'entraîna dans la cuisine.

— Je sais que vous avez eu beaucoup de stress, et que vous n'avez certainement pas eu le temps de déjeuner. Aussi je me suis permis de vous faire à manger. J'ai appris avec les plus grands chefs étoilés, vous savez.

L'odeur des plats, la présentation. Tout laissait présager un excellent festin.
Elle le regarda avec beaucoup de gratitude. Ses doutes quant à la bonne marche de cette semaine venaient de s'envoler.
— Je meurs de faim, oui. Quelle délicate attention. Vraiment, merci.

Il servit un verre de vin et tendit son verre pour trinquer.

— Que votre émission soit la meilleure qui n'ait jamais été produite ! Et croyez-moi, elle le sera !

Susan frappa le verre afin que le vœu se réalise. Elle fut remplie de fierté.

— J'espère que vous ne vous êtes pas trop ennuyé ? lui dit-elle pleine de compassion...

— Mangez Susan ! Nous aurons le temps de discuter tout à l'heure. Sachez toutefois que je ne m'ennuie jamais. Celui qui s'ennuie, n'a aucune imagination. J'espère que vous aimerez ces brochettes de poisson aux épices, ces gnocchis faits maison. La sauce tomate tourne depuis ce matin. Je me suis dit que vous aimeriez une petite douceur chocolatée pour terminer. Vous me direz des nouvelles de ma tarte chocolat-poire-amande…

— Décidemment, cet homme lit dans mes pensées, pensa-t-elle.
Elle avala son verre de muscadet, et dévora les brochettes. Le repas se poursuivit dans une franche bonne humeur. Les rires fusèrent, et le courant n'était jamais aussi bien passé entre un invité et Susan. Ils

prirent congé chacun dans leur chambre, confiants quant à leur collaboration.

Au même moment James avait rendez-vous avec Mr Cortmen, le privé de la société. Cet ancien shérif du comté de Monroe en Floride, était un homme efficace et discret.
James avait souvent eu affaire à lui, mais ne l'avait jamais vraiment apprécié. L'enquête qu'il avait menée à son égard avant son embauche avait été emprunte de beaucoup de suffisance, ce qui lui donnait un sentiment de supériorité.
Bill Cortmen l'attendait à la terrasse d'un café. Son regard semblait moins arrogant.
Il se leva pour saluer James.

— Maître ! Je suis heureux de vous revoir.
— Bonjour Mr Cortmen, dit-il en choisissant d'ignorer cette mansuétude.

— Mr Allen. J'ai les renseignements que vous vouliez. Dans un délai aussi court, je dois vous avouer que je n'ai que très peu d'éléments, mais il y a effectivement des choses qui me paraissent extrêmement suspectes Il lui tendit une enveloppe.

— Que voulez-vous dire ?

Le privé s'avança.
— Je n'ai pas de preuve irréfutable pour vous dire ce que je soupçonne, et j'aimerais que vous ne me citiez pas, sur ce que je vais vous dire. Dans ce pli vous trouverez les informations concernant Mr Habott.
C'est un directeur honnête, un mari exemplaire et un homme sans problème. J'ai donc dû élargir mon investigation, histoire de voir où cela mène. Rien ! Il n'y a absolument rien qui soit de nature à éveiller des soupçons.
Ce qui me paraît étrange et encore une fois sans fondement, c'est certains coups de fil passés entre son bureau et le portable du général Clifford.

— Vous êtes sûr que ce n'était pas entre Marcus Valberg et le général ?
J'ai vérifié. Pour quatre appels sur cinq, Marcus n'était pas dans les murs de la société, alors, pourquoi ces appels ?

— Vous avez une idée ? Se hasarda à demander James.

Bill recula sur sa chaise.

— Je ne suis pas payé pour avoir une impression Mr Allen, je ne fais que des fiches de renseignements. Si j'avais un avis, je dirais par exemple que vous ne m'appréciez pas….
Vous savez que j'ai enquêté sur vous, avant votre embauche, et je ne fais que mon travail, je ne juge pas, ça c'est votre job. Vous êtes mon employeur désormais, je suis là pour vous faciliter des prises de décision.

Les appels ont bien été pris, et ont duré environ dix minutes. On peut en dire des choses en dix minutes.
Je sais aussi qu'on ne peut pas enquêter sur le général. Le gouvernement n'apprécierait pas.
Il reste deux hypothèses. Soit le général a bien parlé avec ce directeur, soit une autre personne a pris ces communications. Si ce directeur connaît le général, je pressens une affaire plutôt louche. Je n'imagine pas qu'un homme qui doit élaborer des stratégies militaires prenne le risque de téléphoner à une entreprise qui sera visée par une affaire de ce genre. Il est aussi ami avec le patron. Alors ? Qu'avez-vous à gagner à semer des questions, si ce n'est que vous voulez provoquer les réponses.

J'espère que ces renseignements vous aideront pour votre affaire.

Billy Cortmen se leva et salua, le doigt sur sa casquette, à la manière d'un texan portant un stetson.

James resta un instant perdu dans ses pensées. Il y avait une autre personne impliquée.
Qui, dans la boîte avait intérêt à voir Marcus Valberg tomber ?
Il lui restait peu de temps avant l'audience.
Son portable sonna.

Tao lui confirma que Susan était bien en sécurité avec l'invité et que ses pensées étaient pour lui. Il remercia Tao qui, pour la première fois faisait preuve d'empathie à son égard.
Il profita de cet élan de confiance pour rejoindre Marcus Valberg qui attendait la venue de son avocat.

— Bonjour Maître, dit-il religieusement.

— Monsieur Valberg, j'espère que vous n'êtes pas trop inquiet. Cela va bien se passer.

— Merci Maître, mais je n'aime pas particulièrement cet exercice. La limousine attend, venez.

James l'arrêta du bras.
— Marcus puis -je vous proposer ma voiture ?
Je n'aimerais pas donner l'impression que vous venez narguer les gens avec votre fortune.

— Vous avez raison Maître, mais je n'ai pas à cacher ce que les gens savent déjà. J'ai de l'argent, et je compte bien l'utiliser à ma guise, d'autant que personne ne peut me garantir que cela durera.
James valida les arguments de Mr Valberg. Ils prirent la limousine, et se rendirent au tribunal.

Les médias attendaient leur venue. Les photos crépitèrent dans le brouhaha des annonces des journalistes.
James demanda à son client de rester impassible.
Il sortit le premier de la voiture. Il salua de la tête, les gens sur leur passage, tout en en se dirigeant vers les marches du tribunal.

Abigail sur les lieux, lui fit signe qu'elle allait s'installer.
Un reporter sortit du rang :
— Monsieur Valberg allez-vous plaider coupable ?
James tout en tenant fermement le bras de son client, répondit à sa place.

— Monsieur Valberg ne répondra pas. Nous sommes ici pour que la justice fasse son travail.
Je vous invite à assister à l'arrêt des poursuites de mon client.

Ils entrèrent dans le bâtiment.

— J'ai une question à vous poser Marcus, demanda James. Quelqu'un dans votre société connait le général Clifford ?
— Oui, bien sûr, répondit Marcus. Mais pourquoi cette question ?

— Nous en parlerons après…

Ils entrèrent dans le tribunal. Les gens présents dans la salle ne manifestèrent aucune réaction. Les portes se refermèrent pour ne laisser entrer aucun journaliste. Marcus s'installa calme et serein.

James invita Abigail à s'asseoir derrière eux. Elle ne pourrait pas intervenir, mais serait un soutien moral appréciable.
Les jurés s'installèrent solennellement, puis le juge.
Le pré-procès débuta. L'honorable Stoy annonça les raisons de la séance.

— Une plainte d'origine invérifiable, a fait naître un doute sur l'acquisition d'une société qui, par ses récents contrats avec l'armée, induit la notion de délit d'initié.
Vous serez, vous jurés amenés à statuer s'il y a fondement à entamer un procès.

Tour à tour les deux avocats se renvoyèrent les textes et autres procédures.
James ne ménagea pas ses efforts pour rassurer les jurés.
Durant plus de trois heures les arguments s'enchaînèrent.
Le juge Stoy renvoya les jurés et invita tout le monde à revenir dans deux jours et précisa que la séance finale se déroulerait à huis clos.

James, Valberg, et Abigail sortirent du tribunal en évitant soigneusement les médias. Il quitta Marcus devant la

limousine et promit de le contacter dès le lendemain.
Il prit le même taxi qu'Abigail et ils retournèrent au bureau. Les deux collègues conclurent à une réussite, tant les documents fournis étaient nombreux.

Après avoir correctement préparé sa chambre, Susan rejoignit l'invité.
L'homme était en train de lire assis dans le canapé. Il posa le bouquin.

— Susan ! Vous allez bien ? La chambre vous convient-elle ?
— Oui, merci. Ce repas était somptueux, encore merci. Pouvons-nous aborder certains sujets de l'émission ?

— Assurément !
Il prit une position plus agréable.

— Voilà, commença-t-elle, je dois vous faire signer les derniers papiers de la production, et nous allons revoir ensemble votre histoire.
Ensuite nous ferons quelques photos avec les journaux du jour pour prouver notre présence ensemble. La télévision sera allumée derrière nous pour que les programmes qui passent puissent être

vérifiés. Je terminerai par une petite vidéo et j'enverrai le tout par courrier à l'adresse d'un huissier ainsi le jour de l'émission, nous diffuserons cette preuve de notre présence commune.

— Très bien. Il commença. Je m'appelle Orlando Mora Garsea.
Je suis né au Costa –Rica en 1949 j'ai été marié et j'ai eu un enfant. Je n'ai plus de famille. Tous décédés dans un accident d'avion. Ma famille était très modeste. Nous vivions au bord du Rio Tarcoles, non loin du parc Carara. Mon père était pêcheur, et ma mère était sans profession. J'avais trois frères plus âgés et une sœur plus jeune. A seize ans je travaillais déjà avec mon père et mes frères. Nous partions tôt le matin pour pouvoir pêcher correctement, et la vie était plutôt dure.

Dès mes dix-sept ans. Je me suis promis que la vie ne me refuserait rien. Il m'arrivait parfois de prendre la barque de mon père. Je passais quelques heures à pêcher seul. Les pièces de monnaie que je mettais de côté, m'ont permis de m'acheter une petite barque, qui ressemblait plutôt à un bout de bois flottant. J'ai réussi à convaincre un vague cousin de s'associer avec moi et j'ai opté pour une vente de poisson déjà préparé. Nous avons trouvé un vieux hangar qui ressemblait plus à un assemblage de tôle à peine hermétique.

Nous avons commencé ainsi. Je prélevais la chair du poisson, et avec les restes, je commençais à fabriquer des produits dérivés. J'achetais les têtes de poisson et les arêtes pour en faire des engrais et de la nourriture pour animaux. Très vite, j'ai pu donner du travail à mes frères et pouvais dire à mon père de rester à la maison.

Il m'arrivait aussi de flirter avec la loi. Nous avions l'autorisation de tuer un crocodile de temps à autre. J'ai réussi à comprendre et apprivoiser le pouvoir de l'argent. Les gardes forestiers se laissaient facilement corrompre et j'ai rapidement profité de ce système.

Je pense aussi à avoir été le premier à saisir l'opportunité du tourisme. On me proposa de l'argent pour emmener des clients, avides de sensations fortes et d'exotisme. Les crocodiles me rapportaient autant vivants que morts, et parfois les deux.

J'ai su m'entourer de personnes compétentes pour mettre au point le premier safari.

Obtenir des accréditations auprès des autorités a été un jeu d'enfant. L'argent

Susan, fait des miracles dans la bureaucratie.

J'ai créé un hôtel, deux puis trois, négocié avec des tours opérateurs. L'année de mes vingt ans m'a vu devenir millionnaire. Les 'Colones' tombaient en grande quantité dans mes caisses.
J'étais avide d'argent et de pouvoir. Tout ce que je touchais se transformait en or. J'ai aidé le Président Figueres Ferrer dans sa campagne, et suis devenu une des personnes les plus influentes de mon pays, et c'est là que je suis parti découvrir le monde : Colombie, Brésil, Chili. Chaque fois de nouvelles opportunités, de nouvelles rencontres.
Je me suis marié, et suis devenu père.

Mes affaires m'obligeant à voyager constamment, j'ai par la suite décidé de faire venir ma famille près de moi aux Etats –Unis.
J'avais résolu de prendre un peu de recul, de profiter de la vie et de ce que mon argent me permettait.
Peu de gens ont réussi à faire ce que j'ai fait en l'espace de vingt ans. Je peux dire ce qu'est la force du travail. J'ai toujours su

prendre les bonnes décisions. J'ai vécu comme un roi, et je ne regrette rien.
Le drame de ma vie est arrivé sans crier gare. Je ne cherche ni complaisance, ni pitié.
Quand on m'a annoncé que l'avion avait disparu des radars, je ne m'imaginais pas un tel effondrement. J'ai retrouvé l'avion au Nicaragua. Après des expertises poussées, il est apparu qu'une panne de moteur était à l'origine du crash. J'avais confié la tâche du voyage à ma jeune sœur.
Par souci d'économie, et pour me montrer qu'elle n'était pas dépensière, elle avait négocié pour trouver ce qu'il y avait de moins cher. Comprenez-vous l'ironie de la vie ? Moi milliardaire, je n'avais pas pris le temps d'utiliser mon propre jet.

Maintenant encore, ce souvenir me hante. Mes cauchemars m'emmènent marcher à l'endroit précis de la catastrophe, voir l'avion s'écraser sans que je ne puisse intervenir, j'entends les hurlements de ma famille, j'entends les bruits de la carlingue qui s'enfonce dans le sol, Je sens l'odeur du fuel brûlé, je vois les flammes danser pour moi dans cette jungle. On ne peut se remettre d'une telle tragédie. Quand je suis rentré avec le reste des corps, je ne n'avais plus aucune envie.

Après l'enterrement j'ai décidé de partir. J'ai préparé des affaires et, depuis la maison qui m'a vu naître, jusqu'à l'endroit du crash j'avais pris la résolution de faire un pèlerinage, comme mon dernier voyage d'adieu. Pour savoir où l'on va, il faut savoir d'où l'on vient.
Il est plus facile que l'on pense de quitter le luxe et la vie facile quand plus rien n'a de sens. La seule chose qui m'effrayait, c'était de décéder avant d'arriver. Je voulais mourir à l'endroit où les miens avaient perdu la vie. Je laissais donc des consignes en ce sens.
Comme dans tous les chemins de croix, on côtoie des gens. J'ai parcouru un bout de chemin avec certains, ignoré d'autres, et puis on rencontre la personne, celle qui vous explique qui vous êtes, celle qui vous ramène à la lumière. J'ai alors entrepris de léguer ma fortune à cet homme. Cela a pris du temps. J'aurais pu en faire, des choses avec cet argent. Et bien j'en ai fait la meilleure utilisation. Je vous ai contacté, et suis parti dans une cabane à l'abri des regards. Durant dix-huit mois j'ai vécu en ermite, si bien que moi-même je ne me

souvenais plus de mon nom. Et puis vous m'avez trouvé.

Orlando s'essuya une larme.

— J'ai presque tout vécu, et, même si ma vie n'est pas terminée, je sais désormais comment préparer l'avenir, mon avenir. J'ai toujours su prendre les meilleures décisions.

Orlando se ressaisit. Sa voix se fit plus solide.

— Il y a une autre chose dont je dois vous parler, mais nous aurons tout le loisir de le faire demain…
Il termina de signer les papiers, et après les dernières directives de Susan, se remit à la lecture du roman qu'il avait commencé.
Il le posa à nouveau.

— Ce soir je vous promets un autre banquet, si vous me permettez de cuisiner pour vous. J'ai pris la liberté de faire les courses en conséquence. J'ai envie que vous vous sentiez bien en ma compagnie, et je tiens à vous dire que vous êtes une personne des plus charmante. Tout va bien se passer.
Il lui sourit affectueusement.

Le retour avec Abigail dans le taxi était joyeux. Elle ne cessait de le féliciter pour son travail. Les éloges coulaient comme des perles de pluie. Abigail saluait sa facilité à retourner les situations critiques, son aisance verbale. De son point de vue, il était impossible que mercredi le délibéré des jurés donne gain de cause sur le délit d'initié. Il se hasarda au même constat, et puis cela faisait du bien aussi de ne pas voir les choses négativement.

Au cabinet la même sensation de réussite. Le doute émis sur les points importants, laissait planer une erreur d'interprétation de la part d'un concurrent déloyal et rancunier, ou d'une personne voulant nuire tout simplement. Barry lui serra la main.

— Je viens d'avoir Marcus. Il est particulièrement impressionné de ton travail. Je crois que nous venons de gagner un client permanent. Bravo. On fait le débriefing tout à l'heure dans mon bureau.

Plus tard, James termina à son bureau sa plaidoirie pour le retour au tribunal.

L'ensemble des bureaux se vidèrent peu à peu. Abigail était toujours présente. Elle jeta un coup d'œil sur l'heure.

— James, je ne vais pas tarder, tu …tu accepterais de dîner avec moi, ce soir, chez moi ? Avant que tu ne répondes, saches que ce n'est pas parce que je suis seule et que je ne connais pas beaucoup de monde que tu dois te sentir obligé.
Il la regarda avec un sourire.

— J'allais te le proposer. Donc j'accepte avec plaisir. Et puis si tu restes à New York nous serons amenés à nous voir souvent. Tu verras Susan est une excellente cuisinière.
Il prit sa veste et ils sortirent ensemble du bâtiment.

— J'habite Hudson avenue. Tu vois où c'est ?
— Diantre ! …non.

Les indications de la copilote aidant, ils arrivèrent sur les coups de 19h45.
James remarqua tout de suite l'aspect coquet de sa maison.

— Tu es très bien installée. C'est joli chez toi.

— Merci, installe- toi. Cela me fait plaisir que tu aies accepté mon invitation.
Abigail ôta sa veste et la jeta sur un fauteuil. Elle servit un verre de whisky à James sans lui demander son avis, et se servit un verre de vin blanc. Ils trinquèrent et s'installèrent sur le canapé.

— Ce soir, je ne te ferai pas de spécialité de Sacramento ! En fait, il n'y en pas vraiment. Il y a de bons restaurants certes, mais rien à voir avec mes origines italiennes.
Ce soir c'est pâtes maison au pesto.

James acquiesça du verre. Il profitait de cet instant. Aucune arrière-pensée ne lui traversa l'esprit. Il était heureux de rencontrer une nouvelle personne, satisfait de sa prestation au tribunal et au diable, le sentiment de suffisance.
Il était bon, un point c'est tout. Malgré les difficultés qu'il rencontrerait, s'il devait plaider, il avait envie de savourer chaque instant de cette journée. Susan avait réussi son évasion, son client et son patron étaient contents de lui. Il passait sa soirée avec une fille sympa. Rien ne pouvait l'empêcher d'être heureux. Il sentait la bonne odeur du pesto provenant de la cuisine. Il desserra sa cravate.

— Je suis un piètre cuisiner, mais je suis un excellent commis, alors n'hésite pas à me solliciter.
Elle rit dans la cuisine.

— Alors ramène ton body ici, commis. Il faut couper les tomates pour l'entrée.

Il se leva avec un grand plaisir.
— Heu non, moi je veux juste surveiller la cuisson.
La cuisine embaumait les saveurs italiennes comme un volcan en éruption.
— Ho que ça sent bon, ça sent hyper bon ! Lâcha James

— C'est le meilleur des compliments, merci. Je tiens ça de ma mère, une pure napolitaine. Le plus dur c'est d'avoir de la farine de qualité pour les pâtes, c'est primordial. Le pesto est vite fait, mais c'est important de bien le mélanger.
Les assiettes se préparèrent en duo. James râpa les copeaux de parmesan. Ils s'installèrent dans le salon. Abigail ouvrit une bouteille de chianti et ils trinquèrent une nouvelle fois à la réussite du procès. James se hasarda à lui poser quelques questions plus personnelles.

— Pourquoi avoir choisi de travailler pour Marcus Valberg ?

— C’est simple, j’aime les gens de pouvoir, pas Marcus hein. Je trouve que ceux qui ont créé quelque chose, ont une force supérieure à l’ensemble de la population. Et puis j’aime changer aussi, et Marcus possède quand même quelques sociétés. Je suis originaire de Natomas, mais je suis partie jeune de la maison. J’ai étudié en France à Paris-Dauphine, puis suis allée en Australie pour un garçon, j’y ai vécu un an. On vivait de petits boulots. Chaque jour était un jour magique. Je crois que je regrette ces années d’insouciance …

Il se dévoila aussi un peu, sa rencontre avec Susan, ses amis ses passions. Le courant passait bien avec Abigail. James se resservit deux fois par gourmandise.

La sonnette de la porte se fit entendre. Abigail s’interrogea. Qui pouvait bien venir chez elle le soir. Elle s’excusa et alla ouvrir. James but un peu de vin.
Il ne pouvait entendre ce qui se disait, mais entendait que le ton montait. Il s’autorisa à aller voir.

Abigail avait laissé la porte à demi fermée pour parler.

— Tout va bien Abi ? demanda –t-il poliment.
La porte s'ouvrit pour laisser percevoir la silhouette d'un homme.

— Oui. Tout va bien, nous avons terminé.
L'homme derrière la porte, regarda James fixement d'un air mécontent.

— Je reviendrai Abi, dit-il sans quitter James des yeux, et quitta le perron de la maison. Il jeta un dernier coup d'œil avant de s'engouffrer dans sa voiture, et quitta la rue.

— Une connaissance ? demanda- t-il.

— Tu viens de rencontrer mon ex- mari.
Elle ferma la porte.
— Je suis désolée que tu aies été témoin de cette confrontation. Je ne sais pas comment il a fait pour me retrouver aussi vite.

Ils regagnèrent le salon. Abigail se confia un peu plus.

- J'ai été mariée à cet homme pendant six mois. J'étais jeune, et je pensais que c'est ce que je voulais. Quand tu te rends compte de ça, il est évident que, faire marche arrière est plus compliqué. C'est un homme plutôt tenace. Je ne sais pas comment il a fait pour trouver l'adresse. Comment dire, c'est gênant. C'est aussi à cause de lui que je change souvent d'endroit. Il avait des tendances alcooliques, mais ce n'est pas un homme violent, enfin pas violent, violent. Je ne cherche pas à ignorer ce problème, je voudrais juste qu'il accepte une fois pour toute de refaire sa vie. Merci d'avoir été là. Je me suis permis d'utiliser ta présence pour sous-entendre que je voyais quelqu'un. Je suis désolée.

James haussa les épaules. La situation était embarrassante, mais il resta compréhensif. Il allait bientôt se marier, et cet homme se rendrait compte de la supercherie. Il réfléchit aux faibles conséquences de ces interprétations et conclut à un service rendu.

— Tu lui as dit que nous étions ensemble ?

— Non, insista-t-elle. Que je voyais quelqu'un.
— Bon. Je ne pense pas que cela soit trop grave. Si j'ai un conseil à te donner, pour mettre fin à cette histoire, il faudra que tu sois plus ferme.
— Je sais, tu as raison, mais il n'est pas vraiment méchant. Je culpabilise chaque fois de le mettre dans cet état.

James termina la soirée et prit congé d'Abigail. Certains rapports humains le déconcertaient. Comment ne pas vouloir faire les choses simplement ? Il raconterait cette soirée à Susan dès la fin de l'émission.

Il était 22h45 sur la montre de la cuisine quand James arriva chez lui. Rosetta avait laissé un plat dans le frigo. Voilà mon repas de demain, se réjouit-il.
Le lit lui sembla étrangement grand. Il s'interrogea sur Susan. Que faisait-elle ? Comment se sentait-elle avant samedi ? Qui était cet invité ? Une femme peut-être ? Il essaya de spéculer, mais bientôt l'assoupissement le gagna.

Le lendemain matin lui sembla laborieux. Le whisky de la veille sans doute. Il n'était pas encore 8h20 sur le réveil, que ses yeux s'ouvrirent naturellement. Le lit en bataille dénotait son sommeil agité.

Il fila dans la salle de bain pour se préparer un médicament. Aujourd'hui allait être un jour déterminant. Le rendez-vous avec Valberg promettait. Avec un peu de chance, il aurait des nouvelles de Susan. Et il réfléchit aussi à la situation de sa collègue. Demander de l'aide à Cortmen le privé de la boîte, lui traversa l'esprit. Il pourrait être utile de le lui proposer le moment venu.

Tao n'était pas en reste non plus, avec l'absence de Susan, il était seul aux commandes de l'énorme mécanique. Les sollicitations devenaient de plus en plus fortes. La préparation de la salle devenait le cœur de son travail. L'arrivée de l'invité était un moment crucial et particulièrement impressionnant.
Le cube de verre, ouvert comme un couvercle permettait au moyen d'une grue spécialement conçue à cet effet, de descendre dans son centre. L'invité en y prenant place, refermait le couvercle à la manière d'un sous-marin, et était le seul à pouvoir en sortir au moyen de cette fameuse porte qui ne s'ouvrait que de l'intérieur.

Rien ne devait gêner la descente. C'était un de ces rares moments où la forme physique de l'invité était la plus visible. Les fumigènes et le jeu de lumière à cet instant faisait de la descente de ce « messager de la fortune » un des moments forts de la soirée. La musique aidant, l'hystérie gagnait le public présent. Il fallait contenir cette folie collective où les premiers cris déterminaient l'ambiance de ces dix heures de show, et surtout contenir les mouvements de foule.

Susan faisait son apparition à ce moment précis. Tao ne s'était jamais senti l'âme d'un présentateur. Il intervenait épisodiquement, afin de laisser Susan souffler un peu. Il aimait bien ce rôle ou la rétrospective des autres émissions, doublé des cadeaux qu'il offrait à ce moment le rendait populaire, et sympathique, sans qu'il ait à gérer le stress du direct et de ses imprévus.

Il manageait pourtant d'une main de maître. Vérifiait tout. L'intensité des spots, le nettoyage des caméras, les micros de secours. Rien ne l'arrêtait. Répondre au téléphone, signer les commandes. Les quatre assistantes présentes à ses côtés n'étaient pas de trop pour prendre ses

directives. Son bébé grandissait à mesure que le temps passait. Les ordinateurs, garants de chaque seconde de diffusion, tournaient déjà à plein régime. Un calcul avait été fait, une seconde de production coûtait 1 000 dollars et en rapportait cent fois plus.
Ce chérubin qu'il allait donner à Susan, devait être un être parfait. Beau comme un dimanche de printemps, vigoureux comme une bourrasque d'hiver, discipliné comme un soir d'été, serein comme une nuit d'automne.
La mère de cet enfant devait l'amener à maturité. Dix heures pour en faire un adulte. 10 heures pour le rendre accompli et lui faire épouser sa destinée.

Tao s'éclipsa un instant. Il devait voir comment se sentait Susan. Prendre de ses nouvelles le plus souvent possible, lui permettait de l'informer sur l'avancement des préparatifs et de la rassurer. Tao était le seul à savoir où elle se trouvait, avec l'invité.

CHAPITRE 3
(Capitolo tre)

Le téléphone sonna.
— Allo, Susan ?
Elle rit.
— Mais qui d'autre, veux-tu que ce soit sur ce téléphone ?

— Comment tu vas ? La forme ? Je ne t'appelle pas trop tôt j'espère ?
— Tao notre invité est formidable, je viens de terminer mon petit-déjeuner et ses crêpes étaient fabuleuses.... Comment va James ?

— Bien, ne t'inquiète pas son procès est en délibéré demain, d'après ce que l'on m'a dit. Et de ton côté ?
— Pour nous, tout se passe comme prévu. J'ai les papiers signés, et je crois que nous tenons un Kilauea mémorable.
Les deux producteurs échangèrent sur l'avancement et se quittèrent sur les coups de dix heures.

De son côté, James arriva chez Mr Valberg. Celui-ci, en train de peindre, lui parut étonnement calme. Il décida de le laisser terminer son coup de pinceau avant de l'aborder. James sentit sa quiétude. C'était plutôt bon signe pour quelqu'un qui risquait la prison. Celui-ci esquissa un dernier coup de pinceau, et posa sa palette près du chevalet.

— Cher maître, bonjour. Merci pour ce dernier instant. J'imagine que me voir calme est singulier, mais je reste bien sûr prudent, je vous l'assure.

— Bonjour Marcus, c'est que j'ai bien fait mon travail…

— Assurément ! J'ai déjà appelé votre patron pour lui dire combien j'étais satisfait. Quel que soit le verdict, je puis vous assurer de ma totale satisfaction.

— Bien, répondit-il, excellent. Les jurés sentent aussi l'inquiétude qui laisse s'installer un doute. Gardez cet optimisme pour demain. Je venais vous voir aussi pour les …les autres éventualités. Je sais que vous ne voulez pas l'entendre, mais il faut que nous en parlions.

James reprit en détail, toutes les options qui s'offraient à eux dans le cas d'un verdict défavorable.
Les recours, les reports, tout fut passé en revue. La question du directeur Habott fut abordée. Marcus écouta avec attention les

remarques de son avocat. Ils déjeunèrent ensemble, et l'ambiance resta sur le même ton. Si bien que James reçut la proposition d'être l'avocat personnel de la famille.

Cette offre qu'il ne put refuser, témoigna du bon travail effectué sur cette affaire.
Il retourna au bureau, remonté comme jamais.
Sa direction l'attendait pour finaliser les dernières modalités.
Son patron Barry l'accueillit.

— Je viens de raccrocher avec Marcus. C'est une excellente nouvelle. Je prie pour que demain matin soit une réussite pour notre cabinet. Je sais que je vais te mettre la pression James, mais si notre nom est cité favorablement, tu deviendrais le quatrième mousquetaire de notre cabinet…

— Associé ? reprit James. Lui qui n'était dans la boîte que depuis cinq ans.

Une immense fierté le gagna. Sa vie ressemblait enfin à ce qu'il n'avait jamais osé rêver. Il croisa Abigail dans son bureau.

— Bonjour Abigail. Tout va bien ? Je fais référence à hier soir, ton ex- mari…

— Bonjour Maître. Oui ça va. Pas de nouvelles de ce côté-là. Bravo pour cette future promotion, et bienvenue dans les sociétés Valberg. J'ai déjà rédigé le coût de ton investiture dans la compagnie. Tu devras signer pas mal de papiers après le procès. C'est formidable. Tu as prévu de le fêter ?

James se senti gêné. Il est vrai que le verdict ou l'issue du procès ne faisait aucun doute. Malgré tout, les choses s'accéléraient beaucoup trop vite pour lui. Si seulement Susan était là, elle aurait les mots pour le tranquilliser. Il savait qu'elle aussi, allait devoir faire face à beaucoup de pression ces prochains jours. Il sera assez tôt pour la mettre au courant.

— Non. Je vais attendre que ma femme rentre pour le faire. Ce soir je vais certainement me coucher tôt.
Il prit congé, et s'octroya une après-midi plus détendue. Son PC portable à la main, il s'installa dans l'herbe. L'Overpeck County Park lui apporta une relaxation apaisante, qui libéra son esprit. Il remit un peu d'ordre dans ses pensées. Il se remémora sa discussion avec Marcus. Sa proposition

généreuse, son calme face à la situation, le rendirent tout à coup suspect.

Il n'avait pas imaginé d'autres scénarios. Et si Valberg était au courant des appels téléphoniques du général ? Il tenta d'échafauder des théories farfelues.

Comment cette annonce de délits d'initiés était-elle apparue ? Pourquoi n'y avait-il pas eu de démenti de la part de l'armée ? Ces idées incongrues ne répondaient pas aux questions essentielles. Qu'avait à gagner Marcus Valberg ? Qu'est-ce que l'armée pouvait tirer de la médiatisation de ce procès ? C'étaient des questions qu'il ne devrait pas se poser. Il décida néanmoins d'aller voir Marcus.

Susan et Orlando se divertissaient avec les moyens du bord. Tantôt ensembles, tantôt séparés. Il avait convenu que c'était Orlando qui ferait les courses. Le risque que Susan soit reconnue, était trop grand. Il leur restait encore trois jours à tenir avant la grande soirée, et Susan savait combien la pression pouvait monter rapidement. Le soir venu, Susan proposa de cuisiner. Elle savait qu'elle ne serait pas à la hauteur de ce « chef », mais voulait elle aussi participer.

Orlando lui proposa de le faire avec elle, et humblement, lui transmettre tout le savoir culinaire dont il avait hérité en Europe.

La cuisine se transforma en formidable atelier. Susan se découvrit une passion insoupçonnée. Tout semblait à la fois facile mais aussi terriblement technique. Les odeurs, les ingrédients, le bruissement des aliments en cuisson. Une symphonie de sens, un opéra de perceptions. Tout cela se mariait avec harmonie.

Les proportions préparées lui semblèrent un peu sous-estimées, mais pour ne pas gêner Orlando, elle décida de penser que c'était certainement la meilleure façon d'apprécier ce repas. Une sonnerie de téléphone se fit entendre dans le salon.
Il enleva son tablier, et alla répondre à l'appel. Elle termina seule au fourneau. Quand il revint, elle remarqua qu'il avait dressé la table pour une seule assiette. Orlando avait un autre visage. Elle décida de faire comme si elle ne l'avait pas remarqué. Elle se dirigea vers le salon

— Orlando ? Vous n'êtes pas emballé par ce fabuleux repas ? Plaisanta-t-elle.

— C'est vous qui l'êtes ! dit-il avec un timbre inhabituel dans la voix. Asseyez-vous, Susan, s'il vous plaît.

Elle s'exécuta. Rien ne laissait présager un tel un changement d'attitude. Orlando Mora Garsea avait le regard vague. Il servit le plat, ouvrit la bouteille de vin et se servit un verre.
Susan resta là sans bouger. Elle attendit patiemment que son invité commence la conversation.

— Je vous apprécie. Je pourrais même dire que d'une certaine façon je vous aime beaucoup. Je dois vous remercier d'exister. Vous m'avez offert la plus belle des opportunités. Vous ne le savez pas encore, mais sans vous, je n'aurais sans doute jamais eu l'occasion de posséder ce qui est finalement immortel en ce monde, vous m'avez rendu ce mot, si important quand on le cherche, l'espoir.
Ce que je raconte vous semble incohérent. Sachez que j'ai toujours su prendre les bonnes décisions dans ma vie. Et celle-ci je vous la dois. Alors avant que vous ne vous mettiez en colère, merci. Merci mille fois de cette occasion que vous m'avez donnée. Nos chemins vont se séparer ce soir.

Voilà. Je ne ferai pas Kilauea.

— Quoi ? cria Susan sans pouvoir retenir son cri, elle se leva de rage. C'est impossible ! Orlando vous avez signé un contrat. Vous ne pouvez pas partir maintenant, pourquoi faites-vous cela ? Je vous attaquerai en justice, vous irez en prison !

Orlando ne broncha pas.

— Calmez-vous Susan. Je devais vous le présenter d'une manière brutale.
Ce que je vous demande, c'est de faire preuve de calme. Je vous propose un marché. Sachez tout d'abord que, même si c'était la prison qui m'attendait, je ne changerai pas d'avis, car le risque que je cours est sûrement pire que la souffrance ou la mort. C'est l'éternité !

Je vous propose d'accepter une condition. Si j'ai préparé ce repas avec vous, c'est aussi parce que c'est le dernier que nous prendrons ensemble.
Je voulais garder un souvenir. Vous avez, sans le savoir, offert à l'homme que je suis, le plus beau des cadeaux que l'on puisse

faire. Je serai redevable de tout cela, un jour sûrement.
Dans quinze minutes une voiture va arriver dans cette rue. Je vous demande simplement de prendre cette voiture, et de voir où elle vous conduit. Si le chemin que vous allez devoir emprunter ne vous satisfait pas, vous pourrez alors revenir, et nous ferons ensemble le meilleur Kilauea qu'il soit possible de faire. Qu'en dites-vous ?

Prenez cette voiture et allez là où votre destin vous emmène, revenez si cela vous déplait, et je vous promets de faire l'émission. Pour vous, le seul risque c'est le contre temps que je vous aurai imposé.
Je vous en prie, même si la nouvelle est brutale, elle reste acceptable.

Susan se calma. Tout ce coup monté ne lui plaisait guère. Etre l'otage d'un marché.
Le coup de téléphone, ce changement d'attitude. Elle n'avait pas le choix. Orlando semblait déterminer et calme. Quel pouvait en être le but ? L'invité gagnait plus de 10 millions de dollars à faire l'émission. Visiblement l'argent n'était pas le différent de l'arrangement. Orlando en avait possédé cinquante fois plus.

Etait-ce un jeu de sa part ? Une façon de montrer, une dernière fois encore, qu'il était un homme de pouvoir ?

Le klaxon d'une voiture se fit entendre dans la rue.

— C'est le moment Susan. Prenez votre décision. Vous avez le choix, certes cornélien, mais vous l'avez encore.
Ses mots frappèrent comme un ultimatum. Pourtant Orlando semblait étrangement serein. Susan adapta ses pensées à cette situation inédite.

Elle se leva. L'odeur de la cuisine, la lumière de la pièce. Elle se sentait seule. Elle n'avait jamais eu à prendre ce genre de décision. Comment ne pas céder ? Le temps venait de s'arrêter.
Elle le regarda dans les yeux pour chercher une explication. Elle était trahie, blessée, comme une proie qui n'a plus d'issue que d'affronter son destin.
Une larme coulait le long de sa joue sans qu'elle puisse la retenir. Plus que la culpabilité chez Orlando, c'est une explication qu'elle attendait. Pourquoi cette voiture était-elle là ? Pourquoi devoir arrêter cette journée si parfaite.

Son regard semblait pourtant plein de sincérité. Il fallait lui faire confiance.
Après tout, ce n'était qu'une balade en voiture. Elle ne risquait rien à voir ce qui avait poussé cet homme à changer d'avis, et il l'avait dit lui-même. On peut continuer même si cela ne lui convient pas. Elle se ressaisit. Je vais prendre cette voiture et revenir ce soir. Tout ne sera qu'une énorme farce, pensa-t-elle.

Elle prit sa veste, et sans jeter un regard de plus, sortit de l'appartement. Elle ne maîtrisait rien. Même sa façon de sortir était contraire à ses règles. Elle ne chercha même pas à cacher son identité.
Une voiture noire attendait. Le chauffeur, la main sur la portière attendit qu'elle soit à l'intérieur pour la refermer. Elle ne reconnaissait pas le chauffeur. Lui, devait savoir où il allait, mais elle ne trouva pas la force de lui demander.

La voiture démarra, et plus rien ne lui appartenait. L'idée d'appeler Tao lui traversa l'esprit, mais pour lui raconter quoi ? Que voici le premier Kilauea raté ? Elle tenta de réfléchir, mais tout cela était tellement irréel. Attendre et voir de quoi il

en retournait sembla la meilleure des stratégies.
La voiture roula pendant quelques minutes.
Elle longea la rue, sur Clinton Wharf.
Le chauffeur s'arrêta, et l'aida à descendre.

Après une heure dans les embouteillages James arriva enfin chez Marcus Valberg. Même si le lendemain serait une grosse journée, il devait en avoir le cœur net. Il fut accompagné par un domestique jusqu'à son patio. Marcus était là, fumant son cigare. James prit un fauteuil. Les deux hommes ne parlèrent pas. Une tasse de café fut rapportée, et Marcus engagea la conversation.

— Je me souviens d'une discussion que j'ai eue avec mon père. J'avais vingt et un ans, je venais de terminer mes études de commerce. Mes copains de classe ne parlaient plus que des vacances que nous allions partager. Je ne voulais pas être en reste. J'ai mis mes bouquins de côté, et je me suis empressé de faire mon baluchon.
Nous projetions de deux ou trois semaines de camping, et de marche. Mon père m'a regardé faire. Il s'est assis sur le rebord du lit. Il m'a d'abord félicité pour l'excellent

travail que je venais de fournir. Il m'a demandé ce que je comptais faire.
Moi, je n'avais la tête qu'aux bières que j'allais boire, aux filles que j'allais embrasser, à l'évasion intellectuelle et surtout à celles, à qui j'allais promettre une bague de fiançailles.
Je ne désirais qu'une chose, ne plus penser aux conséquences de mes actes.
Puis il m'a dit : fils, je suis fier de toi. Tout le monde va aller s'amuser, c'est normal. Ne pense pas à ton avenir. Il y aura peut-être du travail à ton retour, le monde continue de tourner même en vacances. Il ne te reste plus qu'à faire les bons choix à ton retour. Il déposa un journal sur le lit, et me regarda, plein de malice.

Je suis sorti de la chambre en le remerciant de ses conseils. Ce n'était pas un conseil, ce n'était même pas une conversation. J'ai passé le reste de la journée à me demander ce qu'il avait voulu me dire, ou ne m'avait pas dit.
Quand nous sommes arrivés à la gare, une terrible sensation de mal-être me gagna, comme une crise d'angoisse. Je n'ai pas pu prendre le train. Je suis rentré chez moi. Mon père m'attendait avec le journal des emplois, un sourire aux lèvres.

J'ai passé mes vacances à travailler chez un petit commerçant. Mes amis sont rentrés de leur escapade. Certains avaient mal aux pieds, d'autres sont revenus avec des addictions, et je ne parle pas des rendez-vous chez le médecin pour la plupart pour des problèmes vénériens.

J'ai vendu des articles de pêche pendant ces trois semaines, puis en prolongeant mon contrat, je suis passé responsable des achats, je suis parti au bout de l'année. Plus tard, je fus embauché comme commercial pour l'entreprise qui fournissait les articles.
Ce qui me permit de continuer mes études sur l'international, quatre ans plus tard je décrochais le poste de consultant pour la société qui gérait les fournisseurs.

Je ne me souviens pas avoir pris plus de deux semaines de pause en six ans. Mon père ? Comment avait-il deviné que ces deux semaines, qui m'ont terriblement frustré, allaient me donner l'envie de travailler encore plus ?
Après avoir ouvert ma propre société de vente par correspondance, j'ai embauché quelques-uns de mes anciens camarades.

Certains ne sont pas restés, les conditions de travail étaient précaires et se lancer comme patron sans avoir de moyens financiers solides était un suicide. Cela a été difficile, mais j'ai tenu bon, et d'autres collaborateurs sont arrivés.
Il y a une personne, qui grâce à moi s'est vu offrir une opportunité véritable.

— Clifford ? demanda James.

— Oui. Il put intégrer un programme spécial de l'armée. Destiné uniquement à l'élite. Tout ça parce que je fournissais des articles de pêche non commercialisés, à un général féru de pêche à la mouche. Vous imaginez ? Des hameçons pour un dossier favorable.

— Clifford a fait ces deux semaines de vacances, et ensuite, grâce à moi, il a pu avoir sa conjoncture professionnelle, et vivre une grande carrière.

— Il faut que nous parlions, Marcus…

— Je sais pourquoi vous êtes là.
Il se leva et se mit dos à James.

— Demain il y aura un verdict qui dira si oui ou non je suis condamnable.
Je voudrais vous en dire plus, maintenant. Je sais aussi que vous comprendrez tout demain. Je vous demande de ne pas faire appel de la décision qui sera prise. Le jugement doit être accepté. Je vous assure que certaines données, qui vous échappent vous ont protégé vous et moi.

Vous avez fait du très bon travail James, et croyez bien que quand cela sera terminé je vous donnerai le reste des explications. Il est tard, et j'aimerais aller me coucher, pour être en forme demain, cher maître.

James prit congé. Il n'était pas plus avancé, mais il savait que Marcus était un homme de parole. Il décida de ne plus rien tenter jusqu'au lendemain. Il était l'heure de rentrer chez lui. Il arriva sur le coup de 21 heures. Il franchit le pas de la porte et posa sa serviette au sol. Susan lui manquait plus que d'habitude.
Il prit son téléphone pour joindre Tao et prendre de ses nouvelles, puis se ravisa. Inutile de rajouter un stress supplémentaire. Il reste deux jours jusqu'à l'émission maintenant, rien d'insurmontable. Il sauta dans un vieux survêtement, et entreprit de

manger. Le carillon de la porte se fit entendre. Qui pouvait venir ce soir ? Il déverrouilla la porte. Abigail était là en pleurs, les vêtements déchirés.
Il inspecta la rue, et la fit entrer.

— Abigail ? Que se passe-t-il ?
Elle entra, et se jeta dans ses bras pour s'y blottir.

— James je suis désolée, je ne savais pas où aller.

— Non, non. Tout va bien, entre. Tu t'es fait agresser ? J'appelle la police.

— Ne fais pas ça, s'il te plaît. C'est mon ex-mari. Il est passé tout à l'heure. Il m'a invectivé sur le seuil de la porte dès mon arrivée. Il était ivre. Je lui ai demandé de partir, de ne pas faire d'esclandre mais il était tellement désespéré que ses actes ont dépassé ses paroles. J'ai attendu qu'il s'en aille pour venir. Je suis vraiment désolé de te causer du souci. Je n'ai même pas pris le temps de rentrer à l'intérieur de ma maison pour me changer. Excuse-moi je ne savais pas où aller. Je ne voulais pas être seule, je ne connais personne…je…je…

James enleva sa veste de survêtement et la passa sur les bras d'Abigail. Il ferma la porte et mit l'alarme.
— Ne restons pas là, viens au salon.

Les deux jeunes gens s'installèrent. Abigail ôta ses chaussures et se recroquevilla sur le canapé.

— Je ne sais pas ce qui s'est vraiment passé. Il tenait des propos vraiment étranges. Je le soupçonne de se droguer. Il n'est pas agressif d'ordinaire. Quelque chose a changé.
Je ne voudrais pas abuser de ton hospitalité. Je suis confuse, je viens chez toi le soir avec mes problèmes. Dès demain matin j'irai à la police. Je vais essayer de trouver un hôtel pour ce soir. Je ne me sens pas la force de rester seule.

— Si tu veux tu peux dormir ici ce soir ? proposa élégamment James.

— C'est vraiment gentil de ta part, je ne voudrais pas te causer des ennuis. J'accepte. C'est une situation soudaine. Je peux te demander une chose délicate…peux-tu me prêter une chemise ? demanda-t-elle. J'ai l'air de quelqu'un sorti d'un film d'horreur.

Elle sécha ses larmes.

James s'exécuta monta dans sa chambre. Il réfléchit, et opta pour une des siennes. Donner un vêtement de Susan aurait été certainement une forme de trahison. Il inspecta la chambre d'amis, posa des affaires de toilette, redescendit et invita Abigail à se changer dans la salle de bain. Il lui proposa de diner ensemble. Rosetta en préparait toujours de trop de toute façon. Abigail reprit des couleurs et accepta. Elle s'excusa encore et demanda à prendre une douche. Elle monta dans la chambre, et se changea.

Susan arriva devant un grand hangar. Des hommes armés gardaient l'entrée. Elle prit peur. Le chauffeur quitta les lieux. Elle prit son courage à deux mains, et entra dans le bâtiment. Le long couloir à peine éclairé, menait à un escalier. Elle entendit une voix qui l'invita à monter. La lumière de la pièce, la porte entrouverte. Les gardes toujours présents, toujours plus nombreux se poussèrent pour lui céder le passage. Elle fut d'abord accueillie, par Turner Coat. L'incompréhension la gagna.
Elle rejoignit le centre de la pièce, et il apparut.

Brett Whites la regardait, le sourire aux lèvres…

— Vous !

Elle s'avança vers lui et le gifla. Les gardes du corps s'avancèrent. Il fit un geste de la main pour les empêcher d'intervenir. Il se frotta la joue, se retourna et alla s'asseoir sur une des chaises qui composaient le trop rare mobilier de cet ancien garage. Etonnamment les trois chiens ne bronchèrent pas. Ils restèrent sagement à leur place, presque amorphes.

— Je crois que je l'ai mérité. Mais je vous en prie, exprimez votre colère Susan, ou dites-moi ce qui déclenche chez vous une telle velléité à mon égard ?

Un des serviteurs apporta un verre d'alcool à Brett. La gifle avait une valeur symbolique. Cela permit à Susan de rétablir l'équilibre des forces.

— Vous essayez par tous les moyens de saboter Kilauea. Je vous en empêcherai !

— Mais je ne veux pas le saboter ! dit-il. Comme si le quiproquo était enfin compris et dissipé. Je veux le rendre unique. Sa voix changea. Plus sûre, plus rassurante.
Susan le regarda. Elle jeta un coup d'œil autour d'elle. Elle était seule, dans un endroit abandonné, loin de toute sécurité. Entourée des gens étrangers, armés, et dont elle ne comprenait pas les motivations. Elle prit peur.

— Mais qui êtes-vous ?

Brett se leva de sa chaise.
- Vous voulez savoir qui je suis ? répondit-il avec une insistance particulière.
— Oui. Je vous le demande.

— Très bien Susan. Je vais vous le dire.
Orthos, Géryon, Erebe, les trois chiens aboyèrent de concert.

Il fit signe de la tête aux gardes du corps qui fermèrent les rideaux des fenêtres. Ils quittèrent l'entrepôt, mitraillette à la main.

— Je sais que cela paraît un peu beaucoup pour vous, mais croyez-moi Susan, pour notre sécurité à tous, je vous demande un dernier effort.

Il chercha une deuxième chaise, et proposa à Susan de s'assoir. Ils se retrouvèrent face à face comme pour un interrogatoire.

— Voilà Susan. Si vous le permettez, j'aimerais vous faire découvrir mon identité au travers d'une petite énigme. C'est un jeu délicat que je redoute, mais vous comprendrez tout, je vous l'assure. Vous êtes d'accord ?

Susan inquiète mais moins effrayée, accepta.

— Commencez alors par dire : oui je l'accepte.
— Oui je l'accepte, dit-elle machinalement.

— Merci. Donc nous procèderons comme ceci. Je vais vous donner des indications sur mon identité, mais sans vous donner mon nom. Si vous pensez trouver mon nom, je vous demande de ne pas le dire, mais simplement de me dire que vous me reconnaissez … et ceci, dites-le deux fois. Comprenez-vous ?
Si je perçois que vous avez trouvé, et que je suis sûr que vous connaissez ma véritable identité je vous dirai alors mon nom.

C'est un peu compliqué comme ça, mais vous verrez que tout sera beaucoup plus clair ensuite, je vous le promets. Avez-vous compris les termes de cet exercice ?
— J'ai compris Susan. Pardonnez-moi d'insister, mais soyez sûre de ne pas faire d'erreur. Ne prononcez pas mon nom, si vous le trouvez.
Elle acquiesça de la tête avec insistance, comme si le cheminement de cette découverte lui plaisait. Ce mélange de suspense, de mystère, c'était son domaine.

Brett s'approcha d'elle. Il sentait bon. Malgré l'environnement, malgré l'heure. Cet homme sentait bon. Il commença à lui susurrer des mots dans l'oreille. Susan ferma les yeux, et se relâcha.
Les paroles, d'abord inaudibles devinrent plus distinctes.
Puis les mots se mélangèrent à des sons, comme si plusieurs personnes s'exprimaient en même temps. Elle redoubla l'effort de compréhension.
Petit à petit, elle réussit à trouver du sens aux phrases. Elle ouvrit les yeux avec frayeur.

— Vous êtes un vampire ?

Il se mit en arrière, et éclata de rire.
— Les vampires n'existent pas Susan. Non, voyez plus grand.
Mais par pitié vraiment si vous ne pouvez pas vous empêcher de le dire, il vaut mieux arrêter pour notre sécurité. Prenez-le au sérieux Vous n'êtes peut-être pas prête à l'entendre.

Elle s'excusa et lui promit de tenir sa langue, et que cette erreur ne se reproduirait plus.
Il se rapprocha à nouveau et recommença ses douces paroles. Le souffle de sa bouche dans son oreille, la transporta comme sous l'effet d'une drogue. Les mots devenaient à nouveau plus clairs, pour ressembler ensuite à une chanson, pour finir, audible mais indéchiffrable, et pourtant elle le sentait venir en elle. Au fur et à mesure des mots prononcés, elle sentait cette chaleur qui commençait à lui traverser le corps. La répétition des phrases se calquait désormais sur les battements de son cœur qui s'accéléraient.
Son pouls augmenta, la chaleur gagna son front, ses mains. Elle voulait ouvrir les yeux, mais cela lui était devenu impossible. Dans un ultime effort transcendant, elle se leva. Brett fit pareil. Son corps droit, ses

mains ouvertes vers elle. Il attendait la phrase à répéter.

— Non ! dit-elle comme pour refuser d'y croire.

Il l'incita par des mouvements de rotation de la main à poursuivre son analyse.
Elle trembla. Pas de peur, pas de froid. Comme une certaine confusion.
Elle ouvrit la bouche, et entendit les mots résonner dans la pièce.
- …je vous reconnais ! lança-t-elle dans la précipitation.

Désormais Brett avait lui aussi les yeux fermés, la tête penchée vers le bas tout en continuant ses gestes de la main comme un chef d'orchestre préparant son final, et incitant l'orchestre à garder sa note.

Elle prit une grande respiration, et ouvrit les yeux.
— Je …je vous reconnais ! Lâcha-t-elle une deuxième fois. Sans vouloir y croire, sans vouloir y adhérer.

Il releva la tête lentement et la congratula par un sourire de satisfaction.

Ses yeux désormais étaient différents. Son regard plus pénétrant.
Il prit lui aussi son temps pour prononcer sa phrase. Il le fit sans se presser, sans se défiler, sans chercher à l'impressionner.

— Oui. Je suis le diable.

Les trois chiens restaient assis, calmes. Comme si l'annonce était inévitable et sans danger.
Susan chercha sur son visage quelque chose à quoi se rattacher. Elle ne savait pas comment réagir. Comment l'interpréter. Peut-être n'était-ce qu'une Métaphore ou une sorte d'énigme.

— C'est une blague ? Balbutia-t-elle.

Brett Whites termina son verre. Il appela du doigt un garde, qui ramena une bouteille de champagne. Une coupe fut offerte à Susan.

— Je vous en prie Susan, vous pouvez vous détendre. C'est un grand moment, je vous assure.
Je tiens à vous féliciter. Vous avez joué le jeu, et vous nous avez évités à tous, de voir arriver une multitude d'illuminés, venus

pour me tuer, et je doute qu'ils auraient eu une quelconque attention à votre condition.

Susan s'assit. Elle prit la coupe et la vida d'un trait.

— C'est une blague, vous me faites marcher ?

— Pas du tout, je vous assure. Sachez, et ceci est une vérité, je ne peux mentir.
Vous pouvez me croire. Si vous aviez prononcé mon nom avant de l'accepter comme tel, Cette rue aurait vu d'anciens compagnons, où plutôt d'anciens subalternes prêts à me renvoyer dans mon royaume, et ce pour une durée équivalente à trente-trois ans terrestre. Cela n'a l'air de rien, mais c'est long trente-trois ans dans une vie aussi courte que la vôtre … je vais essayer de vous donner le maximum de détails. Susan, afin que vous compreniez bien qui je suis vraiment…

La difficulté supplémentaire, c'est que les personnes qui connaissent mon existence et qui me sont fidèles, n'ont plus de souvenir de moi à mon retour. Je dois recommencer tout depuis le début. Je peux vous parler sans crainte désormais. Cet exercice que je

dois pratiquer à chaque fois que je me présente, j'ai dû l'accepter avant mon départ de l'Eden lors de ma rémission.
Ce petit rituel auquel je suis obligé de me plier est extrêmement contraignant, vous pouvez me croire. On ne s'accorde pas avec n'importe qui.

Je ne peux dire qui je suis, avant que la personne, à qui je le fais deviner, n'admette savoir qui je suis sans prononcer mon nom. En me reconnaissant deux fois, nous sommes sûrs que je ne vous trompe pas, et que vous l'acceptez en toute conscience.
Cet exercice a pour but d'éviter d'impressionner des personnes sensibles, vulnérables, et de ne pas utiliser mon éblouissante notoriété.
Les gardes du corps présents lâchèrent un petit rire.

Susan reprit la bouteille et se servit elle-même. Le verre fut expédié dans son gosier aussi vite que le premier.
— Je sais que c'est une blague, mais …donnez-moi une preuve ! lança-t-elle. Ce deuxième verre de champagne lui redonna de la lucidité.
Brett la regarda.

— Oui …Oui bien sûr ! Vous aurez toutes les preuves que vous voulez. Vous voyez nous y sommes.
— Où ? interrogea-t-elle
— à choisir la raison plutôt que la foi….
Le téléphone sonna dans la poche de Turner Coat. Il prit l'appel très discrètement.

Brett l'observa, puis continua ses explications.

— Vous le savez probablement déjà, ce corps appartient à Brett Whites, un fleuriste qui habite à PUEBLO dans le Colorado. Cet homme est ce que j'ai trouvé de plus attrayant pour me présenter à vous.
Il fait partie de mes partisans. Je dis partisan, parce que vous verrez, je suis effectivement en guerre.
J'ai de très nombreuses contraintes. Si vous pouviez comprendre les barrières que je dois franchir pour être ici devant vous, vous salueriez mon engagement.
Tenez par exemple :
Brett Whites, la personne qui me permet d'utiliser son corps, doit, lui, au préalable mettre son âme ailleurs. C'est un exercice difficile, périlleux même. Vous comprendrez mieux maintenant l'ironie de la phrase : être possédé par le diable.

Généralement pour stocker cette âme, nous prenons un animal qui en est dépourvu, et qui servira d'hôte temporaire. Les animaux n'ont à souffrir d'aucuns jugements, c'est l'instinct qui les guide, ils vont tous au paradis.
Pour cet exercice, les chats restent la meilleure option, ils sont à même de pouvoir stocker cette énergie. Les Egyptiens l'avaient déjà découvert.

Il n'y a rien de douloureux pour eux.
Pour celui qui quitte son corps en revanche, il faut une bonne force mentale car il se retrouve enfermé, incapable d'interagir avec l'animal. Vous restez conscient, mais vos sensations, vos pensées, votre volonté, tout est sans effet. Nous endormons l'animal pour éviter un stress supplémentaire. La difficulté réside aussi dans le fait que l'hôte qui me prête son enveloppe et son âme ne soit pas trop éloigné.
Trouver cette limite m'a couté trente-trois ans de pénitence… malheureusement, je ne peux être trop proche non plus, sans quoi, c'est le corps entier de l'hôte qui souffre.

— Et pourquoi faites-vous tout cela ? Questionna Susan.

— Excellente question.
Je pourrais apparaître devant vous, en étant sous la forme ignoble et répugnante dont on m'a injustement affublé, vous pouvez me croire, je ne pourrais vous parler sans que vos yeux n'expriment la crainte et le dégoût. Vous ne seriez pas là, à m'écouter attentivement comme actuellement.
Les représentations artistiques dont j'ai fait l'objet et qui illustrent les livres, sont assez proches malheureusement de la réalité.
Cette laideur que j'ai reçue en cadeau de départ, est justifiée par d'évidentes raisons.
Humilier ma beauté légendaire et, encore plus difficile pour moi, me montrer à vos yeux comme l'incarnation du mal, ce que je suis censé représenter pour vous.
Le nom le plus approprié pour me nommer est Lucifer. J'étais l'archange de la lumière et de la connaissance. Des compétences qui m'ont été attribuées et pour lesquelles j'ai consenti à de grands sacrifices.

Susan remarqua que sa voix était plus détendue. L'homme qui se trouvait devant elle, prétendant être le diable, le mal personnifié, conversait avec elle d'une voix calme.

La situation semblait irréelle, cocasse. Elle ne pouvait encore y croire. Etait-ce un fou ? Un illuminé ? Une de ces personnes qui s'imagine être la réincarnation d'un personnage célèbre ?
Quoi qu'il en soit, elle était là. Discutant avec cet homme. Pour le moment, il fallait faire bonne figure.
Brett l'observa un instant.

— Je sais que vous ne me croyez pas. Cela viendra. Vous revêtirez les habits de l'apostasie.
Susan, je comprends votre scepticisme. D'ailleurs je n'imaginais pas vous convaincre aussi facilement. Rappelez-vous ceci. Je ne vous mentirai jamais.
J'ai besoin de vous raconter mon histoire pour que vous puissiez y voir plus clair.

Les noms dont on m'a affublé tel que : Le diable, le calomniateur, Satan, l'adversaire, le malin. Ne jouent pas en ma faveur, il faut l'avouer. On ne se bat pas facilement contre des milliers d'années de conditionnement humain.
Je comprends tout à fait ce besoin d'identification de vos actes ! Vous faites quelque chose de bien, et votre bonté vient du « très Haut ».

Vous tuez, mentez, trichez, volez, commettez des actes abjects et c'est le mal et son digne représentant qui en sont à l'origine. Comment voulez-vous donner du crédit à quelqu'un qui a son procès déjà fait et la sentence appliquée ?

Et même aux prémices de mes paroles, certain trouveront là, une méthode perfide et suspecte visant à vous tenter et sérieusement, comment pourriez-vous le savoir ? Comment être sûr ?
Je ne vous ai pas choisi par hasard. Je ferai appel à votre compréhension, et vous pourrez compter sur la vérité.

Brett sortit un mouchoir de sa poche, et s'essuya le front.
— C'était un fabuleux projet, l'espèce humaine…
Le « Puissant » voulait que les jardins de l'Eden soient remplis de créatures douées d'intelligences, et qui ne…comment dire ne...répondent pas uniquement à des instincts primaires.

J'ai été chargé de l'aider dans cette œuvre. Au début je n'en voyais pas l'utilité, mais à mesure qu'il en dessinait les lignes, je fus subjugué par cet ouvrage. Chaque détail

qu'il apportait, chaque trait qu'il esquissait, était une réalisation parfaite. Le « Puissant » voulait une allégorie qui lui ressemble. Il décida de scinder la puissance de son pouvoir en deux êtres.
Impossible de projeter une telle énergie dans un seul. C'était vouloir mettre une flamme dans de l'essence.
Alors, à la grâce de Dieu, vous êtes apparue.

— Adam et Eve ? lança Susan.

— Non Susan. Adam et Lilith ! Voyez comme cette première vérité a été soigneusement ignorée.
Un couple représentant la perfection originelle, la dualité d'un pouvoir. Une telle symbiose, une telle alchimie ne peut se concevoir sans un artiste de génie.

L'homme parlait avec passion, Susan se sentit transportée.

— Ce qui n'était pas prévu, c'est que ces deux capacités entrent en concurrence. J'avais suggéré, pour apporter mon assistance à ce projet, d'y ajouter une couleur d'imprévu, une douceur de curiosité, une larme d'exploration.

Cela n'a pas été très bien accueilli je dois dire, car comment toucher à une création divine achevée. Mais mon concept, ma vision de vous a abouti.

Il se pencha pour la contempler droit dans les yeux. Son regard ne mentait pas, elle le sentait.

— Susan, si l'humain explore, cherche, découvre, recherche encore, et ne se satisfait pas de l'horizon, c'est grâce à moi. Vous devez la vie au « puissant » certes mais moi, je suis à l'origine votre nature profonde, de votre conscience !

Il se releva et s'essuya le front.

— Adam fut le premier à être créé.
Ce léger statut lui conféra une forme de légitimité dominante.
Je dis léger, car Lilith s'avéra beaucoup plus forte, plus déterminée, si bien qu'Adam ne put réfréner son énergie. Elle pouvait user de son pouvoir, de sa volonté.
Ils étaient complémentaires oui, mais indépendants.
Adam ne pouvait supporter cette égalité. Il demanda à dieu de l'aider.

Rappelez-vous bien que le côté représenté par Lilith est, entre autres, celui de la pensée, la compassion, la réflexion.
Le premier dilemme divin venait d'apparaître.
Reconnaître que la création n'était pas parfaite ? Admettre que le pouvoir ne pouvait se séparer ?

Les décisions prises ne se discutent pas, ne se commentent pas. Elles s'exécutent.
Aussi, quand il décida qu'il y aurait une autre créature, personne ne se soucia de savoir pourquoi. Il prit une côte d'Adam pour créer Eve, la deuxième femme.

Eve ne bénéficia pas du même traitement de faveur que Lilith, et sa subordination à Adam contenta tout le monde. J'imagine aussi son calvaire. Vivre, et ne rien partager de profond.
Lilith erra seul au paradis. Sa présence nuisait au bon sentiment restauré, elle personnifiait l'erreur, une sorte de mauvais prototype.

Aussi je vais maintenant vous révéler la vérité.

Le « très haut » annonça son départ programmé. Mais pour où ? Nul ne le savait.
Il installa au milieu du paradis une zone où il concentra tout son savoir. Ses actes ont un sens, comment envisager, comprendre cette volonté ?

— L'arbre de la connaissance ? suggéra Susan, penaude de ne pas avoir une très grande culture religieuse.

— Oui c'est cela, en quelque sorte. Cet arbre, dont les fruits donnaient accès au savoir illimité et universel devenait le seul interdit.

Il prédit que pour se venger de lui, Lilith profiterait de cette interdiction absolue pour le défier et chercherait à s'en emparer. Ce qu'il n'avait pas envisagé c'est que Lilith décida de faire payer à Adam l'insolence de sa plainte.
Voici la vérité Susan. Je ne suis pas le serpent, ou le tentateur décrit dans cet ouvrage biblique !
Je n'ai découvert le dessein de Lilith qu'après sa funeste exécution.

Lilith prit l'apparence de l'animal phallique et provocateur, pour procurer à Adam ce sentiment de pouvoir. C'est Eve qui prit l'initiative d'enfreindre l'ordre, par amour pour Adam. Elle, si docile, devait aussi souffrir de l'inconfort de cette situation. L'amour ne se contrôle pas. Il est le seul sentiment qui échappe à la raison. Plutôt que de voir Adam souffrir, elle prit sur elle de se condamner.
Nous avons tous vécu, un bouleversement regrettable, et au combien lourd de conséquence.

J'ai pris parti pour Lilith. Après tout, elle n'avait fait que répondre à une agression psychologique, et ce, avec les éléments dont je vous avais doté.

Le châtiment allait être sa suppression. Chose qui n'existait pas.

C'est le « puissant » qui échafauda la suite. Il ne pouvait être responsable de ce désastre, comment pouvait-il se tromper ?
Son pouvoir ne saurait être remis en question et ne l'était pas.
Il décida de me convoquer. Cela ne pouvait pas non plus, incomber à Lilith.

Son créateur n'avait commis aucune erreur.
La seule explication était que j'étais le seul coupable
Les doses que j'avais mises en vous, issues de mon propre pouvoir allait sceller votre sort.
Je vous ai offert lors de votre conception un privilège. Le choix.
Je vous ai transmis une lumière de jugement, avec préméditation.

— De ...de quoi ? bredouilla-t-elle bredouillante. C'est vous ?

— Oui, mais j'ai aussi fait le choix d'endosser cet échec. Dès lors, notre discussion ne porta plus que sur les modalités de mon départ et celui de Lilith.

Tout ! Tout est écrit. Vous conviendrez que le prix que vous avez dû payer, en tant qu'espèce humaine, a été particulièrement élevé.
Le mien, si cela peut vous rassurer, a été gigantesque.

Ensuite « il » créa l'univers.
Il décida que, si pour vous l'important était de pouvoir choisir votre chemin, et quand le moment de votre mort physique serait venu,

vous reviendriez vers lui pour qu'il juge vos actes. Vous avez bien compris que la mort ne peut détruire cette énergie. Avant de vous munir de l'esprit, il a fallu constituer la matière. Même pour le très Haut, cette tâche fut une prouesse.

Pour vous donner la conscience spirituelle, la roue organique primitive de la vie, a distribué les forces matérielles, excitatives, motrices, vitales à la réalisation de l'évolution. Votre âme humaine, devait se nourrir d'une mutation lente pour vous amener dans un cycle de conscience de vous-même, dissocier des contraintes de votre environnement.

Les différents degrés physiques vous permettant l'état de réflexion nécessaires. Organiser l'homme qui est dans l'animal.
L'ascension progressive vers l'échelon humain. Imaginez la difficulté d'enseigner l'aptitude rationnelle avec ambition sans dépasser la raison humaine.

J'ai, dans cette distribution, hérité de mon premier cadeau, la terre. Certes elle m'appartient, mais voyez-en cela un châtiment.

Ceci uniquement dans le but de vous voir grandir, sans pouvoir vous guider.
Puis à l'heure de votre jugement, ceux qui n'avaient pas su élever leur âme à la spiritualité il fallait aussi pouvoir vous accueillir ailleurs que dans la douce éternité de son Paradis. Et voici mon deuxième cadeau.
Ce mot ironique, car croyez bien que je le porte comme une charge. Les enfers !
Souvenez-vous de cette expression, l'enfer est pavé de bonnes intentions.

Je m'y suis habitué, et puis l'avantage c'est que je peux agir à ma guise.
L'idée a été que je sois le représentant du Mal ou si vous préférez, le mauvais choix. En un mot, liberté.

Les créatures célestes que j'ai tant aimées me rendraient dans l'ignorance, une haine sans limite, à la hauteur de leurs malheurs. Faim, soif, maladies, injustice, espérance de vie, renaissance perpétuelle dans la souffrance s'il vous plait, pour bien rappeler la notion du mérite, et pourquoi vous êtes là.
Les occasions de m'en porter responsable ne manquent pas. Cependant le « puissant »

admit une chose. Certains humains ne se détourneraient pas de sa lumière.

Cela étant établi, j'acceptais ma mission d'accueillir les âmes qui ne passeraient pas sa « Sacro-sainte » approbation du jugement dernier.
Je devenais à tout jamais, officiellement le responsable de cet échec.
J'ai eu la chance d'être suivi dans ce combat par d'autres anges visiblement touchés par ma sacerdotale punition, et il ne put me chasser à sa guise. Le bannissement restait irrévocable.

Mais c'est là que cela devient intéressant.

J'ai demandé à ce qu'une partie de son pouvoir soit transféré dans chaque être qui verrait le jour sur cette planète. L'enjeu, si imprévisible du dessein de la nature, dans sa course au progrès contre la détresse, m'autoriserait à récolter plus « d'âmes » que lui, et par âmes j'entends pouvoir. Son pouvoir.
Ne vous méprenez pas, Susan, sur la futilité de cette bataille. Comment lutter contre quelqu'un qui édicte les règles ?

Mais !

Je le dis naturellement. On ne parie pas avec moi sans risque.

« Il » a évidemment pris toutes les mesures de protection à cette comédie de paris.
Je ne peux évidemment pas comptabiliser et bénéficier d'âmes que lui-même a refusées.
Je ne peux pas compter une âme baptisée, seulement si ce baptême est renié.

Impossible non plus, de prendre un enfant, un vieillard sénile ou une personne fragile.
Je suis tenu, et vous le comprenez maintenant, de ne pas me présenter comme le diable, chose absurde au demeurant, vu la panoplie horrifique dont il m'a affublé. Sans quoi il est en droit de faire intervenir ses troupes.
Les âmes qu'il refuse pour retourner à son « Coelum » sont définitivement perdues, vidées de leurs essences divines.

Pour vous espèce humaine, croyez-moi le droit de passage est contraignant.

Sept péchés capitaux, dix commandements, et interdictions en tout genre. Rien n'a été laissé au hasard. Enfreignez une seule de ses règles, désobéissez une fois, vous serez le jour de votre comparution soumis à sa seule opinion bienveillante. Je ne vous passe pas les détails délicieux, dont il vous a pourvu, pour compliquer une communion complète de l'humanité.

La difficulté que vous avez, entre humains, de vous comprendre, Emprisonnés dans votre courte existence, vos caractères uniques, vos différences culturelles, linguistiques, géographiques, vos pensées, vos intelligences malheureusement limitées vous empêchent de vous poser les bonnes questions, et sont autant d'obstacles pour que je puisse réunir dans une de vos vies, la synergie nécessaire à vous faire comprendre la vérité.

Brett marchait de long en large maintenant. Il s'arrêta et s'essuya à nouveau le front.

— J'imagine à chaque fois votre torture dans un corps humain. …mais…mais pourquoi ?
Il regarda la pièce et ses gardes du corps les bras ballants.

—...pourquoi sommes-nous encore ici ? Nous ne risquons plus rien pour l'instant. Allons dans un endroit plus agréable, voulez-vous ?

Il la saisit par la main délicatement et avant qu'elle ne puisse répondre, Susan se trouva à bord d'une limousine grand luxe qui attendait déjà au coin de la rue. Elle monta avec Turner Coat, et laissa Brett Whites monter dans une autre limousine. Turner prit son téléphone, et prévint de leur arrivée.
La voiture démarra. Susan profita de cet instant pour parler avec Turner.

— Dites-moi Turner. C'est une blague hein ? C'est qui cet illuminé ? Vous savez, on va forcément venir me chercher et…
— N'ayez crainte Susan. Vous refusez d'y croire encore, mais c'est parce que vous luttez contre cette évidence. Je sais c'est incroyable. Historique pour nous ! On ne peut comprendre totalement ce genre d'être.
Il s'approcha.

— Vous savez que tout ce qu'il vous raconte c'est la première fois que je l'entends ? J'ai eu la chance d'en savoir beaucoup, mais j'avoue qu'avec vous, il y met beaucoup plus de détails.
Vraiment, s'il-vous-plaît, je vous le demande, croyez cette vérité.

Écoutez-le. Ecoutez-le jusqu'au bout. Ne le trahissez pas. Si vous en avez l'intention, donnez-vous du temps.
Il reprit sa position droite. Susan en fit de même.
Plus que Brett pour l'instant, c'est Turner qui la toucha. Comment peut-on croire à cela sans penser être fou ? Comment avoir une certitude sans preuve tangible, réelle ?

Elle, qui se balade en limousine dans les rues de New York, en compagnie du bras droit du diable, lui-même présent à une longueur de voiture de la sienne, et qui l'emmène elle ne sait où.
La voiture parcourut quelques kilomètres, pour remonter la 9ème Avenue, et finalement terminer sa course dans la célèbre rue « Hell Kitchen ».

— On nage dans le cliché pour faire plus vrai ? demanda Susan sur un ton entre rire forcé et cynisme.

— Non, répondit Turner. Je pense qu'il a réellement faim.

Les voitures s'arrêtèrent devant le Hilton Times Square. L'heure tardive ne gêna en rien le gardien qui vint ouvrir. La troupe monta jusqu'au restaurant. Là des repas furent servis et chacun y alla de son appétit. Susan qui avait quitté Orlando avant de dîner, sentait son ventre gargouiller.

Lucifer fit apporter les plats plus près de Susan.

— Mangez ma chère. Il est inutile de se priver. Nous allons avoir une vraie discussion.
Je vais vous expliquer mon plan, et votre rôle. Voyez-vous, vous êtes très importante pour moi. Je souhaite simplement que notre relation se passe dans la transparence. Vous êtes aussi mon invitée, vous pouvez si vous le décidez partir au moment où cela vous semblera opportun. J'aimerais que vous compreniez que je ne suis pas votre ennemi.

Je vous l'ai dit, et peu de gens le savent. Je suis le propriétaire de cette planète. Maintenant voyez ce que vous en avez fait.
Extinction des espèces animales, surpopulation, guerre, pollution, destruction des richesses et de la couche d'ozone, je ne sais pas vous, mais moi je connais l'issue. L'humanité est devenue ce qu'elle a de plus triste.

Tant de potentiel, et si peu d'ambition collective. J'aimerais trouver un humain qui me dise que les désirs, les rêves de l'espèce originelle sont respectés.
Je pourrais passer la nuit à vous énoncer les contradictions invraisemblables qui ont conduit à cet échec général. Vous avez peut-être à votre décharge que le chemin était tortueux. C'est vrai que comme parcours, on peut trouver mieux.
Mais maintenant ? Maintenant que la connaissance est vôtre. Que vous avez trouvé le moyen de communiquer à grande échelle, quelle est votre excuse ?

Il vous reste peut-être deux siècles avant que les ressources, que les dégâts causés à ma planète ne deviennent un tombeau ouvert.
J'ai essayé de prendre le contrôle de certaines institutions, tenté de chercher un chemin que vous pourriez suivre, en vain. Je ne peux dans l'état actuel, empêcher les catastrophes de venir. Sachez que l'enjeu est de taille. Si vous venez à disparaître, et croyez- moi, ça va arriver, nous disparaîtrons tous, car moi aussi je n'aurai plus de raison d'être celui que je suis.

Il se pencha pour bien faire passer son message.

— Je suis, le seul à pouvoir arrêter tout ça, Susan. Le puissant, n'a aucun intérêt à vous voir réussir. La seule fois où il est intervenu, c'est avec son petit protégé.
Il fallait que vous compreniez que le « passage » pour revenir dans son univers est possible pour vous.
Dites-moi, était-ce assez explicite ? Est-il intervenu personnellement pour que son message devienne un message d'espoir ?
Non !
Sa communication devait être maladroite, interprétable. Notre contrat le stipule bien.
Plus aucune intervention divine. Il ne reviendra pas. Il ne reviendra plus.

Pour moi, il fallait encore, m'acquitter de la dernière mission. Je devais montrer à l'humanité mon visage de vil tentateur, et éprouver son, si docile « fils de Dieu ».

Dévoiler aux yeux de ce monde, que je ne suis pas un sauveur, mais celui qui vous détournerait de sa bienveillance. Ce jeune écervelé, mais néanmoins protocolaire spécimen, a fait tout ce que « papa » voulait de lui. Mourir en héros !

Il faut suivre les règles qui vous permettront de vous absoudre. Comme ce « bel » exemple.
Il se pencha et porta sa main à son visage comme pour lui révéler un secret.

— Mais je vous le confie, pour moi, le chérubin a fait bien plus …

Susan écoutait avec attention ses paroles. Il lui était impossible de réfléchir. Tout cela était tellement invraisemblable.
Comment pouvait-elle croire à une chose aussi énorme. Pourtant le récit de cet homme. Les gens qui lui faisaient confiance … Tout cela ne pouvait pas être inventé ?

— Je veux une preuve ! lança-t-elle.
— Vous me l'avez déjà demandé et je vous l'ai promis, vous l'aurez votre preuve, sourit-il.
Vous savez, si vous êtes là avec moi, c'est pour votre émission. Je veux faire Kilauea. Nous sommes réunis pour ce but.

Susan regarda les personnes dans la pièce, puis Brett et éclata de rire. L'annonce frappait désormais comme une gigantesque mascarade.

— Mais vous êtes complètement fou ? Comment avez-vous pu imaginer cela ? Alors c'est tout ? vous vouliez faire partie de Kilauea pourquoi ? L'argent ?
Personne ne broncha. Brett continua à se nourrir normalement, comme si sa demande était tout, sauf extraordinaire.

— Je refuse, lança-t-elle. C'est impossible, même si je le voulais. Nous avons travaillé très dur pour cette émission. Il est impossible de changer maintenant. Toute l'émission est calquée sur un seul individu. Les questions, les séquences, tout. Ce que vous ne savez pas c'est que le nom de l'invité est inscrit dans une banque quelque part en Europe. C'est tout simplement impossible de le changer maintenant.
— Celui-ci ? demanda Brett en posant le papier griffé des deux signatures de Susan et Tao.

— Je connaissais déjà le nom de votre invité avant vous. C'est moi qui vous l'ai fait choisir. Voyons Susan, je viens de vous annoncer qui je suis, pensez-vous que l'argent est ma motivation ? Je ne serais pas là avec vous ce soir. Restons pragmatique voulez-vous, et puis ceci n'est pas une suggestion. Moi Lucifer, je ferai Kilauea.

J'ai besoin de vous pour faire passer mon message. J'ai besoin de cette formidable machine que vous avez créée. Mon annonce aura un impact certain sur la vie de millions, de milliards de gens. Voici la première étape. Imaginez-moi, pouvant enfin révéler à la planète entière, cette terrible tragédie de la fin du monde qui se joue en coulisse.
Moi, face à l'humanité, pour changer le cours des événements. Il n'y a pas de décision plus facile à prendre.
Qui d'autre mieux que moi ferait de cette soirée, le moment le plus magique de l'histoire ? Vous êtes là, à vous incommoder de détails sans intérêt.

Je vais vous montrer les limites de votre capacité de penser, dans laquelle vous êtes bloquée par votre ignorance. Je pourrais respecter vos certitudes en matière de choix de vie, si elles n'avaient pas été dictées par des fondements moraux, dont vous êtes victime.
Ce conditionnement ancestral, annihile vos capacités à juger ce qui est bon pour vous.

L'humanité a édicté des règles basées sur des mensonges, vous interdisant un épanouissement personnel, par crainte d'un jugement conservateur et dénué de toute logique.
Vous allez bientôt vous marier n'est-ce pas ? Savez-vous où est Mr Allen en ce moment ?

La question lui parut incongrue.

— Pourquoi me parlez-vous de James ? Je…je ne sais pas, je n'ai pas de contact avec lui. Il doit être chez nous je pense ? Que se passe-t-il ?

— Ne vous inquiétez pas Susan, je ne voulais pas vous effrayer. Soyez assurée de sa sécurité. Mes questions sont simples, savez-vous ce qu'il fait ? Avec qui il est ?
Elle réfléchit, la demande étant particulièrement ciblée. Elle savait James sur l'affaire Valberg, mais elle devait se l'avouer, la préparation de Kilauea l'avait totalement accaparée, et le fait d'être coupée du monde, la coupait aussi de sa vie sentimentale, elle était incapable de répondre à une interrogation élémentaire.
La honte la gagna. Elle s'imaginait bien que son travail d'avocat était une chose

prenante, que leur séparation suite à l'émission, permettait à James de se plonger entièrement dans son travail.

Maintenant que les choses lui apparaissaient, elle prit conscience que c'était aussi son travail sur cette émission qui l'empêchait d'être au contact de celui qu'elle aime, celui qui allait bientôt être son mari, et certainement le père de ses enfants. Elle tâcha de faire bonne figure.

— Oui je sais qu'il est à la maison, et il est seul. Sa réponse empreint de certitude, lui redonna du courage.

Brett appela Turner Coat, et lui transmit des informations dans le creux de l'oreille. Celui-ci prit congé.

— Vous avez raison pour l'une de ces réponses. Turner va vous emmenez chez vous Susan, en toute discrétion. S'il est seul, je m'inclinerai volontiers. Je veux savoir si je suis plus compétent que vous à connaître la vie des gens qui vous entourent. Je vous propose ensuite de venir me rejoindre dans cet appartement que vous avez loué pour l'invité. Je pourrai vous expliquer plus en détail mes motivations, et je vous l'assure, répondre à toutes les questions auxquelles j'ai les réponses…

Susan accepta, intriguée par ce curieux marché. Pour elle, c'était de voir James qui lui importait. Pouvoir l'embrasser, lui procurerait un réconfort dont elle avait grandement besoin. Changer les règles de l'émission ne l'enchantait guère, mais celle-ci vraisemblablement ne ressemblerait à aucune autre. Que pouvait-elle trouver en rentrant chez elle ? James n'était pas du genre à s'offrir une soirée cartes entre amis, et encore moins de programmer une soirée sans elle. Peut-être n'était-il pas là tout simplement. Sa curiosité l'emporta.
Elle avait envie de montrer à Lucifer, que, quel que soit ce qu'elle découvrirait, elle ne s'en étonnerait pas.

Au même moment Tao rentra chez lui éreinté. Susan avait raison, maintenant qu'il était seul avec Fran, celle-ci ne lui laissait plus un moment de répit. Il fallait sans cesse lui tenir tête, et cette situation devenait pesante. Les questions ciblées de Fran sur l'invité, lui devenaient insupportable. Il cherchait par tous les moyens, à donner une infime parcelle de réponse, sans compromettre l'intégrité du jeu. Fran en avait fait une véritable obsession. Le sexe, l'âge, l'origine de ce fameux invité mystère, tout y passait. Chaque réponse positive d'un candidat, lui rapportait automatiquement la somme de 15000 dollars, mais au-delà de l'argent, c'était le risque de voir l'information relayée par les médias. Savoir qu'un privilège avait été octroyé à un proche, détruirait l'intégrité totale du jeu, et condamnerait irrémédiablement l'émission.

Il prit sur lui d'expliquer encore une fois les enjeux cruciaux d'un tel écart. Fran n'en démordait pas et associait ce silence à un manque de confiance en la solidité de leur couple.

Il tâcha de donner des détails précis de sa journée, en lui promettant de lui faire visiter les coulisses en exclusivité, et, de la laisser se prendre en selfie, sur le canapé sur lequel l'invité se poserait ce samedi. La nouvelle calma Fran, et pour un temps, neutralisa les velléités dont elle faisait preuve depuis maintenant deux jours.

A mille lieues des soucis de Tao, Abigail redescendit à l'étage après une bonne douche salvatrice, et remarqua l'attention particulière dont fit preuve James. La table

du salon avait été dressée. James préféra un dîner plutôt décontracté, à une cérémonieuse table de salle à manger. Le côté dîner en tête à tête le gênait un peu, car ce repas n'avait pas été prévu. Les circonstances lui firent prendre toute les délicatesses d'usage.
Il déboucha une bouteille, et servit deux verres. Ce moment de promiscuité le déconcerta cependant. Comment ne pas être mal à l'aise dans une situation aussi inattendue. Il choisit de ne pas aborder les sujets ayant traits aux raisons de sa présence chez lui, et ne chercha pas non plus à parler du travail, pour éviter un malentendu sur l'attention qu'il portait aux évènements. Il décida que le mieux, c'était d'attendre que Abigail prenne la parole.

Elle se posa sur le sofa, et inspecta du regard la maison. Le mobilier était choisi avec éclectisme, les tableaux colorés.

— Merci pour la chemise. Je me sens beaucoup mieux.
— Elle le regarda servir le repas.

Je suis encore sous le choc de me retrouver chez toi. Comment dois-je réagir ? Je t'avoue que je ne le sais pas encore. Je vais suivre ton conseil, et prendre un avocat. Ne pas traiter ce problème, m'en a rendu l'esclave. Je ne veux plus être prisonnière de mon passé.

James continua à la laisser parler. Il entendit la vibration dans le sac d'Abigail. Celle-ci jeta un coup d'œil furtif à son téléphone et le reposa dans son sac.

— Cela fait longtemps que vous êtes ensemble, Susan et toi ?

— Quelques années.
Il approcha l'assiette de son hôte fier de sa présentation.

— Ce repas est succinct, je l'avoue, préviens moi plus tôt la prochaine fois.

Ils se regardèrent, et Abigail lui sourit. Le repas fut expédié en quatre coups de fourchette.

— Demain matin, je téléphonerai à un ami qui est spécialiste des droits familiaux. Il est préférable de ne pas prendre quelqu'un de ton entourage.

Il tendit son verre pour trinquer, afin d'éviter un côté dramaturge de la situation. Abigail regarda sa montre, prit une bouchée du repas, et se leva.
— J'aimerais bien visiter ta maison ? J'ai remarqué quelques détails qui m'inciteraient à faire des travaux chez moi.

James ne se fit pas prier. Bricoleur dans l'âme il avait exécuté la grande partie de rénovation de son logement. Il l'invita à le suivre à l'étage.

A plusieurs Avenues New-Yorkaises de là, et dans les dédales de la Grosse Pomme, Turner Coat indiqua au chauffeur le chemin à suivre, et prit place à côté de Susan à l'arrière du véhicule. Susan se demandait encore comment elle avait pu être embarquée dans cette histoire rocambolesque. Elle réfléchit à la meilleure stratégie à aborder avec Turner.
Elle ne savait rien de lui. Comment en était-il arrivé là ?
Faisait-il partie de ces gens qui s'investissent d'une mission ? Peut-être arriverait-elle à s'en faire un allié ?

— Turner ? se lança-t-elle. Qui êtes-vous ? Comment avez-vous rencontré le...le diable ?

Turner sourit. Visiblement heureux de la question. Il prit une grande inspiration, et regarda le plafonnier, comme pour rassembler ses souvenirs. Il n'était pas dupe. Il sentait bien que l'interrogation de Susan, devrait le conduire à la persuader du bien-fondé de son choix, et de sa liberté. Que contrairement à l'idée reçue, il ne le faisait pas pour de mauvaises raisons.
Il croyait au bien-fondé de ses actes.
Cette dévotion n'avait rien de maléfique ni satanique. Il décida de faire parler son cœur.
— Il est toujours difficile de parler de ça. Je ne me sens pas comme un apôtre, je ne suis pas obligé de vous convertir Susan vous êtes libre.
Ma rencontre, maintenant qui vous m'y faites penser, fut le plus beau jour de ma vie. Je peux le dire sans rougir. Je suis né ce jour-là. Vous savez, comme beaucoup d'entre nous qui sommes à ses côtés depuis quelques temps maintenant.

Moi cela va faire seize ans que je suis dans son aura.

Il n'y a rien en lui qui ne soit fait autrement que dans le but de notre bien-être. Je n'ai pas eu l'ombre d'un doute en seize années sur ses actes. Je vous avoue que je ne comprends pas tout non plus. Ce qu'il me demande de faire, je le fais, ensuite tout apparaît. Je...je suis comme celui qui lui passe les tubes de couleurs d'un tableau qu'il est en train de peindre. Je ne sais pas si le bleu sera pour le ciel, si le soleil sera jaune, mais quand il pose le pinceau, on ressent immédiatement la chaleur, le vent. Le tableau n'est pas peint pour montrer au monde la puissance dont il est doté, simplement pour que nos yeux, l'espace de cet instant, ne ressentent rien d'autre que de l'apaisement, de la sérénité.

Je suivrai Lucifer dans un précipice, si pour le suivre c'est là où il me conduit, parce que je serai à ses côtés...
Quand je l'ai rencontré, je n'étais pas, je l'avoue au meilleur de ma forme. Je suis ingénieur en informatique. Bonne famille, bonne situation, et pourtant je n'étais pas heureux. Je n'arrivais pas à trouver de raison à ma vie. J'ai opté un temps pour des paradis artificiels, et commencé une descente aux enfers. Avant que cela ait un sens pour moi. Je me suis peu à peu

enfermé dans un monde de solitude, perdu mon emploi, séparé du monde qui m'ennuyait de toute façon, je n'aspirais plus qu'à finir cette existence sans le moindre intérêt. Et puis, elle est apparue !

— Elle ? S'interrogea Susan

— Oui, elle. C'est dans un corps féminin qu'il a choisi de se révéler. J'étais dans une ruelle sordide, une seringue de cocaïne dans les veines, dans une ville mexicaine dont je ne sais plus le nom. J'avais brulé mes papiers et me suis dit que personne ne me réclamerait. Que je ne ferai souffrir personne par ma disparition. On jetterait mon cadavre dans un trou, et je ne laisserais aucune trace de mon passage sur terre. Tout était parfait, la noirceur de la rue, mon état second. Je n'avais qu'une hâte, c'était de finir de m'apitoyer. Je me souviens vaguement des bruits de pas venant à ma rencontre. J'arrivais à peine à garder les yeux ouverts.

Elle est venue, et je n'ai pas honte, je suis tombé amoureux. Elle m'a recueilli et m'a remis sur pied. Pas une fois dans les rares discussions que j'ai eues avec elle, elle ne me demanda quoi que ce soit. On dit que chacun possède un ange qui le protège. C'est vrai. Le mien avait pris l'apparence d'une femme. Elle me demanda une faveur. Celle de prendre soin de moi, et pourquoi pas de croire en la vie. Elle a donné un sens, une raison de me battre. Surtout de faire une chose plus grande que moi.

J'ai suivi ses conseils, je suis rentré aux Etats Unis sous une fausse identité. Grâce à l'argent qu'elle m'avait donné, j'ai repris un job, recommencé une nouvelle vie, en prenant soin de ne plus renouer avec l'ancienne. J'étais béat dans ce nouveau costume. Puis il est revenu, cette fois-ci. C'était sous la forme d'un jardinier de la copropriété où je logeais. Nous avons fait connaissance simplement, et au fil du temps, ce qu'il savait sur moi, nous a précipités à cette fameuse discussion. J'ai passé le même test que vous pour connaître son identité. J'ai eu très peur. Beaucoup plus que vous, je dois dire. Je pensais que ma vie était foutue. Comment ne pas avoir peur ? Contrairement à vous, il ne m'a pas forcé la main. Mais pour l'excuser, je pense qu'il a vraiment besoin de vous. Vous verrez que votre rôle vous apparaîtra bientôt.

Il m'a proposé ce travail. Je reçois ses directives, et les exécute.
Il me fait confiance. Admettez un instant que ses desseins soient nobles, et qu'il n'ait rien de maléfique et vous verrez, même si vous ne comprenez pas son mobile, tout va avoir un sens.

Nous sauver.

Susan resta bouche bée. Turner ne mentait pas. Elle percevait sa sincérité. Elle regarda à l'extérieur. Les buildings qui défilaient le long de la voiture, les gens au ralenti. Elle prit la mesure de ce qui lui arrivait. Si c'était vrai ? Si elle se trompait ? Ce monde désormais n'avait plus la même signification. Etre confrontée à une autre réalité. Les questions se bousculèrent dans sa tête. Cette occasion unique de pouvoir changer les choses. Appartenir à un plan, une autre voie, enfin ? Turner lui saisit la main. Il transmettait une chaleur rassurante.

— Susan, je suis là, avec vous. Je vous aiderai du mieux que je peux. Regardez.
Il lui montra son auriculaire.
— Vous voyez cette bague ?

Le bijou, représentant la tête d'un dragon de couleur rouge, était monté sur un anneau d'argent.
Elle se demanda comment elle avait fait pour ne pas le voir avant.

— Cela s'appelle un « Sese Donandi », un don de soi. J'ai la couleur rouge, parce que j'ai accompli un certain nombre de bonnes actions. Celles-ci ne sont pas hiérarchiques, et il n'y en pas de petites.

Vous rendez un service à quelqu'un qui possède cette bague. Vous lui donnez votre nom. Et celui-ci valide votre geste. Nous avons créé un site qui recense ces dons de soi. Vous pouvez alors acheter la bague supérieure, qui vous engage à plus de bienveillance à l'égard de ceux qui ont un grade inférieur au vôtre. Ces échanges construisent la confiance que nous avons les uns envers les autres.

Il y a cinq échelons de bagues à gravir. Blanc, bleu, beige, jaune et rouge. Vous l'avez remarqué j'espère, lui, possède la noire, l'échelon ultime. La couleur sombre, est plus un signe de neutralité que de noirceur.

Ceux qui comme moi possèdent la rouge, œuvrent à des échelles d'ensemble. Nous validons les actions des uns et des autres. Malgré mon statut reconnu de bras droit, cela ne m'exempte pas de passer les étapes. L'argent que nous récoltons sert l'ensemble des adhérents.
Vous pouvez alors placer des souhaits sur le site. Créations d'écoles, protection de l'environnement où toutes sortes d'envies. Spontanément, les gens acceptent d'aider. Je n'ai encore vu personne utiliser ces actes à des fins cupides ou disproportionnées. Allez sur le site Nec-Sidus.com.
Vous serez surprise de l'ampleur que cela prend. Les gens ont besoins de sentir une évolution dans leur vie. Ceux qui reconnaissent la bague de Lucifer, savent agir discrètement. C'est important, vital pour tout le monde.

La voiture approcha de la rue et s'arrêta à quelques mètres de la maison. La rue était calme, Susan sentit une gêne la gagner. Etre là, c'était prendre un risque incroyable. Plus que le fait d'être reconnue, c'était ce qu'elle allait trouver dans sa maison qui l'effrayait désormais. Perdre la confiance de James, avoir douté de lui, généra une pensée douloureuse.

Elle était là pourtant. Il lui parut nécessaire de le faire, pour prouver que rien de ce qu'elle verrait ne la gênerait plus, que de trahir cette confiance.

Peut-être était-il déjà au courant pour le diable ? Le fait de revenir chez elle ce soir, était la façon de les réunir dans ce savoir ? Elle repensa alors à tout ce temps qu'elle ne lui avait pas accordé pour pouvoir parler de tout ça.

Elle se donna du courage, la pensée d'une caresse, la douceur de ses mains sur son visage l'emporta sur la peur.
Elle sortit du véhicule, et se faufila discrètement entre les voitures.
Elle vit de la lumière dans la cuisine, et ceci la rassura et l'excita. L'idée de voir la tête de James quand elle apparaîtrait, la remplit de joie.
Elle se sentait comme une collégienne, qui venait de faire le mur pour rejoindre son amoureux. Elle décida de passer par la porte arrière de la cuisine, afin de ne pas allumer le projecteur de l'entrée. Elle espéra au fond de son cœur que sa visite inopinée, ne lui procure pas une impression négative. Elle eut une pensée pour Tao aussi. Il allait bien falloir lui expliquer pourquoi l'invité si

durement trouvé, ne voulait plus faire l'émission. Tout problème a sa solution, et il sera encore temps de lui parler demain.

L'obscurité du terrain joua en sa faveur. Elle arriva à la porte arrière, celle-là même qui l'avait vue s'enfuir quelques jours plus tôt. La clé dans la serrure fut tournée avec une infinie précaution. Elle déprogramma l'alarme.

Son cœur battait comme si elle venait de courir un marathon. Elle en oublia même ce qu'elle pourrait bien lui raconter sur sa venue nocturne à moins d'une journée de l'émission.

Elle se faufila dans la pièce, et entendit des bruits venant de l'étage. Susan tout sourire décida de se cacher pour l'observer un instant. Elle remarqua les deux assiettes sur la table, et décida de ne pas se montrer. Si quelqu'un ébruitait sa venue chez elle, cela représenterait un précédent sûrement fâcheux.

Elle se blottit contre un meuble, et décida d'attendre un instant.

A l'étage, James ne tarissait pas d'anecdotes sur les difficultés qu'il avait rencontrées lors de ses travaux. Il remarquait qu'Abigail était plus détendue, et ne pensait plus aux raisons de sa présence chez lui. Il lui proposa un de ses pyjamas pour la nuit, si elle le désirait, et ils rirent de bon cœur.

James laissa Abigail s'installer, et repartit pour l'étage du dessous.

De là où elle se trouvait, Susan pouvait le contempler. Elle avait envie de se jeter dans ses bras, de lui crier son amour, le voir hurler dans un mélange de peur, et de surprise.

Seule la présence de l'inconnue à l'étage la fit se retenir. Abigail redescendit avec le pyjama de James. Elle lui demanda une bouteille d'eau pour la nuit.

Susan se liquéfia en voyant la jeune femme vêtue d'affaires trop grandes pour elle. Ses affaires. Comment ? Comment était-ce possible ? James ne pouvait pas lui faire ça ? Des larmes coulèrent le long de sa joue. Rien ne pouvait lui faire admettre cette situation. Elle avait beau voir, elle ne se résignait pas à le croire. L'espace d'un instant, James sentit sa présence. Ils se regardèrent une seconde, si bien que James crut rêver. Susan s'en retourna et quitta la maison. Quand James reposa les assiettes sur la table pour vérifier, il ne remarqua qu'une porte entrouverte. Il se dépêcha de courir derrière elle, mais il ne put qu'entrevoir les feux de la voiture qui quittait la rue.

Il se rassura en pensant avoir rêvé. Susan ne pouvait pas être là. Pourtant l'idée le tirailla.
Il se dépêcha de rentrer pour appeler Tao. Celui-ci ne répondit pas tout de suite. Il tâcha de se calmer. Susan ne pouvait pas être venue ce soir, elle est avec l'invité ? Il faut vraiment que je me ressaisisse, pensa-t-il.
— Tout va bien ? demanda Abigail.
— Vraiment, je n'en sais rien, répondit James. Je crois avoir vu Susan dans la cuisine, et c'est impossible. Mais si c'était elle, je pense qu'elle t'a vue, et qu'elle en a tiré des conclusions. C'est pour ça qu'elle s'est enfuie…
Abigail s'approcha de James.
— Je lui parlerai si tu veux pour dissiper tout malentendu.

— Non merci, c'est à moi de faire ça. Je ne peux pas imaginer qu'elle puisse me soupçonner d'infidélité.

Il remonta à l'étage récupérer des affaires.

— Je suis désolé Abigail, mais je ne pourrai pas dormir tant que ce doute m'habitera. Le code de l'alarme est 191170. J'attendrai que la porte du garage soit fermée pour partir.

Il alla au garage et sortit la voiture. Abigail le regarda partir comme convenu. Elle prit son combiné et envoya un texto.
Susan et Turner étaient déjà loin. Elle ne pouvait s'empêcher de se remémorer la scène. Elle se calma. Turner était impassible. Néanmoins il compatissait à la douleur visible de la jeune femme.

— Je suis désolé de votre peine, Susan. Il doit y avoir une explication à tout ça.

Elle acquiesça de la tête, sans trop y croire.

James reçut enfin des nouvelles de Tao. Il se dépêcha de le rejoindre à son domicile.

— Tao ! cria-t-il en sortant de la voiture. Je suis heureux de te voir. Excuse-moi de te déranger à cette heure tardive. J'ai vraiment besoin de toi.

Tao écouta James, parler de sa mésaventure rocambolesque du soir.

— James. Je suis désolé de ce qu'il vient d'arriver, mais c'est impossible crois-moi. Susan ne ferait pas une chose pareille. Je ne vais pas l'appeler ce soir, je suis navré. Je ne veux pas prendre le risque de la réveiller et de l'inquiéter si tu te trompes.
Demain matin, je te promets de le faire et de te tenir au courant aussitôt après. Nous avons une dernière journée à passer avant Kilauea, c'est normal d'être sur les nerfs.

La voix sûre et rassurante de Tao, ébranla sa certitude. Peut-être était-ce le jeu de son imagination peut-être n'était-ce qu'un mirage ?
Une projection d'alarme, comme si son subconscient lui signifiait que l'invitation à dormir qu'il avait faite à Abigail, était déplacée. Il décida de rentrer. La journée de demain s'annonçait aussi compliquée, et il n'avait pas le droit de tout remettre en question sur un banal quiproquo.
Le retour s'effectua dans des pensées plus positives. Il arriva chez lui, et la réalité le rattrapa. Abigail dormait dans la chambre d'amis. Comment avait-elle vécu son départ précipité de la maison ? S'il avait rêvé ce

moment, il était sûr que la pauvre femme n'avait pas dû apprécier son escapade soudaine. Elle n'avait pas à subir ses élucubrations.

Il entra chez lui sans faire de bruit. Un mot gribouillé sur un papier l'attendait.

« Cher maître. Je ne sais pas ce qui s'est déroulé ce soir. Je préfère rentrer chez moi, et prendre le risque d'affronter la situation. Je le dis positivement, car tu m'as donné la force de le faire, par ta gentillesse et ton hospitalité. Nous nous verrons au tribunal demain. Prends le temps de te reposer, et ne culpabilise plus de rien. Merci de ton réconfort. »

James posa le papier sur la table. Finalement il n'aurait pas à gérer ça, et décida de ne plus y penser jusqu'au lendemain.

Turner Coat déposa secrètement Susan à l'appartement. Elle y retrouva Orlando.
La surprise fut de taille. Elle crut tout d'abord à une mauvaise farce. La réalité de la situation la rattrapa rapidement.
La valise devant la porte ne lui annonça rien de très réjouissant.

— Vous êtes là ? Merci monsieur Mora Garcea. Je vous avoue que je viens de vivre une soirée plutôt irréelle.

- Je vous crois Susan. Je vous ai dit que je vous attendrais. Je vais néanmoins vous laisser, ma mission est terminée. Je sais que vous avez beaucoup de choses à assimiler en peu de temps. Cela dit, ne vous inquiétez pas, vous vous en sortez à merveille. Je n'ai qu'un conseil à vous donner : vous devez vivre cette expérience comme une opportunité et vous réjouir d'y participer. Quelles que soient vos décisions par la suite, ne regrettez rien. Je suis sûr que votre cœur vous guidera.

Il s'autorisa à la prendre dans ses bras, et prit congé.
Brett d'un calme olympien assis dans le fauteuil la regarda avec insistance. Susan se posa sur le canapé et observa la pièce. Tout était différent. Elle ne reconnaissait plus rien. Son regard s'évada dans toutes les directions en évitant soigneusement de croiser celui de Brett. Cet homme en face d'elle dirigeait une véritable armée. En intégrant désormais les révélations ubuesques dans son analyse, la situation

commençait à faire froid dans le dos mais elle refusait encore de s'y soumettre.

Il se pencha en croisant ses mains. Le silence qui suivit sa prise de parole, lui parut interminable. Elle, qui d'ordinaire, maîtrisait le moindre paramètre de sa vie, se trouvait désormais le jouet d'un homme, peut-être un gourou sans limites. Un jappement la fit sortir de sa torpeur. Les trois chiens, fidèles à leur maître, sortirent leurs têtes de la cuisine.

— Ils vous suivent partout ? demanda-t-elle.

— C'est leur raison d'être. Me protéger ! Susan, je ne suis pas désolé de ce que vous avez vu ce soir. Je l'ai provoqué. Je ne soutiens pas que, ce que vous ressentez en ce moment ne soit pas réel, ou simulé. Il fallait que je vous mette dans cet état. J'avais besoin de vous en faire la démonstration.

Désormais, Susan faisait face à son bourreau. Elle répondit avec de l'irritation dans la voix

— Que je le ressente ? Me montrer l'homme que j'aime en compagnie d'une autre femme ? Dans ma maison ?

Brett se mit à rire.

— Vous voyez, vous êtes en colère, c'est très négatif. Susan cette jalousie n'a pas lieu d'exister. La première raison, c'est qu'il ne s'est rien passé. Oui, je vous le concède, la jonction idéale entre le fléau et son remède est mince.
Ces bouleversements dont vous êtes prisonnière, ne sont que l'empreinte génétique de la discorde, créée le jour de votre pêché.

James n'a rien fait de mal.
Vous vous rendez prisonnière d'un mensonge hypocrite, que vous avez-vous-même composé.
La fidélité d'un couple ne repose pas sur une faute ou une castration.
Ce qu'on ressent quand on a le sentiment d'une injustice, n'a rien à voir avec l'amour. Si vous aimez quelqu'un, vous ne pouvez l'empêcher de vivre le moment présent.
La jalousie est une anomalie, un non-sens. On impose à une personne la culpabilité

d'un méfait, sur une chose qui peut le rendre heureux ?
Je ne dis pas que ce genre d'acte n'est pas important ou qu'il faille l'admettre. La notion même de tromperie, est allègrement exagérée. Qui n'a jamais imaginé être dans les bras d'une autre personne sans pour autant assumer ?
Je vous demande de croire en vous, de ne pas culpabiliser. Ce qui vous rend heureuse, ne doit pas être perçu comme quelque chose de mal.
Les personnes que l'on aime, restent les mêmes. Plus épanouies, plus positives car elles ne sont plus dans un sentiment d'interdit. Ces démarches sont vraies, et doivent être vécues sans oppression. Il faut préserver toute notion qui renforce le bien-être.

Le mensonge, oui, est un fléau. Il fausse la perception, habille d'un manteau épais la réalité, et mène alors aux vices.
Il emprunte le chemin de la destruction plus vite que les actes, parce qu'il ne répond à aucune règle. Il n'obéit pas à l'échange et au respect.

James n'a pas provoqué cette situation, il ne l'a même pas désiré. Vous pouvez

continuer à avoir confiance en lui de la façon que vous considérez juste.
Susan, ne gâchez pas votre existence en vous tourmentant sur les actes des gens que vous aimez. Cette anomalie absorbe l'énergie qui doit vous rendre normalement plus fort.

Ôtez de votre esprit, le jugement négatif d'autrui, la honte de la punition divine dans son hypocrisie, vous a injustement gratifié de cette victimisation. Cessez de vouloir défendre la morale qui n'obéit qu'à des principes réducteurs. N'en n'avez-vous pas assez, de ne pas être vous-même ?

J'ai besoin de vous Susan, à un degré plus élevé et bien plus rapidement. Je suis désolé de vous imposer autant de changement et si peu de temps pour l'assimiler. L'évolution de la liberté naturelle ne doit pas être refrénée par des obstacles moraux. Sans dessein réfléchi, la naissance de la jalousie freine la créativité des besoins de l'imagination, propre à votre évolution.
Désormais, nous devons travailler de concert pour changer l'ordre des choses. Voyez le chemin qu'il reste à parcourir. Ce n'est pas une victoire qu'il nous faut, mais un salut.

Allez-vous m'aider dans cette quête ?

— Vous encouragez l'adultère ? S'insurgea-t-elle.

— Pas plus que je ne le réprime, répondit-il avec assurance. Sinon Marie la sainte n'aurait pas été faire le chérubin avec Dieu…

Je ne suis pas celui qui punit. L'instrument répressif fallacieux de la morale dont je n'ai pas établi les règles.
Acceptez le fait que le mot condamnation titre étrangement. Si vous êtes damné pour quelque chose dont je serais l'instigateur, vous ne devriez pas, logiquement, vous retrouver à l'endroit même où cette prétendue déviance ne l'est pas. Non ?

Turner Coat frappa à la porte et entra, le visage sombre.

— Lucifer, nous avons un grave problème au Kouzmekistan… pardon …je…!
Turner mit un genou à terre, plein de désolation.
— Je suis désolé Brett.
Brett s'approcha de lui, et l'aida à se relever. Je ne t'en veux pas mon serviteur.

Maintenant va voir, si cette nouvelle ne m'est pas préjudiciable. Et reste discret.
Turner se releva sans un regard, sans un mot.

— Voilà le charme d'être moi, expliqua Brett. Si quelqu'un prononce mon nom avec peur, cela fixe irrémédiablement mes anciens compagnons sur ma position et ma présence. Je ne vous cache pas que cela est toujours très regrettable pour moi ainsi que pour les personnes qui m'entourent.
Turner m'a connu sous différentes formes, je ne peux lui en vouloir de faire certaines erreurs. Le but qui nous anime demande une grande concentration, et une discrétion absolue.

Susan envoya un message à Tao pour tâcher de le rassurer autant qu'il lui était possible de le faire, sur sa situation. Elle envoya une pensée pour James.

La nuit porta conseil à James qui s'éveilla finalement d'un sommeil profond. Il fouilla la chambre du regard, comme pour s'attendre à voir surgir Susan. Le réveil se mit à sonner les 8 heures 30. Il déposa une main lourde sur l'appareil et s'étira. Rosetta était déjà à pied d'œuvre dans la cuisine. Il

la salua. Sa présence lui fit le plus grand bien. Il prit son combiné et appela sans tarder Tao. Celui-ci ne répondant pas, il vérifia ses messages sur son PC portable.
Il fut soulagé à la vue de sa boîte mail vide. Et se gifla à plusieurs reprises des deux mains.

— Allez ! S'encouragea-t-il.

Sa tasse de café vidée, il remonta l'escalier pour se préparer. Il lui fallait maintenant gérer son temps professionnel et la perspective d'un procès ne lui faisait plus peur.
Il arriva vers onze heures chez Valberg. L'absence de nouvelle de Susan le préoccupait toujours autant, le désappointement se lisait sur son visage.
Marcus Valberg était en discussion dans le grand salon. James prit le temps d'attendre. Les hommes présents prirent congé, et Marcus reçut son avocat.
— Marcus, je veux savoir la vérité. Que se trame-t-il ?
— Allons, allons Mr Scott. Je comprends votre impatience, mais il y a autre chose qui vous perturbe. Non ?

James le regarda interloqué. Comment pouvait-il savoir pour hier soir ?

— C'est l'émission de demain de votre future épouse, non ? Ecoutez. Vous n'avez pas à vous en faire pour l'audience de cet après-midi. Je vous demande simplement de ne pas faire appel de la position des jurés et de la décision du juge et vous aurez toutes les explications après la sortie du tribunal. Cela vous va-t-il, maître ?

James n'était pas en mesure d'aller contre le choix de son client. Il fit mine de peser le pour et le contre et accepta le marché. Il lui proposa de se retrouver au palais à 15h et prit congé.
Il lui fallait néanmoins préparer l'éventualité de perdre, et de devoir aller au procès. Comment Marcus pouvait-il avoir une telle assurance quant à l'issue favorable du verdict ?
Il retourna au cabinet. Son portable sonna. Tao ! Enfin.
Il se gara rapidement.
— Tout va bien Tao ?

— Salut James. Je viens d'avoir un message de Susan. nous reparlerons au téléphone ce

soir, elle me demande de te dire que tout va bien, que tu ne dois pas t'inquiéter.
Courage pour ton audience et qu'elle…humm….qu'elle t'aime. Elle ne m'a rien spécifié de plus.

James se sentit pousser des ailes. Il sentait que Susan au fond de son cœur, savait qu'il n'avait rien fait de mal. Il remercia chaudement Tao, comme il ne l'avait jamais fait auparavant. Lui souhaitant bon courage pour le lendemain. La vie ne pouvait pas être plus belle. Pour rien au monde, il n'aurait voulu être quelqu'un d'autre.

Tao raccrocha le combiné. L'avancement des dossiers ne fonctionnait pas comme il le désirait. Les accréditations pour les médias n'étaient pas toutes envoyées, la caméra n°4 refusait de s'allumer et l'équipe des électriciens n'avait pas encore posé les rampes autour du cube.

Les problèmes s'accumulaient sans qu'il en perçoive la fin. Il finit par se demander si pour le prochain Kilauea, il ne devrait pas s'occuper de l'invité.

Pour se calmer, il révisa les détails de la venue de Susan et de l'invité sur le plateau. Pour garantir l'opacité de ce déplacement périlleux sur l'estrade, il décida de remonter physiquement le couloir. Fran et lui, main dans la main avancèrent dans le corridor et s'imaginèrent le futur.

Un long boyau étirable, fait d'une bâche opaque courait depuis l'entrée où la camionnette conduite par Susan, devait s'accoler. La sortie par l'arrière du véhicule permettait de ne pas avoir de lien avec l'extérieur. L'invité et la présentatrice pouvaient remonter en toute discrétion jusqu'à l'ascenseur, qui conduisait directement au cube.
Le show de la descente de l'invité était le moment le plus prisé par le public. Tao s'imagina la sensation de cette personne si précieuse.
Il devait garantir qu'aucune possibilité n'était offerte, même aux yeux les plus aguerris de deviner autre chose que des silhouettes.

Le chemin fut réalisé dans une synchronisation parfaite. Il condamna les deux portes ultra sécurisées dont seul lui et Susan possédaient les clés existantes. Le

story-board de l'émission rassemblait toutes les informations à la seconde près. Même les aléas y étaient notés.
Toutes les mesures d'évacuation, de protection du public, vérifiées trois fois.
Tao se félicita d'avoir respecté sa parole vis-à-vis de Fran et bien plus encore. Elle lui offrit en compensation de son geste, une liberté d'esprit totale.
Abigail accueillit James, sans faire la moindre allusion à la nuit précédente. Celui-ci heureux que la méprise de Susan fût dissipée, parla sans détour.

— Bonjour Abigail, je suis content que tu ailles bien. J'espère que cette nuit t'a été profitable. Excuse-moi encore d'avoir disparu aussi soudainement hier soir. Il faut que tu règles ce problème de persécution et….

— James ! dit-elle en lui coupant la parole. Je m'en vais.
— Tu t'en vas ?

— Je pars demain soir pour l'Europe. Marcus m'a proposé un nouveau poste à Paris avec quelques déplacements. J'ai accepté.

J'ai pris aussi un avocat pour mon affaire familiale. Tu vois, j'ai suivi les conseils d'un ami. De toute façon mon travail est terminé ici. Je pensais pouvoir m'acclimater à cette ville, mais je sens que j'aurai rapidement la bougeotte. Si tu veux bien, ne parlons plus d'hier soir… regarde, j'ai des nouvelles intéressantes pour toi.

L'annonce était inattendue. James reprit ses esprits. Comment réagir ? Il opta pour le professionnalisme, et emprunta la voie proposée par Abigail. Ne plus parler de cette nuit.

— Oui, montre-moi.

Abigail lui fournit des documents prouvant que la fuite venait bien du directeur Habott. Que les sommes investies dans la société Rotor- Corp provenaient bien d'un prêt contracté deux semaines avant la plainte déposée pour délit d'initié. James se posa, et lut le document avec beaucoup d'attention. Ce qui signifie que nous avons un mobile, l'argent.

Habott était cité à comparaître en tant que responsable de la stratégie du groupe. Il fallait désormais attendre de voir ce que cet homme allait révéler à la barre. Les preuves restaient le grand mystère de ce procès. Les jurés n'auraient aucun mal à statuer sur une poursuite de l'affaire. Il fallait rapidement tuer dans l'œuf cette trahison, et jeter le discrédit sur les viles motivations de cet homme. James se mit au travail rapidement. Il savait qu'il ne comprenait pas tout de l'affaire, et que la discrétion de son client ne l'aidait pas. Son rôle était de le défendre lui et ses intérêts, et il comptait bien faire son métier.

Susan se félicita du message envoyé à Tao. James était certainement aussi sous pression. Elle s'en voulut de ne pas lui avoir fait confiance. Lucifer ne l'avait manipulé que pour lui ouvrir les yeux. Il avait raison. Maintenant, elle se sentait mieux. Qu'allait-elle décider ?
Peu d'options s'offraient à elle. Arrêter Kilauea n'était plus envisageable. Tellement de personnes, d'argent était en jeu. Quand bien même elle refuserait de le faire, l'émission aurait lieu malgré tout.

Il lui restait bien la dénonciation. Cet homme, Brett, Lucifer, le diable, peu importe son nom, elle pourrait le démasquer si elle le voulait. Elle aurait sa preuve.

Preuve que ses poursuivants n'existaient pas. Elle décida d'en faire part à Tao tout de suite, de le mettre dans la confidence. Turner qui revenait de sa ronde, semblait perturbé. La discussion à mots couverts qu'il avait avec Brett donna à Susan une occasion inespérée. Elle prit son téléphone, et s'éclipsa. La voix de Tao lui procura un soulagement immédiat.
— Tao. C'est moi. Oui je vais bien.

La voix de Susan se bloqua. Elle ne put lâcher un mot. Ses pensées devinrent confuses, le bégaiement la gagna. Elle rassembla ses efforts, mais rien n'y fit. Elle essaya de se calmer, et tenta de lui parler le mieux possible. Tao sentant le désarroi de son amie, opta pour des mots apaisants. Il lui confia les menus problèmes auxquels il devait faire face. Il la félicita de son courage et sa détermination, lui fit part du bonheur de James d'avoir de ses nouvelles. Susan ne put prononcer un seul mot cohérent. Elle avait envie de crier. Dans son esprit, chaque phrase se mélangeait. Comment pouvait-elle annoncer que le diable s'était introduit dans leur vie, que Kilauea allait être le théâtre de son avènement ?

Elle ne trouva à aucun moment les prémices d'une explication rationnelle à ce qu'elle allait lui annoncer.
La discussion ne tourna que sur les modalités d'arrivée au studio. Elle le rassura tant bien que mal, et raccrocha le combiné.

Elle revint dans la pièce principale.

— Que m'avez-vous fait ? cria-t-elle.
— Moi ? Questionna Brett.

Ils étaient à nouveau seuls dans la pièce.

— Je n'ai rien fait, Susan, je vous assure. C'est votre conscience qui a pris le dessus. Vous ne pouvez parler de moi sans être sûre, tant que votre esprit combattra, vous ne serez pas libre.

— Vous avez dit que vous me donneriez une preuve, répondit-elle, toujours sous l'emprise de sa colère.
Susan s'en voulait surtout à elle-même.

— Oui, dit-il calmement. Mais avant cela, ne voulez-vous pas que je réponde à d'autres questions ?

Susan s'assit, et réfléchit. Il était inutile pour l'instant de provoquer son interlocuteur.

— Comment… ? Comment est-ce l'enfer ?

Brett sourit. Il s'arma d'un temps de réflexion, et entama son explication.

— Les enfers ne sont pas ce que l'on imagine, enfin pas pour tout le monde du moins.
Voyez-vous, il y a plusieurs catégories. Il y a les personnes qui ne devraient pas être là. C'est une majorité même. Leur dernier jugement, pour des raisons qui m'échappe, ne leur a pas profitable.

Pour eux, je fais en sorte que leur éternité soit finalement agréable. Ils ne m'ont été d'aucune aide ici, mais ne m'ont pas fait de tort non plus.
Il y a ceux qui me vénèrent, pour de mauvaises raisons. Ils imaginent m'adorer comme celui qui n'a aucune règle et à travers ça, réfutent les dogmes qui leur ont été inculqués. Je ne peux leur en vouloir, l'ignorance est souvent le fléau de l'âme. Après quelques explications, ils retrouvent ce qu'il y a de meilleurs en chacun d'eux.

Il y a ceux qui méritent d'être accueillis sans égards. Ceux- là malheureusement sont vraiment damnés. Leur côté sombre, leurs actes infâmes perpétrés au cours de leur existence, toutes les situations où ils ont profité de leur position sociale, du pouvoir à des fins personnelles, les ont conduits à un réel châtiment.

— Je croyais que vous étiez bon ? Argumenta-t-elle.

— Bon ? Je le suis, mais je ne suis pas un saint… j'ai deux principes.

Ne pas nuire à autrui, et me vénérer. Une catégorie de personne est particulière, elle doit répondre aux manquements de la première règle. Des assassins pour la plupart, mais aussi des gens qui semblent respectables, et, le plus drôle, c'est qu'ils pensent vraiment ne pas avoir à répondre de leurs méfaits. Hommes d'affaires, banquiers, décisionnaires qui profitent un maximum de la faiblesse d'autrui. Ils se sentent puissants, arrogants et dénués d'empathie. L'égoïsme, le narcissisme, les a conduits à faire du mensonge, une vocation. Si vous pouviez les voir, avec leur yeux

ébahis, pleins de larmes de repenti. Je n'en tire aucune satisfaction, je reste juste.
— Comme Orlando ? Ironisa Susan.
— Vrai ! Il est convaincu de ne pas être pardonné de ses pêchés et ce serait le cas, mais Orlando a misé sur une coopération judicieuse avec moi. Il a compris l'opportunité que je lui offrais et m'a servi honnêtement. Il accomplit sans discuter les missions que je lui ai confiées. Orlando s'est offert son immortalité.

Il sera accueilli avec tous les égards et ses volontés seront exaucées.
Rien ne m'y oblige, mais mes pactes sont toujours respectés. Il n'y a que ceux qui pensent jouer avec moi qui en paye la nuance.
Orlando vit en homme libre désormais, grâce à moi l'épée de Damoclès d'une éternité incertaine est levée. Comment ignorer naïvement l'avenir et regretter trop tardivement le changement ?

J'ai aussi dans mon royaume des contraintes. Me voir comme la représentation du mal est une pensée erronée. Je subis plus de pression que le monde ne peut s'imaginer.

Quand j'ai pris possession des murs, j'ai dû concéder quelques pouvoirs. Je n'ai pas été le seul banni. Même si j'en possède les lieux, mes compagnons d'infortune sont bien plus protestataires que moi.
Lilith est présente. Sa promiscuité parmi les autres anges déchus, lui a donné l'occasion d'accoucher de véritables démons. Certains de mes propres enfants, n'ont d'autres motivations que de détruire le puissant. Leurs conspirations à mon égard ainsi que la naissance de certains démons encore plus ambitieux fragilisent mon autorité.
Ils ne savent pas ce que je sais et l'issue tragique de rompre à tout prix cet équilibre. Mon statut est précaire et je dois sans cesse annihiler les désirs de contestataires. Cette position dominante me protège et m'avantage pour continuer mes projets.
J'ai en outre un fléau bien plus difficile à contenir. Je garde en enfer la boîte de Pandore la plus dévastatrice qui existe. Les cavaliers de l'Apocalypse. Ces quatre chevaucheurs trépignent de parcourir le monde.
Je pourrai alors dire adieu à mon message de sauveur de l'humanité, car tout le monde pensera que c'est moi qui les ai envoyés des enfers. N'y a-t-il pas plus de perversion

dans cette volonté de me discréditer à vos yeux ?

N'entendez pas de peur dans ma voix Susan, mais voyez bien la crainte de cet avènement. Je suis le seul actuellement qui les contrôle et qui empêche leurs déchaînements sur Terre. Comprenez bien que si je perds, tout ce que je fais n'aura plus d'importance.
Mon pouvoir est suffisamment solide pour que la prison dans laquelle je les ai enfermés résiste. Mais tant d'hostilité m'épuise.

Susan écoutait avec effroi, le récit précis de Brett. Elle ne savait plus quoi penser. La révélation de Lucifer semblait tellement réelle, même sans preuve, elle semblait prête à accepter de le soutenir, puis elle se ravisa.
N'était-ce pas là une ruse pour la faire culpabiliser de porter ce fardeau ?
N'y avait- il pas là que le moyen de la faire plier au moyen de ce présage ? Quelle décision prendre ? Elle n'était que la présentatrice d'une émission de télé.

Comment la représentante d'un show populaire, si célèbre soit-il, pouvait

annoncer au monde que leurs vies étaient menacées ?
Qui pourrait élever sa conscience et remettre en question en aussi peu de temps, les fondements de l'existence, alors qu'elle-même ne pouvait s'y résoudre ?

Loin de ce à quoi sa femme faisait face, James arriva sur le parvis du tribunal. De nombreuses télévisions étrangères avaient fait le déplacement. Kilauea étant le lendemain il fallait occuper toutes ces personnes. James se serait bien passé d'une telle publicité.
Marcus arriva dans sa limousine, et se gara devant son avocat.

— Bonjour maître, il semblerait que nous allons devenir célèbres. Bonjour Marcus. Je n'aime pas particulièrement la presse. Une rumeur fait bien plus de dégâts que la sentence elle-même. Espérons pouvoir tourner ceci à notre avantage.
Le service d'ordre permit au staff de Mr Valberg, d'accéder à la salle sans être trop gêné par la cohue.

James sentit la pression le gagner à l'arrivée des jurés. L'avocat de l'Etat présenta de

nouvelles preuves et demanda à faire comparaître un témoin crucial.
James opposa un refus catégorique à cette requête, rejeté instantanément par le juge.
Le directeur Habott discret dans la salle, fût invité à comparaitre. Il passa devant son employeur. Les deux hommes se regardèrent fixement, et James comprit que la venue de ce directeur était prévue par son client. Il posa son stylo, et choisit de laisser parler l'homme.

Celui-ci se présenta, et annonça publiquement que la plainte déposée pour délit d'initié émanait de lui.
La déclaration suscita les cris de l'auditoire. Le juge usa de son marteau pour faire rétablir le silence dans la salle. L'homme continua ses explications, et justifia son acte, par un sentiment d'honnêteté.
Il admit ne pas posséder de preuve tangible et irréfutable, mais que son devoir envers sa fonction et sa morale, lui interdisait de ne pas partager son inquiétude.

James ébranlé par ces accusations, ne pouvait se résigner à perdre la main. Il se leva et demanda une suspension d'audience, pour préparer une défense justifiée face aux allégations.

Le juge accorda la requête, et la salle s'embrasa dans un nouveau brouhaha.
Les protagonistes furent invités à attendre dans des salles séparées. James fulminant, s'emporta face à son client une fois la porte fermée.

— Vous ne m'aviez pas préparé à ça ! Enragea-t-il. Je ne peux vous défendre correctement si vous occultez des informations déterminantes.

— Vous le faites à la perfection maître, dit Valberg sans sourciller.
Nous allons retourner dans ce tribunal rapidement. N'oubliez pas votre promesse. Je ne veux pas faire appel de la décision qui sera prise. James se calma. Il sentait que son rôle lui échappait. Il était le représentant juridique d'une personne, qui, visiblement connaissait l'issue du procès. Désormais, il devait faire avec.

CHAPITRE 4
(Capitolo Quattro)

Le fait de s'énerver n'y changerait plus rien. Vingt longues minutes passèrent avant que le gardien ne les convie à retourner s'asseoir dans la salle d'audience. L'honorable juge Gatxin prit la parole.

— Les jurés et moi-même, sommes parvenus à une conclusion.
Entendu que le délit d'initié a été vilipendé par une personne interne à l'entreprise, et en l'absence de preuve indiscutable, cette cour ne donnera pas de suite juridique à ces allégations. Entendu que l'accord passé avec l'armée ne constitue pas un motif valable de procès. La cour condamne le président directeur général, en la personne de Mr Valberg Marcus à céder l'entreprise Rotor-Corp. à l'armée des Etats-Unis d'Amérique. A une hauteur de 50% jusqu'à ce que le contrat soit exécuté. Ceci prend un effet immédiat. Aucune autre forme de contrat ne pourra être passé sur du matériel identique.
Après la livraison du dernier produit de la commande, Mr Valberg récupèrera l'entière jouissance de sa société. Il s'engage aussi sur les réparations, la maintenance du dit matériel, sur un délai de cinq ans après livraison. Le jugement est établi sans révocation possible par aucun tribunal.

James assis, se leva de concert avec son client. Le juge statua par un coup de marteau, et les jurés quittèrent la salle.
La sortie du tribunal se fit dans la foule avide de réponse. Les deux hommes s'engouffrèrent dans la limousine de Marcus et quittèrent les lieux sans demander leur reste.
Ils arrivèrent chez Marcus. Celui-ci invita James à rentrer dans son bureau Marcus se servit un verre. James resta silencieux, attendant le moment propice pour parler, attendant que son client daigne lui donner une explication.
. — Je sais ce que vous pensez, maître. Je suis fou d'avoir accepté ce verdict. Bien, je peux vous le dire maintenant. Ce verdict m'a sauvé. En achetant Rotor-Corp, j'ai fragilisé la maison mère. Il se trouve que pour ce contrat, le prix du développement de S.T.O.R.M était trop lourd. J'allais manquer de trésorerie. Les autres sociétés que je dirige allaient en pâtir, et j'aurais à coup sûr perdu les sociétés qui voulaient m'évincer du conseil d'administration.

En cédant la moitié de l'entreprise à l'armée, celle-ci devient militaire et privée pour moitié. Elle supportera avec moi les

coûts de développement, de mise en production.
L'effet est salvateur. De plus, les autres sociétés deviennent automatiquement des fournisseurs de l'armée Américaine. En changeant ce statut, je peux dissoudre tous les conseils d'administration et le soumettre simplement à l'approbation de l'armée.
Il ne peut plus y avoir pendant cinq ans aucune forme d'O.P.A, et sur aucune des entreprises sous-traitant l'armée.
Je redeviens majoritaire, et vais pouvoir fusionner mes entreprises, et rapatrier du travail aux Etats-Unis, sans aucune escroquerie. Tout ça avec l'accord de mon nouveau partenaire.

Il me fallait une décision pénale pour réaliser ce changement pour ne pas subir de contestation, sans quoi, il m'aurait fallu batailler pendant dix ans au moins, et énormément d'argent, sans garantie de résultat. Là, quelles que soient mes décisions, je reprends le contrôle de tout. Le général Clifford m'a offert la seule issue possible.

— Et le directeur Habott ? demanda James.

— Un fidèle ! Dans ce plan, il fallait emmener le procès sur la place publique, afin que la décision aboutisse juridiquement.
Le contrat aurait été caduc si je perdais une entreprise, et surtout la fin de mon influence.
Après ces cinq années je deviendrai le 3ème plus grand fournisseur aéronautique de ce pays.
Je virerai demain matin Paul Habott qui partira avec une somme conséquente.
A la fin du contrat avec l'armée, qui se souciera encore de cette histoire ? Il reviendra en tant que consultant. Je viens de réaliser le coup parfait grâce à mon ami général, mon fidèle lieutenant, et vous.

— Moi ? Questionna James.

— Oui. Vous avez été authentique. Sans votre sincérité, votre conviction, la plaidoirie aurait sonné faux. Le risque aurait été que les jurés aillent à l'encontre du juge. Cela s'est déjà vu.
Je vous prie de bien vouloir accepter mes excuses. Si vous n'aviez pas fait votre travail correctement, le doute d'une supercherie aurait encore plané.

J'aurais aimé vous en faire part plus tôt, mais Clifford me l'a interdit. Maintenant que la scène est jouée, vous allez pouvoir travailler à la rédaction des nouveaux statuts des entreprises. La première pierre est posée, il faut ériger le nouvel empire.
James resta les bras croisés. Il ne savait pas s'il devait applaudir un plan aussi perfectionné, ou se sentir humilié de ne pas avoir été dans la confidence. Il se servit à son tour un verre, et le but cul sec. Ce n'est pas immoral et les affaires sont les affaires, pensa-il.
Il félicita Marcus Valberg et proposa de le revoir la semaine prochaine pour signer les documents.
A présent son esprit se tourna vers sa femme. Il était libre de la soutenir complètement. Il était déjà 17 heures et la seule pensée de sa journée du lendemain le fit trembler. Qu'aurait elle dit sur l'issue de ce procès ? Il n'avait pas gagné, pas perdu. Son client était content, ses patrons aussi. Personne n'avait été lésé.
Il savait qu'il ne pourrait lui en parler. Le secret professionnel l'empêchait de divulguer ces informations. Il aurait le temps de le faire à sa retraite.
Au même moment Susan était en plein travail. Elle s'attela à lire toutes les fiches

de l'émission. Elles étaient prêtes, huilées par le temps. Lire lui permettait d'oublier un instant l'homme avec qui elle se trouvait. Celui-ci, surfant sur son ordinateur, ne lui prêtait aucune attention. Quel projet nourrissait-il ?
— Comment ? lança-t-elle. Comment allez-vous faire pour transmettre votre message ?
Celui-ci termina d'écrire, et posa son lap top, et se leva.
— C'est un exercice difficile, je vous l'accorde. Je ne suis pas sûr que cela fonctionne.
Afin de pouvoir transmettre mon message, et de dire au monde qui je suis, il faut que je réponde à une question. Celle-là même que vous m'avez posée. Qui êtes-vous ?
Vous souvenez vous de votre lot ? L'appel. Je possède le 6 ème appel de votre émission.

Cette question me sera posée. A partir de là mes hommes prendront possession de l'émission. En respectant les règles, je pense que je pourrai décliner mon identité. Je ne le fais que pour la personne qui me l'a demandé, il s'emploiera alors à répondre qu'il me reconnaît.
Ensuite je vous avoue que c'est l'espoir qui me motive. Je ne sais pas quelle réaction

cela déclenchera. J'imagine que les téléspectateurs, le public, ceux qui commettront l'impair de me démasquer seront tellement nombreux, qu'il sera difficile à mes détracteurs de me localiser facilement. Même si cela se produit, je suis sûr de pouvoir éveiller chez certains le goût du changement.

Je vous le confesse. Je redoute que le résultat soit l'inverse, qu'on me discrédite définitivement, mais si je n'agis pas maintenant il sera trop tard, peu importe que l'avenir me replonge en enfer, que je ne puisse revenir que dans plusieurs décennies. L'humanité a pris son destin en main, le jour où elle décida de faire un choix. Si vous ne comprenez pas maintenant que la seule issue face à l'extinction c'est moi, alors il me faudra recommencer avec une autre génération. Je me battrai pour vous, pour ma vision. Susan vous êtes une personne importante. Il vous faut admettre cette vérité.

Susan succombait à ces mots, elle ressentait un profond désarroi, mais ne pouvait se laisser aller.

— Turner est venu tout à l'heure vous parler d'un problème. Quel est-il ?

— Rien qui ne vous concerne pour l'instant. Des problèmes, j'en ai. Gérer toute ces personnes demande une organisation stricte. Ma femme…

— Votre femme ? demanda Susan.

— Lilith est d'une certaine façon ma femme. « Ma » est un grand mot. Elle ne m'appartient pas. C'est avec elle que j'ai réussi à faire de l'enfer un endroit un peu différent. Elle ne peut venir ici sur terre. C'est difficile de lui imposer mes volontés, nous arrivons à cohabiter.

Elle vous plairait. C'est une femme indépendante, parfois trop. Elle est juste néanmoins dans ses pensées. Elle est aussi avide de déclencher l'apocalypse que mes frères d'armes malgré mes mises en gardes. Je vous l'ai dit. Je subis des pressions de tous les côtés.

— Que se passera-t-il si vous réussissez à transmettre votre message ?

— Rien. Absolument rien. Voyez-vous pour prendre le pouvoir du très haut, il me faudrait prendre plus d'âmes que lui. Si vous faites un rapide calcul, je ne pourrais réussir à prendre que 30% du pouvoir des âmes. Celles des personnes, qui accepteraient de pactiser avec moi du moins. Cela resterait insuffisant pour penser à une alternative.

— Alors pourquoi cette volonté de vous présenter au monde ?

— Parce que les avancées d'aujourd'hui seront déterminantes. J'ai peu d'occasions de faire parler de moi, peu d'espace pour transmettre mon message. Si une opportunité vous est offerte, alors il faut la saisir. Je veux que la planète entière se souvienne des raisons qui nous ont amenées ici.
La punition !

Nul doute que la conscience prendra enfin le dessus. Trouvez-vous Mlle Scott que le monde va bien ? Que la population soit heureuse ? Il y a plus de gens en ce monde qui souffrent, qui ont une vie difficile, uniquement parce que les intérêts de certains priment. Croyez-moi ceux-là je les punirai. Ils n'accèderont pas au repos éternel, pour la plupart expier leurs comportements ne leur a même jamais traversé l'esprit.

Le téléphone de Susan se mit à vibrer. Tao cherchait à la joindre. Elle regarda Brett, puis décrocha.

— Salut Susan, je viens aux nouvelles. Je sais que tu es au courant, mais il ne reste (il regarda sa montre) plus que dix-sept heures avant le coup d'envoi. Je viens de mon côté te rassurer. Le trajet pour venir au studio est sécurisé, tous les petits problèmes informatiques résolus. J'ai tes affaires pour te changer dans ta loge. Le cube est prêt à recevoir notre invité. Je dois te dire que je suis impatient que cela commence. Et toi ?

Elle garda un temps de réflexion.
— Vu d'ici, je peux te certifier que Kilauea, restera gravé dans les mémoires à jamais. Tout est dans la boucle, conforme aux plans.

Susan, la voix légèrement tremblante, raccrocha. Ils avaient un code spécial. Celui-ci était établi pour signifier un problème. Elle ne savait pas si elle faisait bien de l'utiliser, mais elle ne pouvait se résoudre à ne pas alerter Tao. Il lui fallait savoir s'il acceptait ce changement invraisemblable, si cette annonce si particulière, était de leur responsabilité. Si son hypothèse d'un fou dangereux qui se prenait pour le diable était avérée, elle faisait bien.

Tao reçut le code comme un électrochoc. Jamais elle ne l'avait utilisé auparavant.

La situation semblait suffisamment grave pour que Susan s'en serve.
Il ne savait pas comment réagir. Fallait-il prévenir les autorités ? La direction ? Était-elle en danger ? Il fallait qu'il pense à elle, à Kilauea. Si l'invité était démasqué, c'en serait fini de l'émission.
Il ne voyait pas, qui informer de cette catastrophe. Il prit l'option le plus acceptable pour lui, prévenir James. Il prit ses clefs de voiture, et partit en direction du parking pour se rendre à la maison des Allen. Trahir le secret de la cachette ? Il est certain que Susan ne lui en tiendrait pas rigueur si sa vie était en péril.

Il croisa les agents de la C.I.A, l'agent Francisco l'aborda.
— Bonsoir Monsieur Clark tout va bien ?

Tao hésita un instant. Ces hommes sont censés les protéger, mais il connaissait les techniques expéditives qu'ils utilisaient et

les risques de faire appel à eux. Il décida de garder le silence.
Il se remémora le message. La voix de Susan ne présentait pas de cri d'alarme particulier. Peut-être était-ce un essai ?
Il se rassura, et pensa que la meilleure façon de traiter le problème était d'aller voir par lui-même. Il resta sur sa première idée et décida de s'y rendre avec James.
Si les choses tournaient mal, ils ne seraient pas trop de deux pour trouver une solution.

— Bien, merci monsieur l'agent, je vais aller voir le futur mari de Susan.
Il prit son téléphone et appela James. Celui-ci par chance se trouvait à son domicile.
— James bonsoir. Je peux passer chez toi ? Il faut que je te parle.
Il raccrocha.

Le trafic à cette heure-ci étant saturé, Tao mis quarante-cinq minutes pour rejoindre le domicile. Quelques badauds se promenaient ici et là. Tao ne percevait en eux aucune menace. James l'attendait sur le pas de la porte, inquiet.

— Tao que se passe-t-il ? demanda James nerveux.

Les deux hommes entrèrent et Tao lui présenta la situation.

— Voilà James, j'ai un problème délicat à te présenter. Susan et moi avons il y a longtemps établi un code de sécurité pour la protéger. Nous avions envisagé que au cas où quelque chose pourrait un jour mal tourner afin qu'elle puisse m'avertir sans éveiller les soupçons… Susan vient d'utiliser ce code à l'instant. Je n'ai pas ressenti de réelle menace, mais elle l'a utilisé, ce qui semble vouloir dire que quelque chose ne va pas. Je t'avoue que je ne sais pas très bien comment gérer cette information. Je ne veux pas alerter le staff de Kilauea, encore moins les autorités.
— Et tu viens m'en faire part ? Je te suis reconnaissant de la confiance que tu me témoignes.
Je te propose d'aller voir sur place, et de vérifier par nous-même ?

— C'est une bonne idée, mais nous allons devoir gérer deux autres problèmes. Le premier c'est que j'ai toujours à mes trousses au moins six personnes qui me suivent jour et nuit. Ce sont des personnes qui ne sont pas dangereuses au demeurant, mais qui me rendent la vie impossible

pendant les quelques jours précédent Kilauea.
Le deuxième, c'est que je suis moi-même protégé par la C.I.A et que je ne sais pas quelle technique elle utilise pour me pister. Ma voiture ? Mes vêtements ? Je ne vois pas comment leur échapper.

James réfléchit un instant.
— Et si tu me donnais l'adresse ? J'irai voir de quoi il retourne. Nous pourrions alors communiquer avec Susan et évaluer le risque.
De toute façon Tao, si elle a utilisé ce code, je pense que c'est suffisamment grave. Il faudra prévenir quelqu'un.
Tao se leva.
— James tu sais ce que représente Kilauea ? Des milliards de dollars, des milliers de gens œuvrent pour cette émission, des millions de gens attendent demain matin. Je ne peux pas penser mettre tout ça à la poubelle. Susan a utilisé un code d'urgence, cela ne veut pas dire qu'elle soit en danger de mort.
Allons-y ensemble, et nous verrons bien ce qu'il s'y passe. Rejoins-moi dans une heure à cette adresse. J'ai la camionnette que j'ai utilisée pour sortir Susan de la maison. J'ai des habits de rechange à l'intérieur.

Tao repartit et James attendit patiemment que la voie se libère, pour partir à son tour.

Dans l'antre de celui qu'elle percevait comme l'incarnation du Mal Susan, venait de regretter son geste. Elle aurait pu, aurait dû attendre de voir Tao, avant de l'inquiéter. Son malaise fut perçu par Brett. Les trois chiens jusqu'ici calmes montrèrent des signes de nervosité.

— Je vous sens perturbée, dit Brett. Il la fixa dans les yeux.
Il prit son combiné et appela Turner.
— Extraction, vite ! ordonna-t-il.

Il ne fallut pas plus de cinq minutes pour que les équipes de Turner viennent récupérer Brett et Susan. Celle-ci, encagoulée sans ménagement et conduite à l'arrière d'un véhicule, resta de longues minutes sans pouvoir repérer où la voiture les conduisait. La cagoule fut retirée, et c'est le visage de Turner qui lui apparut. Ils restèrent un moment silencieux. Les vitres opaques ne lui donnèrent aucune indication de l'endroit.

— Je suis désolée, lança-t-elle.

— Vous vous rendez compte des risques que vous lui faites courir ? À nous tous ? Susan, vous ne faites pas preuve de patience. Il vous connaît vous savez. Je suis sûr que tout cela vous apparaîtra bientôt, et que vous regretterez votre geste.

— Je le regrette déjà, dit-elle penaude.

La voiture se gara dans une allée. Et la cagoule remise sur sa tête pour la sortie. Elle arriva néanmoins à ressentir les cailloux sous ses chaussures. Elle retrouva l'usage de la vue dans une maison. Brett était là, assis sur un canapé, le téléphone à la main.
— Vous m'en voulez ? lança-t-elle d'une petite voix.

— Comment ? Non ? Je sais que vos actes sont honnêtes Susan. Vous n'avez pas fait ça pour me nuire. Il faut reconnaître que c'est contraignant, mais j'ai toujours de l'avance vous savez.

Je planifie le futur. Il me serait agréable par contre, que vous ne commettiez plus d'impair. Voulez-vous bien rassurer ce cher Tao Clark. Vous savez, il en va aussi de sa sécurité désormais. Ne prenez pas cela comme une menace de ma part. Pour le coup, je suis vraiment le gentil dans l'affaire, croyez moi.

Susan s'exécuta et prit son téléphone. Elle se sentait misérable d'avoir usé de ce stratagème pour alerter Tao. Elle en mesurait les conséquences, et surtout, prenait conscience que ces hommes n'étaient pas là pour rigoler. Le combiné sonna.

—Tao ? Je suis désolée de t'avoir fait peur. C'est une fausse alerte. Je vais bien ainsi que l'invité. J'ai paniqué un peu trop vite, quelqu'un a utilisé la sonnette de l'appartement par mégarde. Rassure-toi. On se voit demain comme prévu.
Elle raccrocha

— Merci mademoiselle Scott, lança Brett en reprenant le combiné.

Brett fit un rapide geste de la main, et Turner accourut.

— Occupe-toi du Kouzmekistan. Préviens les équipes de mon arrivée. Vérifie où ils en sont sur la localisation. Je ne veux pas qu'ils trouvent l'animal avant demain matin.

Turner acquiesça de la tête et prit congé. Les autres hommes laissèrent Susan en compagnie de Brett. La maison semblait cossue, Susan regarda par la fenêtre, la nuit commençait à faire disparaitre les buildings au loin. Les lumières s'allumaient déjà ici et là.
Elle ne reconnaissait pas l'endroit et ne chercha même plus à se situer. Elle en avait déjà assez fait.

On aurait dit que les gens qui habitaient là, avaient dû partir rapidement. Les moyens engagés étaient colossaux, et elle admit que cette organisation était rôdée pour ce genre d'exercice. Elle décida de se tenir à carreau, et de faire tout ce qu'on lui demanderait à l'avenir. Elle prit ses aises, et opta pour le naturel, comme si rien ne venait de se passer.
Elle remarqua furtivement que l'extérieur était animé.
Des hommes armés, postés, se maintenaient prêts, comme si une guerre était déclarée, et que Brett et elle se trouvaient dans un château, qu'il allait falloir défendre.

Elle reconnut sa valise près du canapé. Elle en profita pour mettre un gilet. La maison où ils venaient d'élire domicile lui plaisait bien. Elle garda à l'esprit qu'ils étaient là par sa faute, et ne fit aucun commentaire.

De nouveau, elle se retrouvait seule avec cet homme. Tellement de détails corroboraient sa thèse, qu'il lui devenait laborieux de ne pas y croire. On n'échafaude pas un plan de cette envergure, uniquement pour apparaître dans Kilauea ou pour de l'argent, ce dont il n'avait visiblement pas besoin.

Mais cette idée avait vraiment du mal à s'imposer. Elle sait ce qu'elle a vu, et son instinct l'a rarement trompé. Ne pas connaître quelqu'un induit-il forcément que ce qu'il prétend est factice ?
Non, se rassura-t-elle.

LA
PROPOSITION
(PROPOSTA)

— Susan, J'aimerais vous faire un cadeau, déclara Brett.
La jeune femme s'assit. Brett alla chercher au frigo de quoi prendre un apéritif. Tout était déjà prêt, comme si leur venue était programmée.

Il lui servit un verre, et fit de même pour lui. Il leva son verre pour trinquer. Susan fit de même.

— Vous savez qui je suis, et je connais votre difficulté à l'admettre. Si vous restez néanmoins dans ce refus, nous ne nous comprendrons pas. Je vous propose un marché.

Susan écouta avec attention. Brett semblait une nouvelle fois très sérieux.

— Voilà ce que je vous offre. En devenant l'unique responsable de la destinée de l'humanité grâce à votre soutien, je vous propose d'y inclure ce que vous désirez parmi vos plus grandes volontés.

— De quoi ? demanda Susan dans une totale incompréhension.

— Imaginez, Susan, un monde, un nouveau monde où vous pourriez laisser libre cours à votre imagination. Tout ce que vous voudrez. Une page blanche s'offre à vous. Comment verriez-vous l'humanité de demain. L'humanité idéale ?

— De quoi ? répéta Susan.

— Susan. Je vous donne quelques exemples. Vous pourriez avoir envie de supprimer les inégalités, donner aux gens la possibilité de… je ne sais pas, voler dans les airs ? Faire que la planète soit trente fois plus grosse afin que l'espace de chacun soit agréable, ne plus avoir à souffrir de la faim, de la soif, du froid… de rien du tout.

Offrir un physique agréable à tout le monde, faire que la planète parle la même langue.
Plus de travail laborieux, d'accouchements avec douleur, chose qui soit dit en passant, n'est que le reflet du perpétuel recommencement de la vie. Pourquoi pensez-vous que les enfants pleurent à la naissance ?
Faites que le monde entier soit heureux.
Plus de guerres, plus d'armes, allons Susan, soyez créative ! Donnez-moi votre vision de

la vie idéale. Je suis sûr que secrètement vous avez des souhaits, que vous avez déjà pensé mille choses qui seraient merveilleuses si elles faisaient partie de ce monde.

Susan resta tétanisée. Voilà une idée merveilleuse, pensa-t-elle. Comment ne pas avoir envie de contribuer au bien-être de la planète. Tout était séduisant dans ce que Brett venait d'annoncer. Ses idées s'embrouillèrent. Etre la personne qui sauverait l'humanité.
— Ce que je veux ? Relança-elle, prise au jeu.
Brett lui rendit un sourire.
Il restait un homme extrêmement doux. Son sourire éclatant était rassurant. Comment envisager une telle possibilité ? Elle se hasarda à quelques suggestions. Après tout, la simple idée d'imaginer un monde parfait devenait séduisante.

— Je voudrais un référendum mondial. Que la population toute entière, choisisse ce qu'elle voudrait changer.
— Accordé ! s'exclama Brett en riant.

— J'aimerais que les gens puissent voyager et se retrouver n'importe où sur le globe par un simple clignement d'œil. Que l'altruisme soit la première qualité de chacun, j'aime aussi le fait que nous parlions tous la même langue, plus de mensonge possible, plus d'agressivité, qu'il soit possible aussi de respirer sous l'eau, que toutes les espèces disparues reviennent sur terre sans qu'elles soient carnivores bien sûr...

Susan se sentait comme une enfant qui faisait sa commande au père Noël.
Elle ne pouvait s'arrêter de penser aux merveilleuses choses qui rendraient la vie sur la planète meilleure. Brett avait pris un stylo, et notait chacune de ses remarques avec la plus grande précaution.

— Susan, tout ceci est remarquable, non ? Je ne vous cache pas que je suis heureux de voir que vous n'avez même pas pensé à vous. Vous pourriez avoir une particularité que d'autres n'ont pas, si vous le désirez ? Je ferai de vous une ambassadrice universelle.

— J'accepte votre marché ! déclara-t-elle sur un ton ferme et décidé.
— De quoi ? Brett se sentit pris de court.

— J'accepte vos conditions. Si le visage de la nouvelle civilisation, peut ressembler à ça, je suis d'accord avec votre marché.

Elle lui tendit la main. Elle se mit à rêver les yeux ouverts. Brett se leva, laissant la main tendue de Susan et se resservit un verre d'alcool. Il partit un instant de la pièce, et revint avec des documents, et des inscriptions sur une sorte d'ardoise, son visage était devenu sombre, solennel.

James et Tao arrivèrent dans la rue où son cousin possédait l'appartement. La voix de Susan pouvait sembler rassurante, ils voulaient en avoir le cœur net. Tao, flanqué de sa fausse moustache, décida de faire le tour du quartier pour déceler d'éventuels signes inquiétants.

Il se gara, et confia le portable à James pour joindre Susan.
— Laisse-moi deux minutes. Je rentre dans l'immeuble, et tu feras sonner son portable. Si elle est à l'intérieur, je l'entendrai.
Il quitta la voiture, et traversa la rue. L'attente était insoutenable. James se fit violence pour ne pas emboîter le pas à Tao.

Il adopta la stratégie initiale, et fit sonner le portable. La tonalité fonctionnait, mais personne ne décrocha. Tao revint.

—Je ne l'ai pas entendu. Il n'y avait personne dans l'appartement. Quelque chose est en train de se passer…. Je crois que l'on a kidnappé Susan !

La nouvelle tétanisa les deux hommes. Il ne s'agissait plus de l'émission, mais bel et bien de la vie de la jeune femme. Ils rentrèrent aux studios. James ne se pardonnait pas son laxisme vis-à-vis de sa femme. Il fallait maintenant qu'il agisse vite. La nouvelle ne devait pas s'ébruiter, tant qu'aucune confirmation d'enlèvement n'était avérée.
Tao prit à part l'agent Francisco. Et lui révéla les intuitions qu'il nourrissait.
Celui-ci prit le temps de l'écouter calmement.

— Vous me dites que Susan ne se trouve plus dans l'endroit dans lequel elle devrait être avec l'invité. Qu'elle ne devait quitter cet emplacement sous aucun prétexte pour venir ici quelques heures avant l'émission. Vous l'avez eu au téléphone bien qu'elle ait utilisé un code secret d'alerte, et que maintenant elle est injoignable, c'est bien ça ?

Tao et James écoutaient le résumé de l'agent, en hochant la tête en signe d'approbation.

— Bien. Vous avez bien fait de nous alerter, il les invita à monter dans sa camionnette. Celle-ci présentait de nombreux appareils à la pointe de la technologie. Francisco prit l'adresse de l'appartement, et rentra ses coordonnées.

— Grâce au satellite, je vais pouvoir retracer ce qui s'est passé dans la zone ces trois dernières heures.

De longues minutes passèrent avant le téléchargement de la vidéo. L'agent gardait un œil sur les écrans, le téléphone à la main. Il eut un interlocuteur.

— Oui, c'est Arsenio Francisco. Je crois qu'on a une piste. Lancez les recherches.
— Comment ? dit James. Vous avez une piste ?
— C'est un bureau particulier, parallèle, répondit l'agent.

Les images arrivèrent sur les moniteurs. L'image, bien que floue par moment, montra sans l'ombre d'un doute une personne emmenée de force dans une voiture.

— Susan a été kidnappée ! cria Tao. Mais, où est l'invité ? Renchérit-il.

La voiture disparut des écrans.

— Vous pouvez la localiser ? demanda James.

— C'est encore difficile de répondre. La nuit ne va pas nous aider. Je vous demande de garder le silence pour l'instant et de faire vos activités normales. Je vais prendre votre téléphone Monsieur Clark et nous allons chercher à la localiser précisément. Restez disponibles et, tout ira bien. Surtout ne tentez rien de votre côté, vous risqueriez de nous gêner.

L'évidence était bien là. Susan Scott, la reine de Kilauea, venait de disparaître de la circulation, à quelques heures du direct le plus attendu de la planète télévisuelle.

Quelque part dans une artère de New-York, la présentatrice renommée, voyait la réalité sous un autre angle. Elle ne se sentait plus prisonnière mais comme privilégiée.

Brett arriva avec ses documents. Il s'assit calmement, passa ses mains rapidement sur son visage, comme pour évacuer un stress.

— Ce n'est pas aussi simple que cela, même pour moi. Tout d'abord, je dois vous dire la joie immense que j'ai de partager ce moment avec vous. Lilith serait fière de vous, croyez-le bien. Les femmes émancipées sont rares de nos jours.
Comment ne pas se délecter quand on sait que La Femme reste la garante de l'humanité. Partout où l'homme a essayé de la dégrader il s'est dégradé lui-même.
Je dois vous avertir. Vous allez bientôt pactiser avec moi. En réalité, la véritable alliance va se faire sur cette tablette.

Brett lui tendit l'objet.
Une ardoise très ancienne avec des inscriptions de chaque côté, et indéchiffrables pour Susan. Elle était belle, finement travaillée. Les bords irréguliers lui donnaient un aspect fragile. Elle ne pesait presque rien, malgré sa taille imposante.

Elle remarqua que de nouvelles inscriptions étaient écrites. Le tonnerre gronda à l'extérieur, et la pluie se mit à tomber. Susan prit cela pour un signe, et redonna le morceau de schiste à Brett.

– Voyez-vous, c'est l'original que Moise tenait en descendant du mont Sinaï. Il en avait brisé les premières pierres, écrites de sa main.
Celle-là en revanche est rédigée par le « puissant ». Elle comporte les commandements que chaque être humain doit respecter. Nous savons qu'il rajoutera bien d'autres avertissements par la suite, mais tout ceci n'a plus d'importance, concentrons-nous sur la tablette.
Vous avez pu remarquer que j'ai pris soin de rajouter d'autres commandements. Je vais les traduire, et n'ayez pas peur, je vous rappelle, que je ne dis que la vérité, sans quoi notre marché ne serait pas valide.

Il est écrit, que par la volonté de Lucifer, la nature des hommes ne saurait plus être jugée, que nul ne peut s'opposer à la destinée de la vie. Tous obéiront désormais et à jamais, au porteur de la lumière et de la vérité.
Brett sortit un petit objet de sa poche.

Il prit soin d'ouvrir la petite boîte, avec une infime précaution. Il déposa délicatement une petite goutte d'une extrême blancheur sur le document.

— Voici mon sang Susan. Enfin pas tout à fait. C'est le fluide de mon énergie. Je vais devoir vous demander vous aussi, de sceller ce pacte. Il stipule que moi, Lucifer, Archange de la lumière et de la vérité, devenu le diable par la volonté du « très Haut », reprend mes droits, et accède aux pouvoirs en lieu et place du divin.
Que vous Susan Scott détenez le pouvoir du changement de l'humanité.

Susan, avant même qu'elle ne s'en rende vraiment compte, se vit gratifier d'une petite coupure indolore à l'index par Brett. Il lui intima la courtoisie de parapher de son sang la tablette.
Elle s'exécuta. La couleur rouge vermeille de son sang, apposé en bas du document, contrastait avec la blancheur de son parapheur.

— C'est presque terminé, Susan. Je vais vous demander de répéter cette phrase :

— Moi Susan Scott de plein gré et sans contrainte, je renonce à la vie, à la mort, et sa résurrection dans les jardins du seigneur, et remets mon corps et mon âme, ce don du divin, dans les mains de Lucifer, afin qu'il en jouisse selon son vouloir et que ce pouvoir soit sien.

Susan, prise dans l'envoûtement de la situation, dans l'enivrement des paroles, prit une grande respiration, avant d'ouvrir la bouche.

Brett la stoppa de la main.

— Attendez, Susan. Vous ne pouvez pas le dire encore. Cela ne fonctionnera pas.

Il se leva et rappela Turner sur son téléphone.
— Sommes-nous prêts Monsieur Coat ? Déclenchez les opérations.

Brett invita Susan à se lever. La jeune femme se sentait trouble, enivrée. Il déplaça les meubles pour aménager un espace conséquent au milieu de la pièce. Il ôta sa veste, et saisit Susan par les avant-bras, et la positionna au milieu de la pièce. Susan je vais vous offrir la preuve que vous vouliez.

Vous devez d'abord savoir ce que je convoite avant de me l'offrir.
Ne vous inquiétez pas, ce n'est pas douloureux.
Vous devez vous préparer à de très fortes émotions, mais je suis là.
Ce que je vais vous dévoiler, n'est qu'une infime partie de votre âme. La totalité vous tuerait instantanément. Après cela, nous devrons encore partir, car je ne puis déclencher autant d'énergie, et nous garder cachés.

Pour élever votre corps au voyage qu'il va accomplir, je dois réaliser une chose à laquelle vous n'êtes pas préparée. Je vous demande de me faire confiance.
Pour vous donner cette preuve que vous attendez depuis notre rencontre, je dois quitter le corps de Brett White, sans quoi, lui aussi mourrait consumé. Vous ne pouvez, vous ne devez pas me voir dans ce corps abominable et repoussant dont je suis affublé pour l'instant. Voici la procédure. Rien ne doit altérer votre quiétude au moment où vous vous relâcherez.

Nous allons réaliser un exercice simple que les enfants s'amusent à faire parfois, mais néanmoins périlleux. Je vous demande de

vous mettre dos à moi, et de fermer les yeux. Tendez les bras de chaque côté de votre corps, et quand vous vous sentirez prête, en gardant les talons sur le sol, laissez-vous tomber en arrière, Je vous rattraperai.
Dites cette phrase avant de vous laisser tomber : je renonce à la lumière de mon pouvoir.
Je vous rappelle ces règles vitales. N'ouvrez pas les yeux, dites la phrase, laissez-vous tomber en arrière, et abandonnez-vous en toute confiance.

Susan se mit en position, son cœur battant la chamade. Le fait de fermer les yeux, tout lui fit peur, mais elle voulait cette preuve, et rien ne la ferait plus changer d'avis.
Une voix rauque et pour le moins ténébreuse se fit entendre comme un écho dans la pièce. Susan sentit une énorme masse dans son dos. Elle tint bon. Ses yeux parfaitement clos, les talons solidement ancrés dans le sol, elle était prête.
Une main énorme, poilue à l'extrême, décocha un index allongé orné d'un ongle disproportionné. Brun comme l'écorce d'un arbre brûlé au soleil, l'ongle rongé par le temps, vint lui toucher l'arrière du crâne.

Susan sentit son corps se raidir. Les pulsations de son cœur s'accélérèrent. Elle se jeta à l'eau. A peine avait-elle fini de prononcer la phrase, que son corps se laissa naturellement tomber en arrière.

La sensation fut immédiate, incroyable.
Son corps s'inclina au ralenti. Ses yeux s'ouvrirent, elle était certaine de les avoir gardés fermés, pourtant elle voyait ! ,
Le spectacle qu'elle contemplait était saisissant. Elle flottait au ralenti, sans que rien n'arrête sa chute. Elle avait l'impression de tomber dans du coton. Elle tourna la tête dans tous les sens. Une plénitude incroyable la submergea. Elle n'avait pas froid, pas honte malgré sa nudité. Tout son passé ressurgissait dans des images entremêlées. Elle vit sa naissance, avec tout l'amour de ses parents, elle revit ses premiers émois, les joies de chaque instant de sa vie.
Elle ressentait une telle puissance, toute sa vie était là devant elle, défilant en un film somptueux. Rien, aucune interférence, aucun détail ne lui échappait, rien ne l'empêchait de voir le déroulement merveilleux de sa vie.
Même le futur s'invita à ses yeux.

Elle se vit avec James et une petite fille. Elle ne comprenait même plus les sentiments qui l'habitaient désormais. Des larmes coulaient le long de sa joue, sans qu'elle ne se sente ni malheureuse, ni heureuse.
Elle goûtait à l'extase sans retenue. Cela faisait des heures, des jours qu'elle tombait et pourtant elle ne s'en lassait pas.
Elle voulait choir le reste de son existence. Cette chute était enivrante, comme une aspiration à se laisser aller, à lâcher prise. Comment autant de sérénité pouvait-elle l'habiter ? Elle eut cette sensation d'être en communion avec l'espace, le temps, les énergies. Elle saisissait absolument tout. Les plantes, les animaux, l'humanité, le cosmos. Jamais elle n'aurait cru atteindre un tel degré de connaissance et de plénitude. Il n'y avait plus de limite à sa vision, aucun recoin qu'elle ne pouvait explorer.

Ce voyage ne finissait plus, dans un enchantement rarement vécu. Elle voulait ne plus repartir. Plongée dans cet océan de tranquillité.
Baignée dans cette enveloppe douce et soyeuse de l'éternelle harmonie, elle s'affranchissait de toute responsabilité, de

toute contrainte. Rien que le bonheur pur taillé et poli comme une pierre précieuse, où chaque facette reflète, miroite une faculté naturelle.

La chute pourtant s'accéléra sans qu'elle puisse l'en empêcher. Elle se sentit propulsée doucement d'abord, comme si le temps reprenait sa vitesse normale. Elle eut le temps de ressentir les deux bras qui la soulagèrent de son poids, avant de s'évanouir.

L'agent Francisco se trouvait dans une camionnette à scruter les écrans. Sa nervosité se fit ressentir à sa façon de décrocher son téléphone.
— Oui ? Du nouveau ? Vous l'avez ? Ce n'est pas possible. C'est un piège, soyez vigilant. Non ! Ne blessez personne. Il faut encore comprendre pourquoi. Merci.

Il arrêta la camionnette, et sortit du véhicule. Il marcha quelques instants comme pour réfléchir. Il scruta le ciel, mais la pluie l'empêchait de voir les étoiles.
Un collègue le rappela dans la camionnette.

— On a du nouveau !

Les hommes démarrèrent la camionnette et partirent à vive allure.

Séparés par deux grosses berlines et un taxi, James et Tao, aussi discrets que possible, suivaient adroitement la camionnette. On ne leur avait pas interdit de l'escorter non plus.
Tao était tiraillé entre le désir de retrouver Susan, et son devoir de coproducteur de l'émission. Ils avaient toujours une alternative de rechange dans l'éventualité d'un scénario catastrophe.
Le fait de changer les cartons distinctifs pour chaque invité ne lui posait pas trop de problème, cela voulait dire aussi qu'il allait devoir présenter l'émission à la place de Susan.
La nuit était bien entamée maintenant, et la disparition de Susan allait faire l'effet d'une bombe mondiale. Dans moins de cinq heures, il devrait se trouver au studio pour le maquillage, relancer le doublon, trouver des explications pour l'absence de la star.
Il observa James, le regard noir, et perdu.

— James ! se lança-t-il. Il faut que tu me ramènes, je suis tellement désolé. On ne peut plus empêcher la diffusion de Kilauea. Je dois le faire…pour Susan.

James gara le véhicule et posa sa tête sur le volant. Il savait que Tao avait raison que suivre des agents surentraînés sur le terrain n'était pas sérieux. Il était avocat pas baroudeur, pas enquêteur. Il était impuissant face à la situation.
La raison l'emporta. James fit demi-tour pour permettre à Tao de se préparer.
Il serait plus utile à ses côtés. Cet enlèvement n'était pas encore revendiqué. Quel type de personne pouvait faire ça ? Pour saboter le pays ? Du terrorisme ? Une rançon ?

Il ne pouvait se torturer de la sorte, et admit que l'option de l'agent, était vraiment la plus sage.
Les deux hommes revinrent un peu avant l'aube. Les dix heures d'émissions allaient devenir un véritable calvaire pour Tao qui ne se sentait ni frais, ni prêt, et encore moins enthousiaste.

Quand Tao descendit de voiture, ses assistantes n'étaient pas encore arrivées. L'urgence de l'affaire, valait bien un réveil très matinal. Il prit à bras le corps l'incroyable défi qui se présentait à lui.

Les secours logistiques arrivèrent. Pas coiffées, pas maquillées, mais avec la réalité de l'urgence.
Tao les accueillit avec beaucoup de joie.

— Merci à toutes ! Je saurai m'en souvenir ! déclara-t-il avec bonheur.
Cherchez du café, du thé, commandez des croissants, nous débutons dans vingt minutes.

James restait là, désemparé. Il ne pouvait qu'attendre. La pluie heureusement cessa. Il proposa à Tao de rentrer chez lui, se changer et revenir au plus vite.

Au même moment Susan reprit ses esprits sur le canapé de la maison, avec les aboiements des chiens. Une odeur de cigare vint lui chatouiller les narines. Elle se réveillait d'un sommeil qui lui semblait éternel. Elle regarda sa montre.

— J'ai dormi une demi-heure seulement ? Je suis pourtant en pleine forme ?
Cela s'est-il vraiment produit ? Je viens de vivre les instants les plus magiques de mon existence.

— C'est l'effet bénéfique de votre voyage.

Brett était là. Un costume brun assez ancien sur les épaules. Il tira sur son énorme barreau de chaise. La tablette était à côté de lui. Susan prit conscience de la nature profonde de l'homme qui lui faisait face. Il était bien là. Le diable était en face d'elle.

Pourtant aucun dégoût ne lui venait à l'idée à cette pensée. Aucune peur ne la traversa. Elle chercha le bilan à faire de ce qu'elle savait désormais, de ce qu'elle venait de vivre.
Il n'avait menti sur rien. Cette preuve qu'il venait de lui offrir, était l'expérience la plus fabuleuse, et l'affirmation de son existence.
— C'était si beau, déclara-elle. Jamais je n'aurais imaginé une telle destination. Pourquoi attendre d'être mort pour se sentir aussi vivant ?
Brett White sourit.
— Ma chère, c'est la magie de la pénitence. Vous ne devez accéder à aucune preuve pendant votre exil. Maintenant j'ai rempli ma part. Si vous alliez prendre une douche ? Nous avons rendez-vous avec l'histoire, Susan. Kilauea.
Elle jeta un regard sur l'heure.

— Nous avons 4 heures. Il faut que je rentre chez moi, s'il vous plait. Je voudrais voir James avant de commencer.
Brett pencha la tête pour réfléchir. Il savait où il se trouvait.
— C'est accordé ! Il faudra faire vite. Je ne peux plus empêcher certaines choses. Après ça, j'attends de vous, que vous finissiez notre pacte. Il vous reste la phrase à terminer, et tout ceci prendra un vrai sens.
Susan acquiesça.

Brett prit son téléphone et une voiture se gara devant la maison. Le jour commençait à pointer son nez, et quelques rayons de soleil laissèrent présager un magnifique samedi. Ils arrivèrent dans la rue où habitait Susan. Elle sortit du véhicule. Brett la retint par le bras.
— Je prends de gros risques, vous savez, plus que vous ne pourriez comprendre. Puis-je vous demander de faire vite ? Je peux vous accordez vingt-cinq minutes maximum. Après quoi, tout ce que nous aurons, c'est des ennuis que je ne pourrai empêcher, et tout ce que nous avons fait sera réduit à néant…

Susan lui sourit, et s'empressa de traverser la rue. Personne à l'horizon. La rue n'avait jamais été aussi calme.

Elle entra. James se séchait les cheveux en traversant le couloir de l'étage, il s'immobilisa net en voyant sa femme sur le pas de la porte. Il sauta les escaliers tel un cabri fou pour l'enlacer. L'embrassade fut passionnée, intense. Susan ne put retenir ses larmes.
— Mais d'où viens-tu chérie ? cria-t-il ! Il faut que j'appelle la police, qu'ils cessent les recherches.

Susan l'empêcha.
— James, non. Je n'ai pas beaucoup de temps, et tellement de choses à te dire. Je vais bien rassure-toi.
Ce qui m'arrive est tellement extraordinaire, je suis tellement désolée pour l'autre fois, je t'ai vu avec ta collègue, c'était moi. J'étais venu te voir. Pardon de t'avoir mis dans cette position d'accusé. Je sais que tu es honnête et que tu es l'homme de ma vie.

Les larmes coulaient, mais Susan se sentait remplie d'un amour infini.

— J’ai une décision à prendre, qui va changer le cours de l’histoire, de toute l’humanité, et j’ai peur. Je veux que tu saches que ces dernières heures ont été les plus intenses que l’on peut vivre. Il faut que je me prépare pour Kilauea. Après ça, tout prendra un sens pour toi aussi.

— Tu veux faire Kilauea ? Après ce qui vient de se passer ? Susan tu as été kidnappée ! Il faut prévenir la police, annuler l’émission, et nous y verrons…

- Non ! insista-elle. Je ne peux pas l’annuler, il faut que tu me fasses confiance. Je t’en demande beaucoup, mais une fois l’émission terminée, nous serons heureux comme nous ne l’avons jamais été. Si tu veux m’aider, appelle Tao, dis-lui que je serai là dans moins de deux heures. Il faut que je me prépare. Ne me demande pas d’explications maintenant, s’il te-plaît.

Susan l’embrassa en lui tenant le visage. Elle le transperça du regard avec une compassion d’une rare d’intensité. La nuit qu’il venait de vivre dans la peur avait disparu.

Il prit le combiné et s'exécuta.
Tao encaissa la nouvelle avec un cri de soulagement. Il s'assit sur le rebord de la scène. Tout rentrait dans l'ordre. Il ne comprenait pas ce qui venait de se passer, mais la révélation de Susan présente pour le show, balaya toutes les autres questions. Elle allait bien, l'émission était maintenue comme prévue, rien ne pouvait plus arriver.
Il donna les directives de tout reprendre comme convenu. Susan se prépara à la hâte.
James patient, était prêt et l'attendait sur le canapé. Quand elle descendit de l'étage, il se releva d'un bond.
— Je ne te quitte plus ! annonça-t-il.
— Tu ne peux pas venir avec moi James, navrée. Si tu veux m'aider, retourne au studio comme prévu, mais laisse-moi partir seule.
Il comprit qu'il ne servait à rien d'insister.
Il l'embrassa.
— Je t'aime, Susan. Aussi longtemps que nous vivrons, cet amour ne diminuera jamais, je t'en fais le serment.
— Le mien sera éternel, James.

Elle lui caressa la joue, et quitta la maison.
Vingt-cinq minutes venaient de s'écouler de ce dernier jour d'existence telle qu'elle le

connaissait. Elle monta dans la voiture, et James regarda par la fenêtre, la voiture partir, sa femme, quitter la route en direction des studios.

Susan et Brett arrivèrent dans une ruelle à l'abri des regards. Une camionnette de couleur sombre les attendait. Ils montèrent à l'arrière, et un chauffeur prit les commandes du véhicule. Cette prudence supplémentaire, avant de changer encore de véhicule faisait partie des précautions nécessaires à leurs survies.

L'arrière avait été aménagé dans un confort particulier. Deux fauteuils se faisaient face.

— Prête Susan ? demanda Brett.

— Je, je crois que oui.

Il frappa sur le plafond de l'engin, qui démarra. Orthos, Géryon, Erebe, les 3 chiens étaient là eux aussi. Leur calme rassura la jeune femme.

Elle était en route pour suivre une destinée qui lui échappait encore. Tout ce que l'humanité pouvait rêver de mieux, tenait en une phrase, pourtant une énorme tristesse l'envahit. Est-ce qu'elle faisait bien ? Pouvait-elle prendre cette décision pour la planète ? Était-ce juste ?

Le silence de son hôte, lui permit un petit moment d'introspection. Si quelqu'un d'autre se trouvait à sa place, quel choix ferait-il ? Accepterait-elle de laisser quelqu'un d'autre décider pour elle ? Les avancées qu'elle pouvait apporter à l'humanité étaient telles, qu'elle se refusait à croire que quelqu'un veuille s'y opposer. Pourquoi se sentait-elle mal alors ? Elle se rassura en pensant qu'il était normal qu'à l'aube, de la fin de la souffrance de milliards de gens, qu'au début d'une nouvelle page historique, on trouve l'émotion difficile à assumer.

La Confessione

Elle observa l'homme. Celui qui désormais allait faire d'un cauchemar éveillé, une vie parfaite. Elle se souvint d'un coup, d'une discussion.
— Vous avez dit : rien n'arrive par hasard ? Ensuite que je suis un être spécial. Je sais maintenant que vous avez, à chaque fois, un coup d'avance. C'est vous qui me l'avez dit, Lucifer. Alors ? Qui suis-je pour vous ? Je veux la vérité.
Brett la regarda fixement. Les trois chiens commencèrent à grogner, puis se turent au regard de leur maître.
Il frappa la carlingue de l'engin, qui s'immobilisa rapidement.
— Susan, vous m'impressionnez. Vous ne cesserez de m'étonner par votre analyse. Je vais vous conter une histoire. La dernière, cette fois. Vous êtes prête à l'entendre maintenant. Susan, n'oubliez pas que je ne vous ai jamais menti.
Quand j'ai quitté mes fonctions, pour embrasser la terrible carrière qui allait être la mienne, je devais, m'acquitter d'une dernière tâche. Je vous en ai déjà parlé, mais je vais vous en révéler les détails.
Le « puissant » devait s'assurer que son message à l'humanité serait compris, ou du moins, bien interprété. Il fallait déchiffrer ce message, il ne pouvait rien exiger. Rien

ne devait vous détourner de sa lumière. Ceci était un avertissement. J'ai dû pour cela montrer, aux yeux du monde quel vil tentateur je pouvais être. J'ai dû m'acquitter de cette besogne ingrate, auprès du représentant humain le plus incorruptible qui soit.
Ce fils de charpentier, instrument de la propagande céleste, devait clairement vous indiquer le chemin de la rédemption. Il fallait que tout le monde puisse voir combien il était facile de résister au piège que je serai amené à vous tendre.
Je dois avouer que la piètre représentation dont vous fûtes témoins, sinon lecteurs, relatées aux travers de textes bibliques, gribouillés par des chauves puant la transpiration, resta comme une humiliation complète de ma déchéance.
Imaginez-vous le calvaire que cela représentait pour moi. Devoir rester impuissant face à la détermination d'un simple homme « élu » par le très haut. Symbole de la souffrance et par sa volonté, sa persévérance, victorieux de la tentation accédant par sa foi en « l'éternel », à la résurrection.
Etre absout de ce péché originel. Punition qui vous a conduit ici. N'est-ce pas là, le but ultime de chaque être humain ? La vie

que vous menez ici-bas, n'est qu'une pure anecdote.
Je peux vous l'avouer, l'énergie que j'ai employée pendant ces quarante jours de grotesque tentation n'était pas digne de mon rang.
Ce valeureux soldat, a accompli sa destinée tel un métronome. Je dois admettre que peu de chose en réalité aurait pu l'éloigner de cette mission divine. Une pièce de théâtre caricaturale, avec un héros improbable mais victorieux, scellait mon sort, et le vôtre à tout jamais.
J'ai pour ma part œuvré en coulisse, afin que le dernier acte, devienne bien plus qu'un simple écrit destiné à des lecteurs avides de sens prémâché, dénonçant le risque maléfique et dangereux qu'il y aurait à soutenir une rébellion, une association avec moi. L'origine même du mal. Vous protéger de celui-là même qui vous avait conduit ici.

Mon influence pouvait encore opérer avant que le chapitre ne soit irrémédiablement écrit.
Il faut remettre l'histoire dans un contexte particulièrement difficile, dans une région en proie à l'instabilité politique.

La domination Romaine, dans cette partie de la planète, était fébrile, vacillante. Malgré sa toute puissance, elle ne faisait plus ce qu'elle voulait. Elle y arrivait souvent par de subtils compromis. Gouverner, et faire régner l'ordre dans un semblant d'autorité.
Le représentant sur place de cet empire malade, Ponce Pilate, que les transcriptions ont généreusement pointé comme un responsable de la mort horrible du messie, a certainement contribué à la réussite et l'audace que je m'apprêtais à hypothéquer.
Voyez-vous, le châtiment pour le crime de cet enfant, proclamé roi des juifs, ne devait être que la lapidation. Une coutume barbare, avec une mort certainement aussi douloureuse, mais qui ne m'était d'aucune utilité. Si l'issue du sacrifice, auquel cet élu était prêt à consentir, était inévitable, il fallait y rajouter la symbolique.
J'ai convaincu les juges, qu'il était préférable d'apaiser les esprits par un châtiment, qui leur permettrait de faire passer cette décision mortelle comme juste. En faire un mourant, oui. Un martyr non.
Pour cela, rien de mieux que de l'associer à d'autres malfaiteurs notoires et insignifiants.

La souffrance de ce « fils de dieu » persécuté par le pouvoir n'aurait plus lieu de passer en pugilat, si elle était partagée par des compagnons au jugement incontestable.
Savez-vous qui était Dismas ? Gestas ? demanda Lucifer.
Susan réfléchit, et fit appel à sa connaissance restreinte de la genèse, et de ces passages bibliques chrétiens. Elle haussa les épaules et secoua négativement la tête en signe de réponse.
Lucifer devenait comme un livre ouvert sur le passé. Son récit vivant et précis des événements, lui faisait ressentir chaque instant.
— Le jour de cette crucifixion, il y eut deux personnages qui connurent le même triste sort. L'un s'appelait Dismas, connu par la suite comme le bon larron, et l'autre Gestas le mauvais.

Ces deux hommes devaient représenter, sur l'autel de la leçon, l'ultime combat du bien et du mal que le jeune messager, détenteur du pouvoir divin allait mener, pour ancrer définitivement la profondeur du choix qui s'offrait à chacun d'entre vous. Ceux qui se détourneront de sa lumière seront chassés et envoyés dans mon sombre et funeste royaume pour y vivre un châtiment perpétuel pire que le bannissement, et ceux qui suivront la voie céleste, celle du pardon et du repenti, auront droit à la vie paradisiaque.

Vous ai-je dit que chaque mot, chaque parole que ce Jésus de Nazareth prononçait, valait comme parole paternelle ? Que la prophétie du retour annoncé au paradis, était immuablement et strictement égale aux paroles du détenteur du pouvoir divin ?

Je dois aussi lui rendre hommage. Chaque épreuve, toutes les souffrances qu'il a endurées, ont bien été réelles, et supportées avec dignité. Qui peut se targuer de garder les idées claires, cloué sur une planche à deux mètres du sol ?

Les écritures sont peu loquaces sur ce passage. Imaginez la brochette de stars présentes à ce moment. Deux voleurs notoires, et un usurpateur. Il est vrai que cela devenait plutôt difficile de se retrouver avec des enfants de chœur. Ces hommes, que le destin, et moi, venaient de placer sur ce perchoir inconfortable, vivaient là, leurs derniers instants terrestres.

Remontez le temps avec moi, Susan, et imaginez les odeurs attirantes pour les insectes, la chaleur, la soif, les cris et les pleurs d'une foule avide de justice et de

distraction. Des bourreaux habitués et insensibles, jouant les figurants malveillants. Et voici que la prophétie, dans tout ce qu'elle a de plus beau, s'accomplit.
Le mauvais larron Gestas, était un assassin reconnu sans scrupule. L'arrogance dont il fit preuve à ma demande, ne me coûta que très peu de temps de persuasion. L'homme était de conception primaire.
J'avais pris soin de lui donner quelques plantes dont je connaissais les secrets apaisants, afin d'atténuer ses souffrances. Sa verve insolente et le relent de force du à son insensibilité, firent le reste. Ma célébrité n'étant pas encore installée, il était prudent de ne pas jouer sur l'affectif. Je ne pouvais rien promettre qui ne soit incompris, et puis je jouais gros, avec un genre humain inculte et inachevé, dont l'espérance de vie ne dépassait guère les quarante ans.
Il faut savoir qu'il ne m'a pas déçu. « Ils » ne m'ont pas déçu.
Chacun jouant son propre rôle. Gestas, ce mauvais larron a eu pour mission d'agacer le pauvre homme et de réduire le jeune élu, à un simple rang de figurant. Imaginez alors, un moment allégorique de gloire, transformé en exécution lamentable par la seule faute d'un énergumène qui ne

mesurait pas la portée du message qu'il fallait transmettre. Ses jérémiades incessantes, balayant les paroles profondes, et lourdes de sens. Ce premier chapitre venait de se réaliser dans un allegro parfait.
Pour l'enfant de Dieu, c'était bien plus douloureux à supporter que le tourment physique. Difficile compassion à offrir à un être dénué de morale. On ne rentre pas dans l'histoire à reculons.
Dismas lui.... Ah Dismas !
Ce bon larron, est allé puiser au fond de ses tripes, pour implorer le pardon.
Je pourrais verser une larme, tant le moment fut authentique pour moi. Ce Jésus, fils de Dieu, le père tout puissant, allait commettre la même erreur paternelle, celle de m'avoir sous-estimé.
Je ne saurais dire si son jugement a été altéré par l'épreuve fatigante, ou la volonté tragédienne de quitter ce monde dans une de ces dernières paroles dont il avait le secret ? Comment ne pas être suffisant quand vous êtes celui qui possède les pouvoirs célestes ?
Il formula ces paroles si salvatrices pour moi. Retenez ce passage, Susan.
En s'adressant à Dismas le bon, et dans sa compassion pour son prochain, il lui dit :

« En vérité je te le dis aujourd'hui, tu seras avec moi dans le paradis. »
— Et… ? demanda Susan.
— Dismas n'était pas baptisé, ma chère. Cette première erreur commise, montre que même une âme qui n'a pas reçu de baptême, première accréditation obligatoire, peut se retrouver sur le chemin menant au Paradis.
Ensuite, l'homme qui prononce ces paroles salvatrices n'est pas n'importe qui. Le fils avéré du tout puissant annonce une vérité qui ne peut être révoquée. Il annonce à une créature, de son vivant qu'elle sera à ses côtés après sa mort dans le royaume de son père.

Susan le regarda dubitative. Elle ne comprenait pas quelle importance cela pouvait avoir.
— Susan faites un effort, s'impatienta Brett. Je vous offre la clef du plus incroyable secret de la bible !
En faisant cela, Jésus a accompli ce que son père, l'unique créateur accorde, mais…seulement après votre mort. Celle de prononcer le jugement dernier et accepter de vous accueillir.
Dismas de son vivant, par la grâce de Jésus Christ, le représentant du tout puissant sur

Terre, a été lavé du Péché Originel. Une aubaine unique, qui ne s'est présentée qu'une seule fois sur cette…ma planète. L'assurance qu'il ne risque plus rien quels que soient ses actes, et que sa place est irrévocablement au Paradis.
Il est vrai que le bougre, cloué sur des planches gardées par des brutes Romaines ne risquait plus de commettre beaucoup de méfaits. Croyez-moi la place de son âme après une mort imminente, aurait été en toute logique chez moi en enfer, après un refus logique de son dossier, de la part du propriétaire céleste.
Jésus a cru bon de le rassurer en envoyant un message fort sur sa toute puissance. Cette autorité donnée par son père, celle qui lui servait à faire des miracles ici et là. On peut dire que le miracle, il a été pour moi.
Susan restait sans voix. Rien dans ce qu'elle venait d'entendre ne lui expliquait qui elle était.
— Susan ! Dismas avait des enfants ! Sa progéniture, par la volonté divine, ne porte plus ce terrible fardeau. Jésus de Nazareth a enlevé le péché originel à cet homme. Sa descendance ne pouvait plus, recevoir ce cadeau en héritage. Transmission inné que chaque parent inocule le jour de la naissance de leurs enfants.

Vous êtes une descendante de Dismas le saint !
Vous, Susan, n'avez pas à expier ce péché. Votre âme, le jour de votre mort, ira directement à l'endroit où elle résidait, le Paradis. Et ce désormais, sans passer par l'approbation de qui que ce soit ! Suivant exactement les règles qu'il a édictées, même le puissant ne peut plus empêcher cela.
Je ne sais pas pourquoi, mais seules les femmes possèdent la faculté de maîtriser ce don. Le genre masculin meurt dans la première année.
J'aurai, grâce à vous et votre âme, dont je serai enfin le propriétaire, le privilège de retourner dans ce lieu qui m'était interdit et sans le consentement de Dieu. Personne ne peut remettre ce fait en cause.
Vous êtes une clé universelle qui ouvre les barrières infranchissables de la Sainte Trinité.
On dit que les voies du seigneur sont impénétrables. Plus maintenant désormais !
Susan écouta avec attention les paroles de Lucifer. Maintenant elle comprenait tout. Sa place dans l'échiquier était claire à présent. Sa tête tournait comme si elle venait de descendre d'un tourniquet lancé à pleine vitesse. La raison profonde de leur

rencontre, le pacte, la responsabilité qu'elle portait.

Comment Susan Scott se retrouvait-elle le dispositif d'un pouvoir qui la dépassait. En signant ce pacte, elle ne mesurait pas les changements irréversibles qu'elle allait opérer. Son insouciance, sa légèreté de conduite venait de précipiter le genre humain dans un nouveau destin. Elle devenait l'accomplissement du dessein du diable.

— Que... Que se passe-t-il maintenant ? demanda-t-elle hébétée.

Lucifer frappa à nouveau la tôle de la camionnette et le chauffeur reprit la route. Il laissa quelques instants à Susan pour reprendre ses esprits. La désinvolture ne faisait plus partie de sa vie. Il est toujours difficile de donner un sens à sa présence sur terre, de trouver sa place, un semblant d'équilibre entre nos actes, nos pensées.

Il n'y avait plus de critères, plus de combat entre le bien et le mal, plus de repère entre la justice et la vérité.

Quel humain pouvait répondre à autant de questions sans perdre la raison ?

Il ne s'agissait plus de sa personne, de la façon de se conduire. On cherche par tous

les moyens que nous connaissons de croire à nos principes, à notre morale. Décider du sort de l'humanité, ne revenait-il pas à se prendre pour Dieu ?
Elle le regarda dans les yeux pour chercher une explication.

Il lui prit les mains.
— Susan, cette nouvelle est bouleversante, je sais. Vous ne vous sentez pas prête à assumer cette responsabilité, je le comprends. Confiez-moi cette mission.
Ensemble, je vous le promets, nous pouvons bâtir un monde meilleur, où la souffrance n'aura plus sa place, où la liberté de chacun sera respectée.

Ne voulez-vous pas lever ce terrible poids qui pèse sur tous ces gens ? C'est une chance qui vous est offerte, ne réduisez pas ce choix à la seule approche religieuse, ou pire, du bien fondé de votre pénitence à assumer. Le péché originel est un fardeau dont la seule guérison est la mort, ne trouvez-vous pas qu'il est grand temps de supprimer ce sacrifice inutile ? Vous avez là une opportunité unique.

Le discours du diable était censé. Elle n'y trouvait pourtant pas le réconfort suffisant pour prendre sa décision.
Le téléphone de Brett sonna. Il prit l'appel, et conclut la conversation par un « Très bien ».
— Il est l'heure Susan. Nous avons un message à transmettre. Peut-être que l'ordre des choses est ainsi. Il ne vous reste que deux phrases à prononcer. Faites-moi plaisir s'il-vous-plait. Prononcez là, la première. J'ai rempli tous mes devoirs.

Susan répéta la première phrase tel un zombie qui marche dans la nuit :
— Moi Susan Scott de plein gré et sans contrainte, je renonce à la vie, à la mort, et sa résurrection dans les jardins du seigneur, et remets mon corps et mon âme, ce don du divin, dans les mains de Lucifer, afin qu'il en jouisse selon son vouloir et que ce pouvoir soit sien.
Susan se sentit vide.

Ce n'était pas qu'elle ne croyait plus aux jolies choses que Lucifer lui avait promis de réaliser. Il avait effectivement tenu toutes ses promesses, mais elle sentait que quelque chose lui manquait. Un détail, qui lui permettait d'être sûre de prendre la bonne

décision, lui échappait. Son esprit était embué, incapable de comprendre ce qui se passait. Elle, une clé ? Il ne lui restait qu'à dire ces derniers mots :
« Que ce pouvoir soit sien ». Pour donner le pouvoir à son nouveau propriétaire.
La petite trappe séparant le conducteur de l'arrière s'ouvrit.
—Nous y sommes, lâcha le chauffeur.
—Dois-je vous aider ? Continua-t-il avec dévotion.
— Non, mon ami, répondit Brett.
— Ce chemin, nous le faisons, Susan et moi.

La lumière du jour les aveugla presque. Susan prit les commandes du second Van officiel, celui qui les conduirait jusqu'au studio.
Tandis que Brett monta à l'arrière avec ses chiens. Ils se dirigèrent tout droit au plus grand rassemblement humain orchestré dans l'histoire de la télé. Elle regarda dans le rétroviseur pour capter son regard.
— Vous êtes prêt ? demanda-t-elle, soucieuse de son confort.
— Je le suis depuis 30 000 ans…lui confia –t-il serein.

Susan prit son téléphone et appela Tao.
—Tao, je suis avec l'invité, et nous nous dirigeons vers les studios. Tout est bon de ton côté ?
Il répondit avec l'excitation et le soulagement.

— Oui Susan, tout est prêt pour vous accueillir en toute sécurité. J'ai prévenu de ton arrivée imminente. La machine est en route.

Elle raccrocha, prit une grande inspiration, et démarra la camionnette. La circulation dense, mais fluide, lui permit de rejoindre son point d'extraction sans encombre.
La foule compacte, et contenue par la police, ne cessait de grandir à quelques heures à peine de la prise d'antenne. Susan gara tant bien que mal la camionnette en marche arrière, pour permettre l'arrimage dans l'énorme tunnel de toile épaisse qui garantissait l'anonymat de l'invité. Elle coupa le contact, et passa elle aussi à l'arrière du véhicule et prit soin d'ouvrir la porte du passage, et de refermer derrière elle. Ça y est, nous y voilà, aux portes de l'histoire.
Elle ne cessait de se remémorer la dernière phrase qui scellerait le nouveau destin de

l'humanité. Elle conduisit Brett et ses animaux dans une pièce sans fenêtre. Là, un luxe digne d'un hôtel 5 étoiles, démontrait la capacité de la chaîne à chouchouter ses invités.
Des fruits dans une corbeille, de la nourriture dans le frigo, de la boisson fraiche, un lit King-size, de grands écrans de télé au mur, jouaient la carte de l'évasion, pour pallier l'absence de lumière naturelle. Susan s'assura que le confort lui convenait, et lui remit une clé pour fermer la porte de cette pièce. Elle lui signifia bien qu'elle seule viendrait le chercher.
Le code serait trois coups brefs sur la porte. A la question. Qui est-ce ? Elle répondrait par deux coups brefs.
Brett s'amusa de ces précautions, mais garda le sérieux que lui demandait Susan, en proie à d'autres préoccupations.
Il la laissa s'en aller en la rassurant.
Susan regagna le sas et sortit de l'entonnoir, pour rejoindre le staff technique. A son arrivée, l'ensemble du personnel l'applaudit. Tao vint la rejoindre, et la prit dans ses bras.
—Tu as réussi sœurette ! Je ne sais pas ce qui s'est passé, mais tu es là, et je ne saurais te dire à quel point j'en suis heureux et soulagé.

Susan resta stoïque. Elle refusait de s'écrouler. Pas maintenant.
— La phrase dans sa tête « Que ce pouvoir soit sien » résonnait de plus en plus fort. Elle se sentait affaiblie, esclave de son sort. Elle avait le sentiment que chaque mot qu'elle voulait prononcer, la conduisait irrémédiablement à cette phrase.
Ouvrir la bouche devenait un supplice. Les maquilleuses, les photographes, tout lui donnait la nausée, ce sentiment de futilité insipide, d'une vie sans sens.
Elle vit James chercher son chemin, au travers des nombreux contrôles de l'émission.
Elle balaya de la main ceux qui s'employaient à la rendre présentable, et courut à sa rencontre.
Se jeter dans ses bras l'apaisa instantanément. Enfin quelque chose de réel sur quoi s'appuyer. Enfin une réalité qu'elle ne remettait pas en doute. Ses larmes retenues après un long combat qui l'épuisait, coulaient.
Elle pouvait être elle-même sans tricherie, sans artifice.
James la serra dans ses bras. Il sentit sa fragilité, son désarroi à fleur de peau. Il savait combien la pression de cette émission

pouvait la rendre vulnérable, et forte à la fois.

— Tu sais que tu m'as fait peur chérie ? lui dit-il tendrement. Je t'aime… heu…heu Susan.
Son humour éclata tous les boucliers de Susan. Elle rit et en évacuant son stress, son rythme cardiaque baissa naturellement.
—Je t'aime James, et je veux me marier avec toi, faire des enfants…dès que tu auras réparé la clôture…
Les amoureux s'embrassèrent, sentant que rien ne pourrait plus les séparer.
Susan avait envie de lui révéler tout ce qu'elle venait elle-même de découvrir il y a peu. Lui dire que l'invité était le diable, qu'elle détenait le sort de l'humanité dans une simple phrase à prononcer mais rien de tout cela ne put sortir de sa bouche.

Elle s'en fichait après tout. Pourquoi donner de l'importance, à autre chose que cet instant présent.
James la rassura, et lui donna la force nécessaire d'aller jusqu'au bout de l'émission. Elle décida de ne rien décider pour l'instant, et de laisser faire.

Son rôle était de présenter une émission, et elle allait le faire, quand bien même les événements lui échapperaient.
James lui promit de rester proche d'elle, et de ne plus la quitter jusqu'à la fin de son marathon.
Il aurait le temps de lui parler. Maintenant ce qui importait c'était de la laisser faire son travail.
Elle rejoignit Tao, qui était aiguisé comme jamais. Il venait d'échapper à une catastrophe planétaire, et rien ne pouvait plus l'empêcher de tenir son rôle pour permettre à Susan de faire la présentation.

— Je n'ai pas tout compris de ce que tu as fait, Susan. Pourquoi avoir pris autant de risques avec l'invité ? Que s'est-il passé ? Nous avons vu des images de toi te faisant kidnapper tout de même ! Tu ne m'avais rien dit à propos de ce scénario.
Elle conduisit son coproducteur à l'écart. Elle vérifia que personne ne pouvait les entendre.

— Tao ! Il faut que je t'avoue quelque chose. Notre invité, n'est pas notre invité !
— Quoi ? reprit-il en souriant bêtement. C'est une blague ? Mais c'est qui alors ?

Susan chercha des mots simples, pour ne pas l'affoler. Dire la vérité lui était impossible.
— Je ne peux pas te révéler son identité. J'ai vécu la semaine la plus étrange de toute ma vie. Et quand je te dis étrange, je suis loin du compte.
Ce qu'il faut retenir pour cette soirée, c'est qu'elle va être incroyable de rebondissement. Certains risquent de changer nos vies à jamais. Je voudrais te poser une question.
Que changerais-tu dans ce monde, pour qu'il soit plus beau ?
Tao fit un signe de la tête interrogatif. Il ne savait quoi répondre. Il n'y avait jamais vraiment songé. Il réfléchit un instant. Il voyait bien qu'une réponse était importante pour elle.

— Je ne sais pas ce qui le rendrait plus beau. J'imagine qu'il y a plein de réponses possibles.
Ce que j'aimerais moi, c'est de pouvoir être dans la tête des gens, pour voir ce qu'ils pensent. Ou alors que ce ne soit pas l'argent qui dicte nos vies mais l'énergie. Non ! Mieux. Que l'on soit tous identiques. Comme ça c'est l'esprit qui ferait la différence…

Je ne sais pas si cela nous rendrait plus heureux hein ! De toute façon je crois que c'est impossible, on raisonne tous différemment c'est ce qui fait qu'on est complémentaire.

Susan le regarda dans les yeux.

— Merci Tao. Tu m'as apporté ce qu'il me manquait.
Préparons-nous, il reste peu de temps. La boite de conserve est ouverte ?

— Oui patronne ! Je ne comprends toujours rien, et surtout je me demande qui nous allons présenter, mais tu as l'air de gérer, alors que le spectacle commence.

La petite phrase dans l'esprit de Susan avait presque disparu. Dans moins d'une heure, les caméras allaient s'allumer, et Tao commencerait les remerciements publics, les encouragements, la présentation de la boîte, ainsi qu'à chauffer une salle pleine à craquer pour préparer son entrée en matière. Ses fiches, les prompteurs, tout était déjà changé pour que le transfert d'Orlando Mora Garsea, le multimillionnaire d'Amérique du Sud qui légua sa fortune pour retourner à une vie simple, devienne

Brett White, fleuriste du Colorado, invité surprise.

Cet homme, possédé par l'être le plus emblématique de la genèse, allait ostensiblement mettre en exergue notre destinée, et l'extinction de l'humanité qui en découlera.
Qu'elle seule, Susan Scott détenait le pouvoir, de transformer à tout jamais l'existence de plus de 7,7 milliards d'individus.

Pour rien au monde, elle n'aurait voulu changer sa place décisive dans cet échiquier. Pour rien au monde, elle n'aurait voulu recevoir ce cadeau.
L'arbitrage de ce match, l'issue de la partie. Comment être juste ? Elle se rendait compte que ce conflit intérieur qui la rongeait, lui intimait de faire pencher la balance vers l'acceptation plutôt que le renoncement.
Elle traversa le plateau avec un sourire de façade. Il était temps pour elle de se changer et d'affronter ce direct. Elle fit un passage chez son invité. Une question lui trottait en tête.

Le code de sécurité exécuté, Brett ouvrit la porte. Il venait de se changer, et son smoking lui allait à la perfection.
—Je voulais vous demander quelque chose. Heu, en premier comment dois-je vous appeler ?
—Je suis Brett White, Susan. Inutile de vous torturer.
—Que se passera-t-il, quand vous aurez décliné votre véritable identité ?

Les chiens commencèrent à grogner.
— Du calme, les enfants, ordonna-t-il. Je n'en sais rien. Tout dépendra de l'accueil de cette nouvelle. J'essayerai d'être le plus convaincant possible. Je transmettrai mon message au monde, à lui de savoir ce qu'il veut en faire. J'espère pouvoir inciter les gens à réagir.
J'ai encore quelques surprises en réserve. Tout d'abord ma déclaration sera suivie par des actes forts de quelques chefs d'états qui ont déjà pris parti pour moi et qui relayeront mes paroles.
Cela permettra aux gens de se positionner, de comprendre l'honnêteté et l'urgence de ma démarche.
Ensuite j'imagine que mes détracteurs s'empresseront de s'opposer, et de signaler le caractère dangereux de cette union.

Le chemin est encore long. Je comprends les personnes peu préparées aux changements et le risque de les effrayer. Vous avez intelligemment rendu tout cela possible.

Susan se sentit apaisée.
— Et pour l'autre chose ? Si je prononce cette phrase qui vous donne les pleins pouvoirs ?

— Voyons ce que cela donnerait ? Le changement serait plus radical c'est sûr, mais pas immédiat. J'ai une contrainte voyez-vous. Je dois d'abord retourner au paradis. Mon pouvoir ne prendra effet qu'au moment où nous échangerons nos rôles et que la dernière naissance des enfants de Dieu sur terre au moment de cet échange, mourra. Il faudra être patient, mais je rétablirai la vie, à la date de notre contrat avec tout ce dont nous avons parlé, Le changement fait toujours peur. Je vous le dis sans aucune forme de gloire. Réussir cette prouesse nous plongera tous dans une nouvelle ère.
Je n'ai que deux principes auquel je suis attaché. Vénère-moi, et ne nuis pas à autrui.

— ...vénère-moi ? Relança Susan.

— Oui, répondit Lucifer. Je deviendrais le seul Dieu possible.

— Mais ? Il n'y aurait plus de doute ?

— Pourquoi avoir des doutes ? Alors que je vous apporte des certitudes. Pourquoi avoir plusieurs Dieux, alors que je serai seul à vous apporter la Lumière.
Susan se tint la bouche comme si la nouvelle devenait effroyable. Une lumière rouge s'alluma dans la pièce. Signe que le direct commencerait dans trente minutes.

— Mais Brett. N'est-ce pas là le propre de l'humanité ? Croire. Croire en ses choix.
Si vous devenez le seul Dieu, alors il n'y aura plus d'alternative ? Plus d'espoir, plus d'endroit où se réfugier, plus de possibilité d'être différent.
Nous sommes là pour payer un tribut injuste c'est vrai, mais nous avons gagné le libre arbitre, celui-là même que vous nous avez offert.

Si nous perdons l'opportunité de revendiquer notre chemin, que chacun puisse revendiquer sa conception du bien et de son évolution, ce en quoi il croit, alors…alors personne ne sera sauvé. Nous devons pouvoir nous poser cette question fondamentale. Que suis-je en droit d'espérer ? Ce que nous sommes. Libres. Libres de nos pensées, de nos actes, libres d'agir ou de rester passif. Comment puis-je prendre une telle décision ?

— Tout cela est vrai Susan. Je n'ai pas caché à quel chemin il fallait renoncer. Vous estimez que l'inégalité de la vie mérite d'être vécue pour garder ce privilège ? Savoir que la majorité de ces vies, n'auront jamais à se poser cette question parce que d'autres le feront à leur place. Imaginez les âmes que j'entasse et qui en ont fait un très mauvais usage. Pensez-vous que le bonheur de l'homme n'est pas mon but ?

Vous ne saurez jamais quel est le meilleur choix, parce que se tromper, fait partie du chemin.
Vous voulez renoncer à ce choix, parce qu'il vous fait peur. Si cette chance était arrivée à quelqu'un d'autre, pensez-vous que vous lui en auriez voulu d'être épris d'une finalité plus rapide ?

Susan regarda le gyrophare tourner, inondant la pièce de sa lumière rouge. Elle tendit à Brett les instructions pour quitter la pièce. Le trajet à parcourir, et la façon de fermer le cube.

— Je dois me préparer. Vous devrez laisser vos chiens ici. Un de mes assistants peut s'en occuper…
— Ils n'aiment pas trop les étrangers, je ne voudrais pas qu'ils blessent quelqu'un. Rassurez-vous, ils seront discrets.

Susan sortit de la pièce, en proie à plus de questions, qu'elle n'en avait eues en entrant.
Elle remonta le parcours pour rejoindre sa place.
L'affolement était de mise. Les gens se pressaient pour combler les dernières places de libres. Susan regardait toutes ces personnes qui ignoraient la vérité. Etaient-ils malheureux ? Si elle était à leur place, voudrait-elle savoir ? Cette société civile, passée de l'instinct primaire, à la raison, devait elle sacrifier le bonheur de l'individu au progrès de l'espèce ?
Elle but une gorgée d'eau.

Elle puisa dans le souvenir de son voyage en apesanteur, et s'évada dans cette douce chaleur envoutante.
Emmitouflée dans le drap de l'insouciance, elle s'y sentit en sécurité.

Le technicien qu'elle regardait lui indiqua au ralenti, la joie qu'il éprouvait d'être là par son pouce levé, devant un Tao immobile.
Le court instant de cette plénitude, lui fut arraché par les applaudissements soutenus du départ de Kilauea. Le temps reprenait sa marche.

— Bonjour le monde ! cria Tao Clark.
Dans une frénésie musicale et des crépitements de fusées de Bengale. Plus rien ne devenait réel. L'histoire n'appartenait plus à personne, tout le monde redevenait un figurant, chacun jouant son rôle pour ce dernier clap avec l'authenticité de l'innocence.
Aujourd'hui devenant le passé d'une époque, Susan sourit.
Peut-être que même nos actes n'ont pas de sens ? Peut-être que crier la futilité de cette mascarade mettrait fin au suspense ? Susan se rendit compte, que quoi qu'elle fasse,

son choix serait une décision qu'elle prendrait à la place de quelqu'un.

Tao avait bientôt terminé sa présentation. Bientôt ce serait à elle de rentrer dans l'arène.
Elle s'imagina crier :
— Je vais tous vous condamner, je vais tous vous sauver, c'est selon !

Les applaudissements redoublèrent à l'annonce de son nom. Elle poussa un petit cri exutoire avant de se parer, de son plus beau sourire. Chaque pas qui l'emmenait désormais au-devant de la scène la conduisait inéluctablement vers son destin. Vers le visage de l'absolution.

Elle reprit courage en voyant le visage de James au premier rang. Comment le prévenir de ce secret si lourd à porter ? Il devait savoir, tout le monde devait savoir. Les 2800 personnes amassées dans cette salle, les millions de téléspectateurs, les milliards d'humains, les animaux, les plantes, tout ce qui vit n'était qu'une farce. Une galaxie complète, L'univers pendu à ses lèvres. Peu importe ce que l'on réalise dans sa vie, on ne passe que le temps…

Elle pourrait envoyer tout balader, se mettre nue. Les gens ne comprendraient pas. Choisir et renoncer ? Laisser faire et subir ?
Elle reprit ses esprits sans s'en rendre compte, elle continuait machinalement sa présentation.
Le jingle se lança à l'annonce de l'arrivée des anciens invités démasqués. Susan se garda l'amer privilège d'attendre.
Il allait apparaître dans un instant. Lui Brett White, le diable, le démon décrié. Dissimulé par ce visage angélique, masqué par les fumigènes afin de pouvoir entrer dans le cube, protégé par Susan Scott, incapable de choisir si, oui ou non le changement de l'existence, était de sa responsabilité.
Les deux personnalités, invitées à lancer le compte à rebours de la mise en boîte du diable, tout sourire, actionnèrent la manette, les énormes pâles commencèrent leurs rotations, et la fumée blanche, opaque sortie des tuyaux pour inonder généreusement cette zone si sensible aux regards.

Le voilà qui se présente sur la plate-forme. Les hurlements, les acclamations, la joie, une liesse. Une communion.
Etait-ce le signe ? Voilà donc le nouveau messie, le nouveau Roi ?

La descente, impressionnante, vit cette apparence noire, dans cette exhalaison laiteuse disparaître dans la forteresse de verre.

Susan demanda le silence. Déjà se pointait l'indicible déroulé de l'émission.
La première question, la première réponse.

— Invité ? Etes-vous prêt.

Quelques secondes de décalage firent résonner dans la salle la réplique.

— Oui.

Les premières publicités furent lancées. Susan rejoignit sa loge. Elle le sentait dans sa tête, dans son corps. Il ne la quittait plus. S'immisçant dans ses gestes. Elle se sentit possédée, prise dans son pouvoir.
Il fallait qu'elle reste forte. Tenir jusqu'à la sixième question. Elle revint à son poste.
Les reportages se succédèrent, les surprises pleuvaient faisant le bonheur des spectateurs.
La première question arriva.

La production, soucieuse du bon déroulement de l'émission, filtrait, vérifiait,

testait chaque personne qui serait amené à prendre la parole en direct, elle restait néanmoins assujetti aux aléas.
Voilà ce père de famille mexicain, catapulté dans le grand bain de la notoriété, tenant dans cette minute de direct l'occasion, le privilège d'associer son nom à la grande famille des célèbres anonymes.

La question était invariablement la même, afin sans doute d'éviter la responsabilité d'un mauvais départ, et de ne pas avoir à porter la honte et l'humiliation sur sa famille pendant au moins deux générations.

— Posez votre question Mr Ramirez, l'invité vous écoute, lança Susan.

Les interprètes étaient là, prêts à traduire. Si l'homme, gagné par la timidité du direct décidait de parler une autre langue.
— Est-ce que vous êtes une femme ? dit-il dans un anglais impeccable.

Comme à chaque fois, la question s'inscrivit sur un tableau géant, visible par tous afin d'aider au mieux les futurs chanceux, à se concentrer sur la pertinence de la leur.

La réplique fournie par l'invité, ne pouvant être que oui ou non, devenait pour l'ensemble des auditeurs la supposition évidente de l'autre possibilité. Même les bookmakers pariaient entre autre sur le pourcentage de négation.

— Non, répondit-il dans cette voix informatisée et caverneuse, adoptée par tous comme la normalité.
Les applaudissements reprirent, donnant, offrant le moment de gloire tellement précieux et espéré.
L'homme possédait désormais, l'assurance d'avoir œuvré pour la communauté. Il lui restait maintenant à révéler, vers qui ses pensées le guidaient.

— Es-tu mon cousin Estéban ? Hasarda-t-il

La salle, partagée entre sourire et hilarité, attendit néanmoins, que le cube réponde.

Chaque seconde passée dans ces dix heures de direct basculerait entre, volonté farouche de connaitre la vérité et, désir d'investigation poussé. Susan captait bien mieux pourquoi « il » avait choisi de se présenter au monde de cette façon.

— Non, répéta la voix synthétique. Sous des « oh » de soulagement.

L'homme profita de la brèche, pour lancer un appel.

— Mon cousin Estéban a disparu depuis sept mois….

Susan intervint avec aplomb, et courtoisie. Elle savait se sortir de ce genre de situation qui pouvait devenir rapidement critique.
— Nous vous souhaitons bonne chance pour le retrouver, Mr Ramirez. Restez en notre compagnie, nous lui adressons ce message, afin qu'il nous appelle s'il nous écoute.
Il reste encore des places pour s'inscrire, nous embrassons tous le Mexique.
Tout comme ce charmant jeune homme qui n'a pas trouvé de place ici dans cette salle et que notre reporter vous invite à découvrir à l'extérieur.
Le contrat passé avec TEL-MEX venait de trouver son astucieux détournement de publicité, dans une fluidité naturelle.
Les reportages faisaient la grande force populaire de l'émission. Journalistes et mécènes y avaient trouvés leurs intérêts.

Le standard tournait à plein régime. Les intervenants vantaient l'incroyable pouvoir du monstre Kilauea.
Ce bonheur éphémère, Susan pouvait le rendre immortel. A chaque pas sur scène, des visages innocents et complaisants, lui rappelait le pouvoir de sa décision.

Après la traditionnelle question sur l'origine géographique de l'invité, se dessinait celle de l'âge, dans cet ordre immuable, lancé comme une habitude rassurante. On savait maintenant que l'homme, n'était pas originaire des Etats-Unis, avait plus de 30 ans et qu'il n'était ni Estéban, Diego ou Sandro.
La pertinence venait déjà avec quatrième question. La famille du mystérieux invité était abordée. Il n'y avait plus qu'une marche avant le dénouement fatidique. Susan le savait. Les gens autour d'elle, vivaient là leur dernier instant dans ce monde imparfait et allaient basculer dans l'inconnu. Elle pouvait tout arrêter maintenant. Leur épargner l'arrachement douloureux de cette ignorance.

Rester des témoins ? S'émanciper ?

Plus la question se posait, plus le constat permutait. Pourtant nous resterions des pantins, pensa-t-elle.
Seul le Paradis changerait. Nouvelle règle, nouveau patron. Même jouet.

Qui méritait notre confiance ? Etions-nous aptes, finalement à prendre notre destin en main ?

Oui, la mort resterait une fatalité. Oui, la souffrance, l'injustice, la tristesse resteraient des épreuves. Tout ce qui fait que notre route est loin d'être terminée.
Mais nous apprenons aussi, lentement, maladroitement. Mais n'est-ce pas notre aspiration à nous élever qui nous guide vers la voie ?
Nous avons payé chèrement la traversée depuis nos origines, où les obstacles étaient déjà infranchissables. Le pire était-il devant nous ?

Et lui ? Apparu par magie dans sa magnificence. Le diable.
Ce Lucifer était-il là pour vraiment nous aider ?
La question cinq pointait déjà au bout de l'appareil.

Il ne fallait plus beaucoup de temps pour en avoir la réponse.

La voix de la gentille Barbara, du haut de ses 75 années d'existence et originaire de Floride eut le bonheur de se présenter au public.
L'inconnu venant de répondre non, à la question : avez-vous des frères ?
La septuagénaire tenta celle des enfants.
— Avez-vous des enfants ?
— Oui, répondit la boite synthétique.

Susan ne respirait plus. Il allait y avoir la coupure publicitaire et après cela le fameux appel qui instruirait l'inéluctable révélation. Elle profita de ce moment pour aller embrasser James.

— Mon amour, j'ai peur, lui dit-elle en plongeant dans ses bras. Ce qui va arriver maintenant, je ne l'ai pas voulu, je suis désolée de ne pas t'avoir avertie avant, je ne sais plus quoi faire…
— Mais de quoi parles-tu Susan ?

— De l'invité ! Il n'est pas celui qu'on croit. Que Dieu nous vienne en aide, je ne peux pas prendre cette décision…je ne peux pas.

Les lumières annonçant le direct s'allumèrent. Susan reprit tant bien que mal sa place. Elle ne pouvait plus cacher son émotion. D'une voix tremblante, le regard vide, elle accepta d'accueillir l'appel téléphonique. Tao conscient du mal être de son amie, ne pouvait plus intervenir.
Un homme prit la parole. Le contrôle du studio par les adulateurs de Lucifer était désormais réalisé. Plus rien ne pouvait empêcher ces deux voix d'échanger.
La voix téléphonique commença le dialogue, selon le protocole imposé.
— Qui êtes-vous ?

La voix électronique venait de disparaître, muée en celle de Brett White.

— Tu veux savoir qui je suis, je vais te le dire…

Susan revécut la même scène à laquelle elle avait dû se prêter. Cette voix,
Infiltrant les espaces de son corps, envoûtante et incompréhensible, commençait son hégémonie, s'emparant peu à peu des personnes. Les emmenant lentement dans les abîmes d'une transe incontrôlable.

Le silence, transpercé par l'invocation frénétique de Lucifer à se découvrir au grand jour, couronné par la répétition verbale du suppôt.
— Je vous reconnais, je vous reconnais.
— Oui, lança Brett white. Je suis Lucifer.
La voix de l'invité résonna dans les hauts parleurs. Plus un bruit ne circulait dans les tribunes.
— Susan ! Il est temps de terminer la phrase ! cria Brett.

La jeune femme les yeux fermés, les poings serrés sur son micro inondait ses joues de larmes.
Une explosion retentit dans la salle, un géant ailé s'écrasa dans les escaliers adjacents au public. Sa puissante intervention, fut suivie par trois puis quatre explosions identiques avec d'autres colosses. La foule médusée par ces apparitions n'eut aucune réaction de panique. Cela fait-il partie du show se demandèrent certains ?

Le premier géant tenait dans son énorme main, un matou. Il s'approcha de la scène, et du cube. Les spectateurs commencèrent à se lever, dans un brouhaha gonflant à chaque seconde.

Les ailes démesurées de cet ange s'agitèrent, créant un souffle dévastateur.
Il saisit le chat, le posa à terre, et joignit ses mains au-dessus de l'animal, comme une prière.
La lumière scintillante qui s'extirpa de la bête, flotta dans les airs puis se dirigea vers le cube, pour le traverser.
— Montre-toi tel que tu es, et retourne en enfer ! Cria le golgoth.

Le cube trembla, pour exploser en millier de morceaux. Brett White gisant sur le sol inconscient.
Le diable apparut alors, sous son funeste apparat monstrueux.
Les trois chiens, dans un beuglement assourdissant se muèrent en un seul pour s'habiller de leur véritable nature.
L'énorme cerbère, faisant dos à son maître, déchiquetant les malheureux fuyards passant trop près du seigneur des enfers, les trois têtes du molosse allant même attaquer sans mise en garde les géants ailés se rapprochant de l'estrade.
Puis, dans ce tableau cauchemardesque, dans le sang, les cris, dans l'odeur pestilentielle du soufre, l'image se figea. Plus un son, plus un mouvement. Un véritable tableau vivant en trois dimensions.

L'image resta comme suspendue dans le temps.

Une femme alors, ouvrit les portes du studio, descendit les marches pour se rendre jusqu'à la plate-forme. Elle s'arrêta devant Susan pour l'observer. La présentatrice n'avait quasiment pas bougé, comme si pour elle, garder les yeux fermés lui assurait la protection nécessaire à la misère qu'elle venait de déclencher.

— Fascinant ! déclara la femme en observant Susan.
Elle examina l'incroyable désastre qui s'offrait à elle, puis se dirigea vers Lucifer. Le monstre informe et cornu se transforma en un être de lumière céleste, ou apparaissaient ici et là les contours d'une robe lumineuse.
L'entité sans toucher terre, se déplaça vers la femme.

— Dieu ! Tu n'as pas le droit d'être ici, intima l'archange Lucifer qui, goûtait allégrement au bonheur de retrouver sa forme naturelle.
— Il s'approcha de la femme. Son apparence céleste toucha le sol, et

inexorablement se mit en position de soumission en mettant un genou à terre.
—Tu as brisé le traité, continua-t-il.

Tout en observant l'incroyable spectacle figé, et sans se retourner. La femme répondit.

— Relève-toi Lucifer. Toi non plus, tu ne devrais plus être ici. C'est elle qui a imploré mon aide.
C'est une bien surprenante situation.

Les protagonistes se faisaient face maintenant. Aucun sentiment ne transpirait dans cette discussion, aucune parole prononcée n'avait d'expression.
— Je veux renégocier, continua Lucifer.
— Cela me paraît juste, concilia la femme.
Lucifer s'approcha d'un colosse ailé, tenu dans la gueule par son cerbère.

— Je ne veux plus être importuné par tes ridicules sbires qui se permettent de venir chez moi et qui peuvent prétendre me renvoyer aux enfers. Désormais plus aucune intervention divine.
Si je suis découvert, je veux apparaître sous ma forme originelle, et le choix sera fait par l'humain de me suivre ou non.

— Accordé, répondit la femme, tout en marchant dans les dédales chaotiques des corps figés.

L'archange, fier de l'accomplissement de son plan, savourait désormais le résultat de ce qu'il était sans nul doute venu chercher.
Le voile luciférien étincelant regagna doucement le cube, ainsi que le cerbère, pour reprendre vie dans leurs corps de substitution respectifs.

Ils se frayèrent un chemin parmi les corps et les débris toujours figés. Erèbe manquant d'un rien de mordre de rage le pied de la statue angélique la plus proche de lui. Ils ressortirent du cube dans leurs habits terriens.

Brett White s'arrêta et s'approcha de la femme qui s'était maintenant assise, la fixa du regard.

—Tu n'aurais pas dû parier. J'ai toujours un coup d'avance, maintenant que je sens un doute en toi…

Il se flanqua d'un large sourire presque suffisant, de satisfaction. Il continua son chemin.

—Je te laisse ranger, j'ai un rendez-vous.
Brett suivi des chiens, quitta la salle en sifflotant. Il rejoignit Turner dans une voiture. Celui-ci démarra la voiture, et partit sur les chapeaux de roue.

— Pourquoi ne pas avoir concrétisé votre suprématie avec Susan, vous aviez l'avantage ? demanda Turner.
— Parce qu'elle ne pouvait pas prendre ce genre de décision, répondit Lucifer.
Je l'ai su au moment même où elle a compris qui j'étais. La situation n'était pas en ma faveur. Elle était heureuse, avant de me connaître. Les femmes ont cette faculté de ne pas réagir sans réfléchir. Susan est un être exceptionnel, jamais elle n'aurait pu prononcer cette dernière phrase. Elle n'a pas changé l'amour de soi en amour propre. On ne peut tout remettre en question, tant que sa vie n'est pas menacée. Je vais vous en faire la démonstration bientôt.
Nous avons quelqu'un à voir qui ne jouit pas des mêmes prérogatives. Quand les choix sont restreints, quand ils définissent la survie, l'instinct refait surface,

inexorablement. Il est dommage qu'il soit corrompu par la réflexion.
Combien de temps avons-nous avant d'aller dans cette prison au Kouzmekistan ?

— Deux semaines. Nous avons la certitude qu'elle ne sera pas exécutée avant. Lucifer je vous suivrai en Enfer s'il le faut.

— Je le sais bien ! Mais pas pour l'instant mon fidèle. Je vais y faire un petit tour seul, pour être sûr de ne pas avoir de complication de ce côté, et j'ai quelques affaires à traiter.
C'est notre dernière chance, cette fois-ci. Je veux que tout soit parfait là-bas. Assurez-vous de sa protection d'ici là. Soyez discret, mais je ne veux pas qu'elle soit dans l'espoir. J'ai attendu ce moment trop longtemps. Trouvez-moi un autre hôte pour mon retour. Je vous laisse choisir.
Allons-y ! La voiture démarra emportant les deux hommes vers une nouvelle destination.

Dans le studio de l'émission, la femme se releva, redonna vie à ses anges et les fit disparaitre. Un seul resta à ses côtés en reprenant forme humaine, sous les traits d'Arsenio Francisco. Elle jeta un dernier regard profond sur Susan.

—Absolument fascinante.

Elle se dirigea vers une place dans le public.
— Je souhaiterais qu'on ne le suive plus, annonça-t-elle avec calme.

Arsenio pencha la tête en signe d'approbation, et quitta lui aussi cette zone de désolation. La femme se mua en homme d'âge mûr, prit un strapontin, observa quelques secondes de réflexion, elle bloqua une mouche au vol, l'observa puis la vit se consumer sans qu'il intervienne. Il se targua d'un sourire en coin.

Il frappa dans ses mains et comme par enchantement, le spectacle reprit comme si rien ne s'était passé et sans qu'aucune personne n'ait le souvenir de cette tranche de vie passée.
Susan dans son rôle de présentatrice, animait avec joie et bonne humeur, tandis que dans la cage de verre, se retrouvait désormais Orlando Mora Garsea.
Tous les témoins reprenaient naturellement le cours de leur existence.

Seul subsistait pour certain, une légère sensation de déjà vécu.
Mais après tout, qui n'avait jamais ressenti ce phénomène, ce sentiment de revivre un instant précis pour une seconde fois ?
Le spectacle reprit ses droits.

Il finale

Lucifer regagna les enfers. Son retour ne l'enchantait pas spécialement.
Il savait sa venue attendue.
Lilith, couchée sur un sofa, dans les bras de plusieurs hommes, attelés à son plaisir, le reçut en repoussant ses sbires d'un geste de la main. Elle arriva telle une furie, et le gifla, pour finalement l'enlacer.
— Combien de temps encore devrai-je attendre, avant de pouvoir te suivre mon amour… ?
Il passa ses mains dans sa chevelure rousse.
— Je ne m'attelle qu'à ça ! lui déclara-t-il.

— Je n'en peux plus d'attendre. Je veux voir la Terre, je veux voir les oiseaux, la nature !
Est elle aussi belle que tu me l'as décrite ?

— Encore plus belle. répondit Lucifer. Tu auras tout. Tu connaitras la fraicheur d'une nuit d'été, la brise sur ton visage. Tu arpenteras les ruelles des anciennes civilisations, tu plongeras dans les océans, tu seras la reine d'une nouvelle ère et de mon règne éternel. Je te l'ai dit je t'offrirai la terre. Tu reprendras ta place, et nul n'ignorera ton nom.

Aux enfers, Lucifer est le prince incontesté. Malgré son statut, nombreux de ses cousins tentent de le détrôner. A commencer par son cousin d'alliance Belzebuth, qui l'a suivi dans les heures sombres du bannissement. Ceux qui l'ont suivi, lui ont juré obéissance, et détiennent en récompense, une partie de ce sombre domaine

Chacun peut y prendre l'apparence désirée. Lucifer, opte toujours pour cette figure de prince, rassurante et superficielle. Notamment quand il s'adonne à son rôle favori.

Donner le jugement aux nouveaux arrivants.

La descente aux enfers est brutale, douloureuse pour l'esprit et le semblant de corps que Lucifer aime à restituer à ses nouveaux arrivants.

Leur donner l'apparence de leurs trente ans. Les voir impressionnés par les lieux, par l'inconnu, cela les tétanise tous.

Arrivés en traversant un immense sas gardé par Cerbère, certains traversant le Styx affluent de la haine, le Phlégéthon en flammes, ou encore l'Achéron celui du chagrin, certains autres baignent dans le Cocyte, torrent des lamentations et enfin le

Léthé ruisseau de l'oubli, mais tous convergent au centre du monde souterrain vers ce vaste marais.
Véhiculés par Charon et sa barque maudite, ces âmes sont entraînées plus profondément encore dans cette noirceur.
La longue marche qu'ils entament pour descendre dans cet univers pesant, finit d'annihiler tous les espoirs de fuite.

Lucifer choisit les vies servant de modèle avec beaucoup de réflexion, il les inspecte, les hume avec une emprise totale.
Voilà ce lot d'humains, plantés là, inertes, ou tremblants pour certains, les yeux dans le vide de cet immense endroit. Après avoir quitté dans la douleur, la peine ou dans la solitude une existence terrestre, loin d'eux les remords, les regrets, balayés par ces bruits assourdissant de presses qui au loin, martèlent avec force de la lave pour, on ne sait, quelle utilisation futile, déplacée sur des chariots, par des forçats qui en ont aussi oublié la raison, propageant des vibrations dans le sol, et communiquant la rudesse de l'endroit.

Lucifer s'arrêta devant un homme, puis un autre puis une femme. Chaque personne

désignée par sa volonté, sortait du rang sans broncher.
Puis le tour d'un curé, d'un banquier, d'un assassin avéré, portant en eux, le métier, la fonction le signe révélateur de leurs vies passées.
Lucifer ayant constitué son groupe, prit sa voix la plus suave et la plus douce.

— Mesdames, messieurs, je vous invite à suivre mes compagnons. Ils vous guideront vers vos nouvelles fonctions.

L'ensemble du groupe, hébété, reprit sa marche sans un mot.
Il convia sa troupe à le suivre. En marchant, le curé sortit de la file et arriva à son niveau.

— Je ne devrais pas être là.
L'homme tout penaud regarda l'ensemble des personnes
— C'est vrai je ne devrais pas être là, répéta-t-il en secouant la tête.
Lucifer, sans s'arrêter, le fixa et de son bras le prit par les épaules comme le ferait un vieil ami.
— Vous voulez savoir ? Moi non plus !

Et il éclata de rire. Il lui frotta la nuque, et reprit la tête du cortège.
Les six personnes s'arrêtèrent devant un précipice. Ils purent contempler l'immensité de l'endroit. Un grand canyon se dévoilait devant eux. Une route d'un asphalte somptueux sans fin, descendait, sinuait admirablement au fond de la vallée à travers une nature verte et foisonnante.
Lucifer se retourna, et choisit un homme.
— Toi ! Veux-tu avancer ?
L'homme désigné s'avança. A son deuxième pas, ses habits se transformèrent en un smoking pourpre du plus bel effet.
Nous nous sommes déjà rencontrés, et tu as choisi de renoncer, puis de croire. Tu n'es rien, et voilà que tu deviens tout.

Une superbe décapotable rutilante apparut. Dans la voiture, trois superbes femmes étaient déjà pleines de vie et de promesses. La conductrice céda sa place au volant, non sans avoir au préalable ouvert la portière au futur conducteur.
— Prends possession de ton éternité. Jouis en et regarde où cette récompense te mène.

L'homme encore sous le choc des présents, ne savait plus où placer son sourire. Il s'installa au volant de la voiture, entouré de toutes les attentions. Un petit cri sortit de sa bouche au moment même où les pneus du bolide enflammèrent la route. La voiture dévala la pente dans des cris et des rires, audibles encore longtemps après leur départ.

Lucifer continua sa marche en avant.
— Je ...je ne devrais pas être là, à peine audible, se perçut parmi les personnes restantes.

Un homme tenta à son tour d'approcher le maître des lieux.
— Je sais que moi je dois être là, je n'ai pas fait que des bonnes choses dans ma vie.
Lucifer le fixa impassible.
— Écoutez ! Je vous demande de me laisser une chance. Je peux vous rendre des services vous savez.
Lucifer s'arrêta devant un immense building sorti de nulle part.

— Veux-tu avancer.

L'homme encore sous l'émotion du chanceux à la décapotable, s'avança avec assurance.

— Tu as choisi d'ignorer tes semblables, continua Lucifer. Je t'invite à profiter de ton éternité.
Tu as profité de ton statut de décideur, je vais te laisser mettre à profit tes compétences.
L'homme se retrouva projeté dans le building. Son costume sombre, son attaché case à la main, il arriva dans le hall. Le gardien lui tendit des papiers.
— Monsieur, la direction vous attend dans votre bureau. Ils ne sont pas contents des derniers résultats. Des femmes arrivèrent à leur tour, chacune avec son lot de problèmes.

— Votre femme a appelé il faut que vous la rappeliez d'urgence
Vous n'avez pas signé le formulaire de convention, la banque a refusé votre crédit, John de la comptabilité vous attaque pour harcèlement moral, le service informatique a planté, votre rendez-vous de 9h est avancé, il y a une femme qui prétend être votre maîtresse, la production est détruite dans un incendie, l'assurance refuse de rembourser votre voiture….

Le couloir s'allongeait au fur et à mesure des questions. Le flot continuel des mots

pénétrait l'esprit dans un vacarme assourdissant, chaque problème devenant plus pressant.
A l'extérieur du bâtiment, personne n'avait conscience de ce qui se passait à l'intérieur.
— Que va-t-il lui arriver ? Se hasarda à demander une des personnes.

— Il va faire comme tout le monde, il va prendre conscience.

Lucifer regarda les cinq personnes restantes. Vous êtes ici pour une raison ! Celle-ci est toujours vraie. Il se mua en petite fille, et prit le curé par la main.
L'homme tendit son bras et se laissa entrainer.
— Je …je ne devrais pas être là, balbutia-t-il, résigné, et déjà plus calme.

Le petit groupe arriva cette fois-ci devant une cathédrale. Le curé avait troqué sa mozette contre une soutane d'un blanc éclatant, presque lumineux. Son nouvel habit le plongeait à la fois dans l'incompréhension et la satisfaction.
La petite fille se retourna face à lui.
— Vous avez choisi de trahir vos semblables. Je vous invite à profiter de votre éternité.

L'homme de foi, fut projeté dans la nef. Devant lui se dressait le plus impressionnant chœur qu'il lui ait été donné de voir. La cathédrale vide au premier abord, laissa entendre des rires d'enfants transpercer ce silence dans une résonnance parfaitement contenue.

Il s'avança lentement pour trouver l'origine des bruits. Des enfants se coursèrent devant lui dans une innocence communicative. Le sourire bienveillant de l'ecclésiastique l'enhardit à tenter une approche.
— Les enfants, doucement, attendez, ne courez pas.

Ceux –ci ne trahissaient leurs présences que par de petits rires, à la limite des cris. Vagabondant entre les bancs, où seul, quelquefois le haut de leur crâne se devinait.
Tantôt proche, tantôt visible, le vicaire ne parvenait jamais à rejoindre ce groupe espiègle.
Désormais il déambulait d'un pas rapide entre les allées, inspectant chaque recoin à la limite de l'euphorie, tant cette cavalcade enfantine devenait pour lui la seule obsession.

Le prêtre ne remarqua même pas la porte qui se refermait derrière lui. Le souffle haletant, la perspective de bloquer la route de cette farandole, le fit transpirer. La frustration due à l'échec de ses tentatives était rapidement balayée par l'excitation de la suivante.

Lucifer rejoignit le groupe en attente. La femme restée dans le groupe se sentit mal à l'aise sous le regard de Lucifer. Il s'approcha.
— Vous ! Il s'agenouilla. Comment vous exprimer ma gratitude. Vous avez, Victoria, sans retenue, accompli votre mission et sans vous soucier de la mort que j'allais vous infliger. Vous me permettez ce jour, de croire en mon destin. Grâce à votre aide je vais l'accomplir plus tôt que prévu. Parce que vous avez choisi de renoncer puis de croire. Vous êtes ici chez vous désormais. Votre immortalité sera ce que vous souhaitez. Choisissez, jouissez, Victoria. Une éternité à la hauteur de votre sacrifice.
Il se releva, une main levée et c'est une caravane du désert qui se profila au loin. Victoria n'eut pas le temps de se rendre compte qu'elle arborait déjà de nouveaux

habits aussi étincelants que ceux d'une riche princesse du Sahel. Trois dromadaires puissants portant une magnifique tente, s'agenouillèrent devant elle. Des hommes et des femmes vinrent se prosterner.

— Ils sont là pour vous, déclara Lucifer. Chaque jour vous goûterez aux mets les plus fins, assisterez à des couchers de soleil à vous couper le souffle, vous voyagerez selon vos souhaits, prendrez des bains dans des Oasis à la pureté inégalée, dormirez dans du satin, accompagnée du piquant qu'il vous siéra. Je vous ai préparé des scénarios palpitants… voyez et profitez !
La caravane s'éloigna au son des musiciens à une allure lente et majestueuse.
Lucifer retourna à ses occupations, non sans jouer sur le satirique oubli de ses obligations.

— Je sais que vous êtes impatients de découvrir votre éternité ! Je vous ai concocté quelque chose de spécial ! Comme vous le savez, il est important de garder la forme. Venez avec moi.

Il les emmena dans une espèce de carrière. Il regarda un homme visiblement abattu et résigné.

— Vous ! Approchez.
Une maison apparut.
— C'est ma maison ? s'écria l'homme, heureux de retrouver un environnement connu dans cet univers de désolation.
— Vous avez tué votre femme, et pour cet acte, je dois vous punir.
L'homme ne broncha pas. Il s'avança vers sa demeure, prêt à accepter son jugement.

— Vous l'avez fait par amour, dans un acte de désespoir, c'est pourquoi votre éternité, sera d'attendre son retour. Quand vous aurez franchi cette porte, vous ne vous souviendrez plus de rien. Ni de cette conversation, ni même de l'avoir tuée. Vous attendrez son retour, simplement.
L'homme s'agenouilla en pleurs.
— Je l'aimais tellement. Je n'ai pas supporté d'apprendre qu'elle m'avait trompé. Elle voulait me quitter. Je…je regrette terriblement. Elle ne méritait pas de mourir pour ça ! Je ne peux pas revenir en arrière maintenant. J'espère, j'espère maintenant qu'elle est heureuse. Je mérite de souffrir…
Il se releva et marcha d'un pas résigné vers la porte, sans un regard vers l'entourage. Il entra ferma la porte, et s'installa dans le

fauteuil du salon. Prit le journal posé sur la commode, et se mit à lire.
Les deux personnes restantes, se regardèrent soulagés. La peine n'était Finalement pas si terrible.

— Pourquoi le laissez-vous espérer son retour ? Demanda l'avant dernier.

— Parce que sa faute, il l'a déjà payée. Il ne souffrira pas. Il ne sera jamais inquiet, jamais triste. Il restera apaisé à attendre quelque chose qui ne viendra jamais.
Quant à vous deux, voici vos pelles et votre brouette. Vous allez me débarrasser cette montagne de sable pour égaliser ce terrain. J'aimerais y préparer un golf pour mes vieux jours. Cela va être dur, physique, contraignant.
Par vos actions répétées de mensonges, de fourberies, en vous estimant meilleurs que vos semblables, vous avez détourné des gens susceptibles de croire en moi. Vous n'avez pas bien choisi votre camp, espérant profiter des …
— Mais… on n'était pas méchant ?

— Moi non plus ! Rit Lucifer, il faut bien répondre de ses actes un jour et c'est aujourd'hui.

Vos agissements m'ont incommodé.
Il les affubla de vêtement fluo, et d'une casquette avec un gyrophare.
— Ca, c'est pour que les gens qui passeront par-là vous voient travailler, et il y en aura. Je ferai en sorte que ce soient des gens que vous connaissez.
Une dernière chose ! Chaque fois que vous déciderez de faire une pause, vos nerfs seront mis à vifs. Chaque fois que vous espèrerez trouver un instant pour vous soulager, vous suffoquerez. Croyez-moi la douleur est suffisamment importante pour que l'idée même d'arrêter devienne un calvaire. Cela commence….

Une explosion se fit entendre au loin. Lucifer d'un claquement de doigts se téléporta à l'origine du bruit.
Il arriva près d'une montagne. Son frère d'armes, Belzebuth était à l'œuvre avec ses gargouilles pour mettre à mal une roche translucide, enveloppant les cavaliers de l'apocalypse. Les gargouilles gisant au sol, dénotaient de l'acharnement et de la difficulté de la tâche.
Conquête, Guerre, famine, Mort se trouvaient là, emprisonnés dans la roche. Seuls les yeux mobiles des chevaux, trahissaient leur impatience latente.

— Que fais-tu Belzebuth ? demanda Lucifer.
— J'agis, mon cousin ! Il est temps de diffuser notre message à cette humanité si pitoyable.
Lucifer œuvra à se montrer puissant et non menaçant.

— Je connais ton impatience mon ami, mais le temps n'est pas encore venu.

Lucifer se garda d'affronter Belzebuth directement. Celui-ci, sans être son égal, pouvait néanmoins l'affaiblir et le retarder dans ses plans.

— Je t'ai vu Lucifer ! Je t'ai vu parler avec le Puissant. Je ne sais pas ce que tu prépares, mais je vois que tu le fais seul. La terre t'appartient certes, mais tu n'en jouis pas comme tu le mériterais. Cela suffit. Tous ces siècles d'attente, alors que nous possédons une arme qui nous a été confiée par le puissant lui-même.

Lucifer s'approcha de Belzebuth et lui posa la main sur l'épaule. Tu es un allié fidèle, et le premier à me suivre dans cette injustice. Nous ne maitriserons pas les cavaliers une fois relâchés. Nous devons pouvoir être certains qu'ils servent nos intérêts. Je suis sur le point de réussir un coup de maître. Laisse-moi encore quelque instant, et je te promets la réussite. Ton impatience ne doit pas nous éloigner de mon but. Lucifer signifia clairement sa position de dominant.

Belzebuth prit un instant de réflexion.
— Soit !
Les gargouilles disparurent, et un nuage de mouches emporta l'ange déchu.

Lucifer rassembla son énergie et s'empressa de colmater la brèche dans la roche. Il s'écroula tant l'effort fut intense.
Il rejoignit difficilement Lilith. Celle-ci le voyant affaibli, l'aida à s'allonger sur le sol.
— Mon amour ! Que se passe-t-il ?
— Fais en sorte que l'on ne me voie pas ainsi. Cherche mon chien, lui ordonna-t-il.

Malgré son pouvoir, s'il s'avérait diminué, son statut pourrait être remis en cause, et il perdrait assurément les enfers. Lilith alla récupérer Cerbère. Sans posséder aucun réel pouvoir sur la créature, le fidèle compagnon la suivit.

— Mon chien ! Reste ici et empêche quiconque de me voir. J'ai besoin de me reposer.
A ces mots, Cerbère se montra plus menaçant, même envers Lilith. Celle-ci comprit le message et s'en alla. Les trois têtes commencèrent à cracher une sorte de lave tout autour de Lucifer et une demi-sphère incandescente entoura bientôt le monarque.
Lucifer s'employa à s'envelopper dans un cocon protecteur, et entama sa régénération.

Pour Turner Coat, le temps s'écoulait différemment. Il venait à peine quitter son maître et déjà il se trouvait sur le chemin de l'aéroport.
Il arriva sur le tarmac pour prendre un jet privé en direction du Kouzmekistan afin de préparer la phase finale des opérations.
Il savait désormais que les préparations allaient être la clé de la réussite et qu'il ne bénéficierait d'aucune clémence en cas d'échec.
Il passa quelques coups de fil, et patienta quelques heures dans l'avion.

Une limousine arriva sur le bitume de l'aéroport. Un homme en descendit, et le retrouva dans l'avion.

— Mr Turner, c'est un véritable honneur…
— Merci d'être venu aussi vite. Vous avez été choisi pour servir notre maître. Il vous en sera reconnaissant. Venez, nous devons décoller. Je vous expliquerai tout durant le vol. Le transfert se fera finalement là-bas.

Le Kouzmekistan est un jeune pays. Ses ressources et son gouvernement stable et pacifique, en font un partenaire de choix pour les grandes puissances.
De religion majoritairement musulmane ibadite, les autres cultes cohabitent respectueusement.

C'est là, dans la prison du comté de Shoukan que sont enfermés les criminels subissant les peines les plus lourdes. Pour ces 178 prisonniers, les sentences sont de 9 ans à la perpétuité. Le nombre de prisonniers reste immuable dans un souci de confort des autres détenus et selon le code pénal entériné par toutes les instances et validé par le parlement. Les peines perpétuelles sont commutables en peine de mort suivant un protocole complexe issu de traditions ancestrales, et approuvé par la population elle-même.

Lucifer reprit peu à peu ses forces. Sa coquille de protection vola en éclats, et il put renvoyer le cerbère à ses fonctions. Lilith s'attela à recevoir son prince. Sans avoir de véritable pouvoir, elle jouissait de prérogatives exclusives, étant la mère des démons. Elle s'octroyait le pouvoir de décision sur les nouveaux arrivants. Jamais par force. Sachant trop bien, ce que ce don voulait dire.

Hommes, femmes, tous pouvaient la satisfaire, la stimuler de quelque manière que ce soit. Cela pouvait être un professeur d'histoire racontant la vie des empires éteints, elle qui ne se lassait jamais de l'entendre.

Elle explorait le plaisir, où qu'il se trouve. Elle respectait à la lettre les deux principes de son roi. Ne nuis pas à autrui, et honore-moi.

Seule être originel ici-bas. Elle ne nourrissait aucune vengeance sur son passé. Désirant ce plaisir simple, où un jour pieds nues, elle foulerait le sable chaud ou une terre humidifiée par la brume du matin.

Sentir les vagues du pacifique lécher les chevilles et la brise traverser ses cheveux. Ressentir la gêne de marcher sur un chemin caillouteux. Courir dans l'herbe. Cette création divine appartenait après tout, à son propriétaire. Elle pouvait avoir tout cela et bien plus ici, facilement sur simple demande. Mais rien ne remplace la sensation unique dans l'immensité de l'univers, bercé par le mouvement des planètes, de rêver à la chaleur du soleil sur son visage. Tout cela, elle y avait droit, et elle obtiendrait son dû.

— Où sont mes cousins ? demanda le diable inquiet.
— N'aie crainte Lucifer. Aucun n'est allé sur la montagne des cavaliers. Ils sont tous ici en train de jouer avec des humains. Tu vas repartir ?

— Oui Lilith. Je crois que je touche au but. Assure-toi que personne ne me suive. Belzebuth était là lors de ma première phase, je ne voudrais pas qu'il anéantisse mes efforts.
Cet endroit s'il veut y régner seul, je le lui donnerai…
Je vais rejoindre Turner pour la dernière fois. Cet humain m'a très bien servi. Il aura la récompense qu'il mérite.

— Sois prudent mon seigneur. Je ne fais pas confiance au très haut. Il a déjà prouvé

ses limites. Je ne serais pas surprise qu'il te prépare quelque chose. Tu es plus fort que lui.
Elle l'embrassa tendrement.

Lucifer commença des incantations pour ouvrir un portail et se projeter à travers une ouverture en lien direct avec la terre. Il atterrit dans une maison luxueuse non loin de la prison. Turner l'attendait en position de soumission. La lumière étincelante de son Aura inonda la pièce.

— Tout est prêt maître. J'ai ce que vous m'avez demandé.
Il présenta son offrande.

L'homme, tétanisé par ce qu'il venait de voir surgir devant lui, n'arrivait pas à garder la bouche fermée.

— Je …je sais qui vous êtes, je sais qui vous êtes ! Tenta-t-il de bégayer.

— Excellent ! cria Lucifer. C'est parfait. Je suis content de toi, Turner. Nous arrivons à la fin. Prépare le transfert, je ne veux pas arriver en retard à mon rendez-vous.

Turner se releva et alla chercher le chat utilisé à l'accoutumée pour recueillir l'âme de ce généreux donateur.

L'homme fut allongé à même le sol et le transfert se fit sans la moindre difficulté. Le diable contempla son nouveau corps.
— Je peux le dire sans modestie, je suis diabolique…en route pour la prison. Tout est prêt ?
— Oui, répondit Turner, satisfait de son travail et de la satisfaction de Lucifer. Considérez la prison sous votre contrôle.
Il se mit en chemin.

« Alwatan Almutamarid ». Littéralement, la maison des renégats de la nation.
Mireille Leiger 38 ans, venait d'y arriver.
Incarcérée il y avait une semaine à peine et mise en isolement du fait de son statut d'étrangère, elle attendait patiente, résignée.

Le couloir qui menait à sa cellule s'éclairait, des paroles, des pas, c'était pour elle.
La cellule s'ouvrit. Deux gardes armés suivis d'un homme entrèrent. Celui-ci s'essuya le front dégoulinant par cette chaleur pesante.

Il posa son attaché-case sur la table et s'assit. Il invita les gardes à quitter la pièce d'un geste de la main. Il ouvrit la Malette. Mireille ne le quittait pas des yeux, sans dire un mot. D'un air débonnaire, redoublant de transpiration, dans cette pièce sans fenêtre, derrière de petites lunettes rondes, il donnait l'impression de s'être trompé d'endroit, de métier, de chemise.
L'homme toussa, et se présenta après avoir relu ses documents.

— Bonjour, heu…madame Leiger. Je suis Paul Blid, votre avocat. Je suis détaché par l'ambassade de France postée à Almal. Je suis désolé de venir aussi tardivement. Nous n'avons été prévenus qu'hier de votre incarcération. La route pour venir ici, n'est pas la plus facile d'accès. Tout d'abord, êtes-vous bien traitée ?

— Vous avez une cigarette ? demanda Mireille en détachant son regard.
— Vous ne pouvez pas fumer, cela est interdit.
— Vous croyez qu'ils vont me ré-arrêter ? Ironisa-t-elle.

L'homme fouilla ses poches, se leva et tendit un paquet entamé. Il se dépêcha de se

rasseoir comme pour signifier sa désapprobation.
— Quel métier exercez-vous ? demanda-t-il poliment sans quitter des yeux ses notes qu'il semblait découvrir.
— Femme au foyer, répondit-elle dans un nuage de fumée expulsé avec bienfait. Je ne suis en rien responsable des faits qui me sont reprochés !
— Madame Leiger…Mireille ! Il se leva, comme gêné de cette situation, lui tendit des papiers et un stylo.
Mireille parcourut avec attention les documents.
— C'est …c'est ce qui fait de moi votre avocat ? répondit Paul Bild. Je sais que cela ne vous semble pas important ou que vous préféreriez quelqu'un d'autre. Je vous dirai ma manière de penser dès que je serai officiellement chargé de votre défense. La loi m'interdit d'interagir, de quelque façon que ce soit, avant votre accord.
Mireille le regarda un instant. Puis signa nonchalamment.
— Paraphez en bas de chaque page, reprit-il en s'essuyant le cou.
Elle tendit les papiers à l'homme qui vérifia minutieusement.

— Voilà. Je vous donne les doubles. Voulez-vous que je prévienne quelqu'un de votre situation ?
Mireille fit un signe négatif de la tête.

— A partir de maintenant je suis votre avocat. Inutile de vous dire que les faits qui vous sont reprochés sont extrêmement graves. Je vais faire en sorte que vous ayez une cellule individuelle dès ce soir. Je vous demande de ne parler à personne de votre situation. Je vous pose mes cartes. Donnez-les aux personnes qui essayeront de vous interroger Je suis dans ce pays depuis cinq ans maintenant. Cette situation est unique. Je peux vous dire que votre cas sera suivi avec beaucoup de sérieux en France. Je ne suis pas seul. Nous avons une équipe qui planche sur les recours.

Il se leva et s'approcha.
— Mireille, vous pouvez m'aider à vous sortir de là, et je pense que c'est votre souhait, sinon vous n'auriez pas signé. Même avec votre désinvolture sur la situation, vous devez réagir. Ne me cachez rien, s'il-vous plaît et je ferai mon travail aussi bien que vous me le permettrez. Restez positive, je vais travailler sur votre

affaire et les options qui nous seront les plus acceptables.
Il se leva et se dirigea vers la porte. Sans se retourner, il demanda.

— Il vous faut quelque chose ? Je veux dire dans l'immédiat ?
— Je...je n'ai pas de serviette hygiénique, et …heu… des cigarettes ?…Merci. La femme forte et détachée qu'elle affichait, voulut donner une chance à cet homme qui, qu'elle le veuille ou non, devenait sa seule barrière, son seul ami.

— Je vous fais envoyer ça demain matin ainsi que des affaires. Nous nous verrons après-demain ou dans deux jours maximum, je vous le promets. Il faut que je retourne à la capitale. Cette prison est particulière, vous le savez peut être. Tenez le coup d'ici là… Promettez le moi.
Elle lâcha un petit oui du bout des lèvres. Paul se retourna.
— J'ai besoin de partir rassuré.

Elle acquiesça d'un signe, avec plus de conviction.
L'avocat sortit de la prison, le téléphone collé à l'oreille. Mireille entendit son taxi au loin dans les collines, quand les gardes la

ramenèrent dans la cellule commune féminine. Le garde vociféra en arabe quelque chose de particulièrement dissuasif afin que personne ne daigne l'importuner. Plus tard, après le repas du soir, elle fut emmenée dans ses nouveaux quartiers.

L'épaisse porte à barreaux de sa cellule privée, datant d'aux moins cinquante ans se referma dans un bruit métallique, qui laissa une impression désagréable à Mireille comme si elle se rendait compte peu à peu dans quelle situation elle se trouvait.

Il y avait bien une personne dans la cellule d'à côté mais visiblement celle-ci passait son temps allongée. Seule sa silhouette se devinait laborieusement. La nuit fut plutôt calme, et le réveil presque naturel. Elle ouvrit le rideau qui lui procurait un peu d'intimité et jeta un œil sur la cellule de son voisin.

A peine avait-elle tournée son regard que celui-ci se leva.

— Américano ? lança-t-il dans sa direction.
L'homme visiblement hispanique marqua un temps de pause.
— English ? Speak English ?
— French, répondit elle, Comme pour le décourager de continuer la conversation.

— Française ? répondit-il dans un accent hispanique. Je parle français. Comment une femme française peut-elle se retrouver au Kouzmekistan, et en prison ?

— Et vous ? Amérique du sud ?

— Non Espagne. Alicante. Moi j'ai essayé d'acheter de la drogue en grande quantité, et malheureusement, le seul bateau en retard au port, c'était le mien.
— Grande quantité ?
— Trois tonnes. Mais je regrette.
— Ça fait longtemps que vous êtes là ? demanda-t-elle intriguée.
— Je ne sais pas. On est quel jour ? Je veux dire la date.
— Le 28 Mai.
— Ha quand même… ça fait presque un mois. Mais j'ai l'impression que cela fait des années.
Je connaitrai bientôt mon sort, je vais prendre au moins dix ans. J'attends de voir si je peux me faire extrader.
Et toi ? C'est quoi ?

— Meurtre ! Lâcha Mireille, qui regretta sa réponse rapide.
— ah oui quand même ! Une tueuse.

La conversation fut interrompue par la venue des gardes, suivis par un curé.
— Mi Padre ! lança le jeune homme, heureux de le voir.
Je vous attendais. Avez-vous pu contacter ma famille ? Donnez-moi des nouvelles. Je ne vous ai pas vu depuis quatre jours maintenant.
Le curé salua Mireille solennellement.

— Lo siento Alvaro. J'étais occupé à d'autres affaires. Oui, j'ai des nouvelles pour toi. Veux-tu venir avec moi ? Nous pourrons discuter de tout cela.

Les gardes passèrent les menottes au prisonnier, et l'accompagnèrent avec l'ecclésiastique dans une salle dédiée aux cultes.
Ils croisèrent un homme en civil qui travaillait à la prison et qui ramenait un paquet à Mireille.
L'avocat avait tenu parole. Des affaires propres, des cigarettes, et le nécessaire pour une femme. Elle profita de son relatif isolement pour se laver.
Les cheveux mouillés, l'odeur du savon sur sa peau, des habits frais. Mis à part l'endroit où elle se trouvait, elle se serait presque sentie heureuse. Elle prit un calepin dans

ses affaires, et entreprit d'écrire. Elle ne voulait pas trop y penser, mais l'éventualité de se retrouver à vie entre ces murs ne devait pas être écartée. Ses biens, son argent, tout ceci n'avait finalement plus d'importance. Elle connaissait bien les raisons de son incarcération, et, autant que possible, ce qu'elle possédait devait revenir à ceux qui avaient souffert par sa faute. Elle pensa : au moins une chose dont je n'aurai plus à m'occuper…
Les heures défilaient sans qu'elle s'en rende compte. Son voisin de chambre revint avec les gardes. Son regard était plus serein, il souriait.

Il s'installa dans son espace, et tira son rideau, pour signifier son besoin d'intimité.
— Alvaro ? Ça va ? S'inquiéta-t-elle, ne serait-ce que pour entendre sa voix.
Elle entendit ses pleurs, signe que non, visiblement, ça n'allait pas. Elle se tut, et choisit de s'allonger plutôt que de se mettre à questionner.
Cet état, elle le connaissait bien. Ce mutisme dont on a envie pour se protéger. La journée passa. La nuit passa. Le réveil fut plus difficile. Mélange de mauvaises pensées. Etre coupé du monde, c'est être coupé de la vie ! Sentir la tristesse à côté

d'elle. Brusquement elle perçut une gêne, une chaleur désagréable lui traverser l'échine. Le rideau s'ouvrit brusquement. Alvaro se présenta comme quelqu'un de déterminé. Il n'était plus l'homme qui venait d'être ramené.
— Hey ! La française. C'est quoi ton nom ?
— Mireille.
— Mireia ? J'ai eu une mauvaise nouvelle. Je suis condamné à mort ! D'ici peu cela sera officialisé. Ce n'est même pas ce hijo de p… d'avocat qui me l'a annoncé !

Il se mit à pleurer.
— Putain, j'ai trente-deux ans ! Je ne veux pas mourir ici. J'ai une petite fille.
Mon extradition a été refusée, et en tant qu'étranger je ne bénéficie pas des mêmes droits. Il marchait de long en large, comme pour mieux réfléchir. Il s'allongea puis se releva d'un bond.
— J'ai peut être la solution. On peut s'échapper. J'ai des amis. Pleins d'amis. J'ai pu passer un coup de fil. Ils sont prêts à me libérer par la force. Ça va être serré, mais c'est jouable. Tu veux en être ?

Mireille n'eut pas le temps de répondre. Le mouvement des clefs dans les portes leurs annonça la venue de quelqu'un.

— Le prêtre réapparut, et s'arrêta devant la cellule de Mireille.
Celui-ci se présenta dans un français parfait.
— Vous êtes Mireille Leiger ? Arrêtée il y a maintenant huit jours. Vous êtes incarcérée pour ….pour meurtre ? Je ne suis pas là pour vous juger, Mireille. Etes-vous chrétienne ?

Selon les lois de ce pays, vous êtes autorisée à voir un membre de votre communauté, et de ne pas briser les liens qui vous lient à votre Dieu. Je suis ici en tant que représentant de l'église chrétienne. Je peux vous avoir une audience….Pardon je manque de protocole. Je me présente.
Je suis le père Abel. J'officie ici depuis quelque temps. Je suis sûr que le fait de parler à quelqu'un et qui vous écoute, autre que votre avocat, peut être réconfortant, ou au moins être un soulagement…

Mireille ne réfléchit pas une seconde. Sa formation d'ingénieure en télécom et ses études de géologue, lui avaient appris à réagir vite. Elle acquiesça de la tête. Le prêtre invita un des gardes à ouvrir la porte de la cellule.

— Pense à ce que je t'ai dit ! cria Alvaro à Mireille.

Elle fit mine de ne pas prêter attention à ces mots. La porte s'ouvrit comme une délivrance, un espoir pour l'avenir. Elle suivit le curé jusqu'à une salle avec une grande fenêtre. Elle se dépêcha d'ouvrir le battant afin d'humer l'air, comme si elle se trouvait en apnée depuis son incarcération…

— Je comprends votre réaction, dit Abel. Ce n'est que dans la privation, que l'on voit l'importance des choses. Jésus dans le désert lui-même…

— Vous parlez très bien le français. D'où cela vient-il ? Coupa court Mireille.

— Merci c'est très gentil à vous de me le dire. En fait, je parle neuf langues. J'ai aussi un diplôme de psychologie, et je pense être curé depuis bien avant votre venue au monde. Je ne suis pas là pour parler de moi, à moins que cela vous serve de savoir où j'habite, quelle émission je regarde, ou si je suis fan de football. Je suis fan.

Je suis ici pour vous. Je suis tenu de garder le secret sur ce que vous me direz.
Cela peut vous rassurer et vous permettre de parler librement. Ce n'est pas un confessionnal.
Je vous l'ai dit je suis là pour vous. Vous n'avez donc nul intérêt à me mentir.
Je vois que vous avez fait des études, j'en déduis que vous êtes intelligente, certainement capable de réflexion. Si vous le voulez bien, nous pourrons donc parler d'un point de vue spirituel ou… personnel si je le peux. Etes-vous d'accord ?

Les heures de catéchisme étaient loin, pourtant cet homme venait de rafraîchir son esprit

— Qui suis-je pour refuser un peu d'aide ! Merci de me permettre de sentir le monde extérieur…
— Je vous en prie, Mireille. Cet Etat est très bienveillant quant au respect du culte de chacun. Je suis respectueux du leur et de leurs lois.

Mireille inspecta, la pièce. Il y avait effectivement tout ce qu'il fallait pour que tout un chacun se retrouve dans la pratique de son culte.

— Tant de religions, de possibilités de croire. Comment s'y retrouver ? Se hasarda-t-elle.

Le père Abel se leva. Il contempla non sans s'empêcher de toucher, les objets présents dans la pièce.
— Il est difficile de s'y retrouver en effet. Pourquoi en effet vouloir, dans autant de diversité trouver la même réponse ?
Les chemins de l'esprit de chacun sont remplis de nos expériences, de nos désirs. Je crois que les raisons qui nous animent restent personnelles.
Peut-être que c'est le choix qui nous est donné ? Trouver notre voie de la manière qui nous semble la plus juste.
Vous-même, n'avez-vous jamais émis des souhaits qui vous permettent d'espérer ? Que quelqu'un d'autre influence votre bonheur ?

— Comme le père Noël ?

Abel rit de bon cœur.
— Oui pourquoi pas ? Cela est vrai quand votre imaginaire et votre réalité sont étroitement liés. Remarquez, cela commence souvent comme ça ! On formule un vœu.

On le désire au plus profond de soi plus que tout, et on espère qu'il se réalise. Si l'on obtient ce que l'on veut. Ça vaut le coup d'y croire, puisqu'on a la preuve que cela marche.
Après, quand cela reste matériel, on peut, en étant adulte comprendre que l'argent occupe une bonne part de notre satisfaction. Le questionnement spirituel, c'est plus dur, parce l'on ne peut prendre qu'un chemin.
La foi.
Vous êtes ici, dans une position inconfortable, votre liberté compromise, je ne pourrais pas m'imaginer vous voir renoncer à vous. Je ne sais pas ce que vous avez fait, je ne suis pas là pour ça.
Mon travail, Mireille, si vous me permettez de l'annoncer comme tel, c'est de vous permettre de trouver ce chemin, de ne pas être seule où que vous soyez, de vous donner une opportunité de vous sauv….

La porte s'ouvrit brusquement. Paul Bild était de retour.
— Bonjour ! lança-t-il. Je suis Paul Bild, avocat. Vous permettez que je m'entretienne avec ma cliente ? Vous aurez le temps de vous occuper de son âme plus tard, marmonna-t-il très doucement.

Le curé salua Mireille. Je reste à votre disposition, Mireille, dès que vous en aurez besoin.

Il quitta la pièce sans autre forme de salamalec.

— Je n'aime pas les curés ! S'excusa-t-il. Le mien au catéchisme ne voyait que mes défauts.
Venez nous pouvons discuter ailleurs.

Elle le suivit, toujours sous escorte.
— Voilà. J'ai de bonnes et de mauvaises nouvelles. Votre demande d'expulsion du territoire est suspendue par les autorités Kouzmekistan.
— C'est la mauvaise nouvelle je suppose ?
— Non c'est la bonne. Tant qu'ils n'auront pas statué, ils ne pourront pas vous juger. Ce qui me laisse du temps pour vous défendre. Nous devons revoir les circonstances qui vous ont emmenées ici.
— Et la mauvaise ?
— La mauvaise nouvelle, c'est que votre entreprise, suite à vos actes vous congédie et surtout refuse de payer les dégâts. Ceci représente un manque à gagner de plusieurs dizaines de millions de dollars à l'état, sans compter sur la récession de cette région

dans la décennie à venir. C'est pour ça qu'ils ont transformé votre chef d'accusation de meurtre en terrorisme. Nous sommes, avec l'ambassadeur, à la recherche du meilleur moyen de vous protéger. Revenons- en aux faits.

Il inspecta ses notes.
— Vous êtes en charge, par votre société, de l'exploitation d'une nouvelle base de télécommunication. En qualité de directrice des opérations, vous décidez d'en implanter le centre dans la région de Hafr Aljibal. Vous auriez dû le faire plus au Nord d'après les notes reçues par votre ancien employeur. Pourquoi ce changement ?

Mireille se leva.

— C'est très simple. On s'était trompé. Nous avions d'abord conclu que pour cette zone géographique, il fallait privilégier la structure globale du projet, plus de route, plus de main-d'œuvre disponible rapidement, une implantation vite exploitable. Nous aurions été en mesure de fournir des services, et, accessoirement monter en puissance en seulement huit mois.

Ce qui, en termes de rentabilité immédiate, avait séduit les investisseurs partenaires. Seulement quand je suis venue visiter le site, j'ai pu explorer les alentours. Et je suis tombée sur Hafr Aljibal. Une technicienne sur place m'avait suggéré l'idée. Certes plus désertique et aucune possibilité d'accès pour ne pas dire un trou perdu…
J'ai fait des analyses de production en tenant compte, de la météo plus clémente sur vingt ans d'exploitation, les coûts de réglages des antennes, l'entretien.
Un environnement plus sec mais plus constant, une réduction d'onde d'émission de plus de 40% grâce aux montagnes, donc des économies d'énergie impressionnantes. J'ai prédit que les gains, malgré les coûts supérieurs de mises en production qui augmentaient de 6.3 millions de dollars, seraient compris entre 9 et 15% chaque année d'exploitation dès la 2ème année

— C'est plutôt bon ? Je présume.

— Excellent vous voulez dire. Sur cinq ans d'exploitation pure, les dividendes auraient grimpés 7.8 fois plus vite que sur l'autre site. Et ce qui jouait en notre faveur, c'est que le Kouzmekistan était prêt à nous vendre ces terres désertiques 20 fois moins chères que sur l'ancienne base, en échange de notre collaboration au développement de la région. Nous étions vraiment dans les meilleures conditions. Aucun concurrent ne pouvait plus rivaliser, avant au moins quatre ans.

— Donc ! reprit Paul. Vous êtes à l'origine du changement du lieu d'implantation.
— J'ai reçu l'aval de ma hiérarchie une semaine après avoir envoyé mes conclusions. Le premier ministre est venu en personne, poser avec les photographes pour le lancement des travaux.

— Que s'est-il passé ensuite ?
— J'ai supervisé les équipes, notamment dans les principales fouilles archéologiques indispensables, avant tout travaux de ce genre.
Les machines travaillaient jour et nuit. Je me suis permis de faire analyser presque chaque roche que nous excavions. J'avais aussi à cœur de rester en rapport avec mon métier de prédilection, la géologie. Et c'est là que tout a basculé.
Les analyses ont démontré ce que je redoutais, le sol que nous creusions n'était pas celui que nous aurions dû trouver à l'origine de ces montagnes.

Nous étions en train de creuser dans le plus formidable gisement de coltan du monde.
— Gisement de quoi ? reprit Paul Bild.

— Du coltan ! C'est un terme disons valise pour parler de colombite-tantalite. On en extrait en partie des composés d'oxydes, vous trouvez également du Niobium, uranium, du plutonium ou du thorium pour ne citer qu'eux. Les principales mines de gisement, se trouvent en Australie, au Congo et en Chine.
J'ai eu l'occasion dans le cadre de mes études de parcourir ces sites d'exploitation. Croyez-moi. Les dégâts causés par ces mines sur la faune, la flore et dans des conditions beaucoup plus graves sur la population, sont catastrophiques. Exposition aux produits toxiques, exploitation de la main d'œuvre, souvent très jeune.
Corruption, marché noir, vols, viols, meurtres, un poison que personne ne peut arrêter.
Sur les dernières données que j'ai pu collecter en toute discrétion, le constat était sans appel.
Ce site après extrapolation, deviendrait le premier site mondial de gisement de coltan.

Si bien qu'il aurait fait passer tous les autres pour des fouilles dans un bac à sable.
Je ...je ne pouvais imaginer que mon changement d'emplacement, allait mettre à jour un tel filon. Cette responsabilité je ne pouvais l'accepter. Tout était de ma faute.

Elle s'essuya une larme.

— Nous... nous étions deux femmes dans cette histoire. Victoria Pranelo. Elle était la technicienne principale. Nous étions intimes.
C'est elle qui m'a convaincue de venir travailler ici, avec elle. Elle qui m'a suggéré ce site. Quand j'en ai eu la certitude, je lui ai fait part de mes doutes quant à l'issue d'une telle exploitation. Elle a pris les choses en main. C'est... c'est elle qui s'est chargée de placer les explosifs dans la gravière. Je ne comprends pas comment elle a pu y rester. Tout était sur minuteur. C'est une ... c'était une très grande professionnelle.
Mon idée était qu'en faisant exploser une partie de la mine, et en soumettant les roches à une chaleur proche de la fusion, j'arriverais à rendre le site inexploitable. Les taux de radioactivités auraient explosé en flèche. Il suffisait d'en alerter l'O.N.U.

et j'aurais pu mettre le site sous contrôle international, et éviter des morts, de la souffrance inévitable.

J'ai donc pris la décision de couper court aux analyses avant que la nouvelle ne s'ébruite.
Je n'ai pas su de toute évidence anticiper la réaction physique qui allait en découler. La poche dans laquelle je pensais pouvoir créer cet enchainement s'est propagée aussi bien en profondeur qu'en longueur. Elle n'aurait jamais dû aller aussi loin.
L'explosion s'est bien produite. Trop bien même. J'aurais dû faire une topographie de la zone, j'aurais été alerté sur les risques que cela provoquerait, d'utiliser autant de T.N.T.
L'onde a, je suppose, ouvert une faille jusque dans le Moho, provoquant un affaissement dans l'Asthénosphère. En touchant sûrement une poche de gaz…

Elle regarda Paul, visiblement perdu dans l'amas d'information.

— Ce sont des couches qui composent la terre. Cette veine touchée, probablement fragile à cette longitude a créé un séisme si violent qu'il a entrainé un tremblement de terre à 80 kilomètres du site. C'était impossible à prévoir. Mais c'est arrivé.

— Vous voulez dire ?... que le tremblement qui a détruit Hayatik c'est vous ?
— Oui ? répondit Mireille qui ne retenait plus ses larmes. Je suis responsable de la mort de 19534 personnes. J'ai voulu sauver ces gens. J'ai voulu éviter une catastrophe et j'ai probablement tué plus de gens que la mine ne l'aurait fait dans son exploitation. J'ai...j'ai tout perdu en prenant cette décision. Victoria est morte dans l'explosion.
Elle s'effondra, terrassée par cette pensée douloureuse.

Mireille se réveilla peu après dans sa cellule. Elle découvrit un mot à côté d'elle, écrit par son avocat.
« Mireille. Peu m'importe les actes qui vous ont conduit ici. Vous n'avez pas cherché à créer autant de souffrance. Je repars vers la capitale, en espérant revenir demain matin. Avec de bonnes nouvelles du consulat. D'ici là je vous en prie, soyez forte. Bien à vous, Bild Paul.

Alvaro, son compagnon d'infortune de la cellule d'à côté était là, le regard vide, il fixait le sol, assis sur son lit.
— Ça fait longtemps que je suis là ? demanda- t- elle. Pour lui permettre de sortir de sa torpeur.

Il leva son regard, mais le vide dans ses yeux était toujours bien présent.
— Je ne sais pas. Peut-être une heure... Je vais être exécuté après-demain, au coucher du soleil. Mon avocat m'a dit qu'aucune des requêtes n'a abouti. Ils ont la haine des étrangers. Ils ne veulent plus négocier, ils ne peuvent plus. Un deuil national a été décrété et à sa fin, la sentence sera effective.
Pour mon dernier coup de fil, j'ai pu joindre mes associés, mes amis viennent demain soir.

Il se leva brusquement.
— Mieria ! Viens avec moi. Tu subiras ici le même traitement c'est certain.
Cette prison sera prise d'assaut. Mes amis vont tout détruire. Je te propose de sauver ta vie. Tu fais affaire avec moi ?

Elle se leva à son tour

— Es-tu sûr que cela réussisse ? Que voulez-vous ? Combien cela va-t-il me coûter ?

— Donne-moi en échange ce que tu as de plus cher.

— De plus cher ? Je… je ne sais pas ce que c'est ! J'ai un peu d'argent…

— Il me faudra plus. Sais-tu combien le risque est énorme de venir ici ? Mes amis vont devoir venir armés jusqu'aux dents. Il nous faudra un avion, il y aura des morts…encore des morts.
Il rit nerveusement. Un rire noir, désespéré, comme pour se convaincre de l'issue heureuse pour lui.
— Je suis sûr que tu as plus à offrir que de l'argent. Veux-tu crever ici ? Dis-moi que tu m'offriras ce que je veux ! Une fois sorti d'ici…top là !

Il essaya de tendre son bras un maximum pour pouvoir la toucher. Mireille s'approcha à son tour.
Un garde arriva et vociféra pour ne plus entendre parler ces païens, en un moment aussi triste pour lui.

Il leur intima en mauvais anglais de s'éloigner loin l'un de l'autre et de ne plus ouvrir la bouche sous peine de recevoir une punition physique.
Mireille et Alvaro s'exécutèrent. Mireille tira le voile pour ne plus être tentée de discuter. La nuit passa pleine de tristesse et d'incertitude.
Le matin fut rythmé par la vie de la prison, sous un regard encore plus belliqueux de la part des gardiens. Il ne faisait aucun doute, que les causes de son incarcération étaient désormais connues dans les moindres détails. Mireille tâcha de faire bonne figure, et de les ignorer. Après tout qui les en blâmerait. Elle n'était qu'une étrangère accueillie ici pour travailler, et voilà qu'elle se trouve la destructrice, la meurtrière dans ce pays qui n'avait pas besoin de ça pour se trouver sur le devant de la scène internationale.

Elle décida d'accepter toute violence si elle se présentait. Comment ne pas réagir autrement que ces gens, dont la vie se trouve irrémédiablement bouleversée.

Elle trouva un moment de répit, en la visite de son avocat.

— Bonjour Mireille. J'ai fait aussi vite que j'ai pu. Nous allons nous entretenir un moment si vous le voulez bien.

Ils retournèrent dans la salle dédiée aux interrogatoires.
— Je ne vous cache pas que la situation est préoccupante. L'Etat français réitère ses demandes d'extraditions mais je dois vous annoncer qu'elles ont peu de chance d'aboutir. Il faut se rappeler que notre gouvernement avait participé, il y a un an, à une ingérence du pays au sujet d'un conflit du Kouzmekistan et aidé contre la volonté de ce gouvernement, leur voisin le Shazaktan.

Les entreprises françaises qui travaillent dans ce pays, dont la vôtre, ne doivent leurs accréditations qu'aux aides fournies par celles-ci pour améliorer la vie des habitants qui se trouvent proches de ces entreprises.
J'attends néanmoins un appel du ministre des affaires étrangères, qui peut, peut-être encore influencer cette décision.

Vous faut-il quelque chose ? Je vais rester ici ce soir. Cela m'évite de faire la route. J'aurai probablement votre procès à plaider demain matin très tôt. Celui-ci se fera sans

vous. Je tâcherai de jouer la culpabilité, sans préméditation. Vous n'étiez pas seule. Sans prêter ombrage à votre regrettée amie, il me faut pouvoir prouver que vous n'étiez pas la responsable de cette tragédie. Vous n'échapperez pas à la prison mais nous pourrons alors demander le transfert dans un autre établissement moins dur. Avec le temps nous pourrons envisager une extradition, et espérer vous voir terminer cette peine en France.
Je suis désolé de vous annoncer ça comme ça. Il faut s'y attendre. Assurant votre défense, je ne peux vous encourager sur une autre voie.
Ne serait-ce que celle de tenter de vous échapper.

N'hésitez pas à me faire appeler, si besoin. Je vais aller travailler mon audience. Je reviens très vite vers vous. Nous allons trouver une solution pour vous sortir de là.
Il lui saisit la main.
— Il faut que je sois sûr que vous soyez prête à tout. L'êtes-vous ?

Elle fit signe de la tête que oui. Paul la laissa seule.

Elle réalisa après cette conversation, la dure réalité de son acte et ses conséquences. La réalité de sa vie future !
Elle ne serait probablement jamais mère. Ne connaitrait plus aucun plaisir simple, une grasse matinée, boire de l'alcool, acheter des fringues…Cela paraissait fondamental d'accepter de subir sa peine. Quand on abandonne l'idée même de vivre, toute cette énergie, ces sentiments honnêtes, purs, qui l'ont guidée pour agir, se retourne désormais comme un serpent venimeux piquant sa chair, lui infligeant non pas une mort rapide, mais laissant le poison s'infiltrer lentement dans ses veines, la remplir de honte, de tristesse, de culpabilité, la laissant mourir assoiffée de repentir parce qu'elle deviendrait une survivante. Ce venin, frappait son cœur, son esprit, afin qu'elle s'en souvienne le plus longtemps possible…

Elle ne pleura pas. Pleurer, c'était avouer, c'était montrer sa fragilité, c'était trouver un œil compatissant. Il lui restait encore assez de force pour retourner dans sa cellule.
Elle croisa le curé Abel qui revenait de la cellule d'Alvaro.

— J'ai besoin de vous, mima-t-elle des lèvres au passage de celui-ci.
Abel tâcha de réagir vite, mais les gardes ne lui en donnèrent pas l'occasion. La prisonnière fut emmenée manu-militari dans sa cellule.
Abel sortit, non sans jeter un dernier regard pour croiser, celui de Mireille. Une seconde suffit pour que Mireille comprenne qu'il reviendrait très vite. Le repas du soir servi, elle réalisa qu'elle ne reverrait plus personne cette nuit.

Le sommeil resta agité. Les cauchemars sur des explosions en séries finirent par la réveiller en sursaut.
Il y avait les gémissements d'Alvaro. Sans doute était-ce aussi cela qui l'avait réveillée. Un compagnon d'infortune sanglotant sur son sort. Elle condamnait ses actes, mais cela ne méritait pas la mort.
Mireille ne se souvint pas quand le sommeil la rattrapa. C'est la venue des gardes qui l'arrachèrent à ses démons.
Il y avait foule ce matin.
— Quelle heure est-il ? demanda-t-elle à un gardien. Celui-ci trop occupé à servir le petit -déjeuner dans les cellules ne répondit pas. Ce nouveau fait, sembla inattendu et de mauvais présage. A l'arrivée de Paul Blid et

à l'expression de son visage, sa joie se transforma très rapidement en interrogation.

— J'ai de tristes nouvelles Mireille, annonça-t-il sans détour.
L'Etat Français ne fera rien. Il n'a plus aucune emprise. Il ne veut pas payer les dégâts. Ceux-ci se chiffrent presque en milliards au vu de la rentabilité de la mine détruite. Le gouvernement aurait dû s'occuper de dédommager les familles endeuillées en sus. Je suis désolé que cela soit simplement de l'argent qui aurait pu sauver votre présence ici. J'ai plaidé ce matin très tôt. Je… je suis désolé, ce n'était pas un procès. Seulement une notification. Après ce repas, il vous restera à peine quelques heures. Ils ont décidé de faire de vous et de votre compagnon un exemple. Vous serez exécutés sans autre moyen de révocation de cet ordre.

— Condamné ? reprit Mireille qui ne s'y attendait pas. On…on va m'exécuter comme ça ? Elle tâcha de calmer son corps le plus possible.

— Un peloton d'exécution sera chargé d'accomplir la sentence. Votre corps vous

appartient à vous de donner des directives si vous voulez qu'il soit rapatrié…
— Mon corps ? Elle ne savait plus quoi penser. Quoi faire. La vie allait s'arrêter après un café ? Une tartine ? Une dernière cigarette ?
— Merci maître, dit-elle sans savoir pourquoi.

Paul Bild était là, ne sachant quoi dire ni quoi faire. Il se leva, respira profondément un grand bol d'air. Et quitta la pièce. Il savait que, rien, aucun mot, n'éteindrait le feu qui consumait le reste d'humanité de cette femme. Il regarda le corps blotti et déjà presque sans vie, de son voisin. Celui-ci avait préféré fuir la réalité et était entré dans une phase somatique. Le père Abel arriva et intima aux gardiens de les laisser.
Ceux-ci malgré leur haine des étrangers, quittèrent les lieux avec beaucoup de respect.
Abel s'assit à coté de Mireille.
— Je crois… je crois qu'il a plus besoin de vous que moi, essaya-t-elle de prononcer dignement.

— Vous continuez à faire preuve d'empathie. Je sais qu'Alvaro aurait plus

besoin de moi que vous. Mais voyez, son corps refuse, son esprit est fermé.
Je n'ai pas idée de ce que je pourrais vous dire. Comment savoir ce que vous ressentez ?
J'ai néanmoins des choses à l'esprit, je sais que cela peut vous sembler fou, déplacé.
Je voudrais que vous preniez au sérieux ce que je vais vous dire. Je veux savoir si vous êtes prête à tout ?

Mireille regarda le curé. Comment ne peut-on pas être prête à tout, quand on n'a plus rien à perdre ?
Elle secoua la tête avec énergie, pour signifier que quoiqu'il soit proposé, elle accepterait les yeux fermés. On se rend mieux compte de l'importance de sa vie, quand on doit la perdre.

Le Père Abel, vêtu de sa soutane noire, se leva et lui fit face. Il se posa en bienfaiteur.
Le prêtre prit un air triomphant, dominateur. Lucifer se prépara à se révéler à elle. Son regard changea. Sa respiration changea. Profiter de ce moment unique, où lui, l'ange déchu, allait toucher, décider du sort de l'humanité. De cette simple phrase, suspendue au bout de ses lèvres. Le règne

sur les galaxies, sur l'univers, de toutes les origines.
Il inspira.
-Mireille, je vais vous poser une question. Prêtez-y attention, car nous n'avons que très peu de temps.
Il observa Mireille. Celle-ci figée ne bougeait même plus les yeux. Lucifer se retourna avec autorité, quelque chose venait d'arrêter le temps.

— Tu ne peux pas intervenir ! Insista-t-il.
Alvaro de la cellule d'à côté se mua et traversa les épais barreaux.
Il passa devant Lucifer qui avait repris ses habits de lumière, pour s'arrêter devant Mireille. Il la contempla un instant, comme s'il captait quelque chose d'infime que personne n'avait vu, puis s'en retourna s'asseoir.
— Je ne suis pas là pour t'en empêcher, Lucifer, je suis là pour observer. Elle ne me verra pas, dit-il.
Il fit un signe de la main pour faire reprendre le cours de la vie. Lucifer tâcha de se reconcentrer. Il scruta minutieusement Mireille, pour vérifier s'il n'avait pas raté quelque chose. Aussi près de réussir, il ne pouvait supposer l'inaction de la part du tout puissant. Il tenta de reprendre. Dieu tint

promesse, la scène reprit là où elle s'était arrêtée.
— Je vous offre Mireille, ce que nul autre humain ne pourrait… et se retourna vers le banc vide pour dialoguer avec le créateur.
— Je ne puis croire à votre indifférence. Dites-moi la vérité !
Le temps s'arrêta à nouveau. Et Dieu réapparut.
Il s'approcha à nouveau de Mireille.
— Fascinante création n'est-ce pas ? Allons Lucifer. N'as-tu pas encore compris ce que nous faisons là tous les trois ? Les quatre ? Dans une prison. Moi, la création, et le mauvais larron, en regardant Alvaro.
Je ne suis pas là par hasard. Nous ne sommes pas là par hasard. Il caressa la chevelure blonde de Mireille. Crois-tu vraiment que j'ai fait tout cela pour moi ? Dis-moi, vas-tu lui annoncer le triste dessein dont elle a été l'actrice ? Comment tu as utilisé Victoria sa défunte compagne ? La façon dont elle a dû mourir afin qu'elle se retrouve seule et sans attache, enfermée réellement sans la moindre d'alternative de choix.
Est-ce cela que tu recherches ? Vois-tu une victoire en cela ? As-tu prévu de lui dire que l'explosion qui a détruit cette cité ne venait pas de l'explosion de la mine ? Tous

ces humains morts, ne sont que le fruit de ta volonté. Je crois que quelque chose t'a éloigné de tes véritables motivations, il est temps que j'intervienne, pour des raisons dont tu ignores encore l'existence. Je vais alors te surprendre.

Lucifer, cette création, n'existe que pour toi. Quand j'ai commencé à la concevoir, j'ai remarqué ta fascination. Tu étais en admiration devant elle. Prêt à t'investir, à participer. Tu as manifesté plus d'intérêt que n'importe qui. Il était temps pour toi de te révéler. De t'élever. On ne sait pas combien de temps cela prend, si c'est le bon moment, si cela se fera dans de bonnes conditions. Te déchoir, toi, mon fidèle était la seule séparation capable de te donner les moyens d'y arriver. On ne peut se connaître que dans la solitude, qu'en comptant sur soi-même. Mon fils terrestre a dû leur montrer la voie à suivre, tout comme je dois te montrer la tienne.

Lucifer était désormais comme un homme, genou à terre, les bras le long du corps. L'insondable poids de l'erreur en tête, et écoutait la parole de Dieu.

J'ai créé l'humanité, dans le seul but de t'accompagner, je l'ai compris dès lors où tu as voulu rajouter dans mon œuvre, un soupçon d'incertitude, d'aléatoire et de

curiosité, que tu étais prêt ! Cette modification, ce choix, que tu voulais leur offrir, c'était toi qui me le réclamais.
Il te manquait la volonté de me le dire, je t'ai offert un prétexte. J'ai créé un univers, un endroit pour te connaître. Tout comme cette création, qui ne demande qu'à trouver sa voie. Atteindre un objectif. Me prouver que tu pouvais y arriver, voilà ce qui t'a animé. Je t'ai laissé plusieurs opportunités, et c'est celle-ci que tu as choisie ?
Demande-toi pourquoi tu veux revenir en conquérant. Tu cherches ma reconnaissance, parce que tu es en colère. Le chemin est encore long.
— C'est faux ! S'insurgea Lucifer. Vous êtes ici parce que vous avez peur, peur de ce qu'elle va choisir ! Qui, elle décidera de suivre.
Dieu s'approcha de lui,
— Je sais les difficultés qu'il te reste à surmonter, continua Dieu. Tu n'es plus un enfant.
En te donnant les cavaliers à protéger, des frères qui, rêvent eux aussi d'émancipation. Il y a là tous les ingrédients nécessaires pour comprendre mes choix. Te donner la terre, sans pouvoir intervenir, te donner un royaume sur lequel régner et te sentir immobile, te donner un être capable de te

fournir une armée. J'ai volontairement donné pouvoir aux femmes, les seules capables de le maîtriser, tout comme supporter physiquement l'absence du péché originel. Je l'ai fait pour Lilith. Je sais qu'elle n'a pas compris mes motivations, mais qu'elle se rassure, elle aura son rôle à jouer, bientôt, et tu dois garder ce secret avec moi.

Regarde cette humanité. Tous ont des envies, des besoins. Ils les expriment individuellement, en partie par peur, par l'incompréhension. Ils sont uniques. Mais c'est une création qui n'est pas encore au niveau de tes attentes. C'est difficile de se faire comprendre n'est-ce pas ?

Tu donnes la justice, tu offres ton pardon, tu exécutes les sentences. Tu édictes tes règles et utilises des compromis. Et ton seul but c'est encore de revenir au paradis, me montrer le chemin que tu as parcouru ?

Il faut encore franchir de longues étapes, qui sont encore longues, pour que je puisse te donner une autre dimension. Tu es encore comme cette création, pleine de rancœurs sujette à l'erreur. Tu es lié à eux, à moi. Et tout comme vous, je fais partie de tout cela.

Le but Lucifer, ce n'est pas qu'ils trouvent les réponses à leurs questions, mais qu'ils ne s'en posent plus !

Lucifer se releva. Il n'avait ni colère ni tristesse. Seulement plongé dans une profonde réflexion.
— Que se passerait-il, si elle me donnait son âme ? demanda-t-il.
— Tu pourrais revenir au Paradis, certes et je perdrais pour un temps mon pouvoir, et avec lui, tout ce qu'il m'a aidé à créer, disparaitrait avec moi. Ce serait la fin de tout. Je survivrais à cela, car je ne puis disparaître, et c'est alors que tout recommencerait. Tu ne pourrais pas en bénéficier comme tu l'espères, car tu es aussi ma création, et avant même de le maîtriser, tu disparaîtrais comme le reste.
— Tu as dit que tu me donnerais ce pouvoir ! s'écria Lucifer, comme pour rappeler les termes de l'accord.
— Lucifer, je respecterai mon pacte avec toi, mais tu continues à ignorer la voix que je trace pour toi. Tu auras "un" pouvoir, quand tu seras prêt. Et je n'aurai pas à te le donner, car alors tu le posséderas Celui que tu convoites ne peut te revenir.
Il observa un dernier instant Mireille.
— Regarde. Regarde-les. Et comprends son chemin. Tellement de choses à découvrir, et si peu de temps. Ne vois- tu pas encore ou cela nous mène ?
Il s'éloigna pour faire face à eux.

Mes voies sont impénétrables…J'ai changé l'ordre des choses. Ils devront évoluer et tu devras les y aider, sinon, toi aussi tu disparaîtras. Votre survie est liée.
J'ai envoyé un mouvement dans l'univers. Celui-ci est en chemin, hâte-toi de passer à l'étape suivante, voici désormais ta deuxième épreuve et elle est irrémédiable….si tu veux lui dire quelque chose seul à seul, c'est maintenant.
Le puissant disparut et son pouvoir envahit la pièce, comme pour l'envelopper de son omniscience. Le prêtre marcha comme un enfant de chœur qui venait de recevoir sa bénédiction. S'installa en face de Mireille, et la vie reprit son cours.
Mireille regarda son curé.
— Je…je ne sais pas mais j'ai quelque chose qui vient de me traverser tout le corps. Je sais, cela paraît dingue, mais je me sens bien. Je ne sais pas, je ne suis plus effrayée.
— Vous venez d'être touchée par la grâce.
Les lourdes portes du couloir grincèrent, annonçant l'arrivée imminente des gardes.

— Je suis là pour vous Mireille, sachez que je ne vous quitterai pas.
Il lui prit la main, et l'aida à se lever. Jamais Lucifer n'avait ressenti autant de

compassion. Mireille se sentait apaisée. L'idée de mourir dans quelques instants ne la perturbait pas.
— Prêtre. Je suis heureuse que vous soyez dans ma vie….que vouliez- vous me dire ?
Lucifer la regarda longuement.

— En vérité je te le dis. Tu siègeras au royaume de notre père, au Paradis. Réjouis-toi, Mireille car tu connaîtras la vie éternelle. Je suis Lucifer, Archange de la lumière et de la connaissance, et ce, jusqu'à ta récompense, tu es l'être que je chéris le plus et que je sers. Tu viens de me dévoiler le chemin Mireille. A moi de m'en montrer digne. Je suis heureux que tu puisses voir comme la beauté de ce que tu vas découvrir, va chasser ta tristesse. Tu ne le sais pas encore, mais tu es un être qui retourne chez lui.
Mireille sourit, lui caressa le visage.
— Merci.
Les gardes ouvrirent la cellule, et ils marchèrent ensemble vers leurs épreuves...

Printed by Amazon Italia Logistica S.r.l.
Torrazza Piemonte (TO), Italy

40407368R00221